图书在版编目（CIP）数据

白马春风恰少年：唐宋诗人的快意人生 / 大圣著
. -- 北京：中国友谊出版公司，2021.8
ISBN 978-7-5057-5223-8

Ⅰ. ①白… Ⅱ. ①大… Ⅲ. ①随笔－作品集－中国－当代 Ⅳ. ①I267.1

中国版本图书馆CIP数据核字（2021）第090603号

书名 白马春风恰少年：唐宋诗人的快意人生
作者 大 圣
出版 中国友谊出版公司
发行 中国友谊出版公司
经销 新华书店
印刷 三河市嘉科万达彩色印刷有限公司
规格 880×1230毫米 32开
12.25印张 304千字
版次 2021年8月第1版
印次 2021年8月第1次印刷
书号 ISBN 978-7-5057-5223-8
定价 65.00元
地址 北京市朝阳区西坝河南里17号楼
邮编 100028
电话 （010）64678009

白马春风恰少年

唐宋诗人的快意人生

大圣 著

中国友谊出版公司

自序

壹

中国文学史上有两颗璀璨的明珠，一是唐诗，一是宋词。

许多人的学龄前教育都是从背诵唐诗宋词开始的。从“床前明月光”，到“春眠不觉晓”；从“锄禾日当午”到“红豆生南国”；从“大江东去浪淘尽”，到“春花秋月何时了”……

尽管对诗词中的含义并不完全理解，凭借诗词本身的韵律特点和儿童本身超强的记忆力，孩子们也能背得滚瓜烂熟。

但并不是所有的诗词都像“飞流直下三千尺”那么好懂。《全唐诗》里有两千余位诗人的近五万首诗；《全宋词》收录了一千三百余位词人的词作近两万首，可以说浩若烟海。其中，大量作品文字艰涩，内容隐晦，用典生僻，别说孩子，就是成年人也不知所云，读起来自然也是兴味索然。

那么，如何才能准确理解作品的内涵，更好地体会唐诗宋词的魅力呢？

我觉得，最简单的办法，就是了解作者本人，了解他们的经历和个性，知道在他们身上究竟发生了些什么，才写出了这样的作品。

其实，每一首诗、每一首词的背后，都有一个鲜活的生命，都有一段真实的故事。

千百年来，文坛诞生了为数众多的诗词名家，也为我们留下了数不清的华美篇章。《咏鹅》让我们见识了骆宾王的天纵奇才；《滕王阁序》让我们领略了王勃的旷世才华；《声声慢 · 寻寻觅觅》的背后，是李清照一生的孤独哀怨；《永遇乐 · 京口北固亭怀古》，抒发的是辛弃疾的壮志难酬……

通过诗人的故事，了解作品的创作背景，了解诗人的性格特点与人生轨迹，不但可以让我们对作品有更深刻的理解，也可以让我们对诗人的人生有更深的体会。

贰

长期以来，“文如其人，人如其文”是评价古代文人的惯常思维方式。李白的放浪洒脱、杜甫的忧国忧民、白居易的乐天知命、孟浩然的淡泊名利、苏东坡的豪迈奔放、辛弃疾的金戈铁马、李清照的婉约惆怅……这些性格特征与诗人相生相伴，逐渐成为诗人身上固定的标签。

但其实，每个人都不止一面。古往今来，人不如文、文不如人的情况大量存在，只是出于“为尊者讳”的传统观念，诗人身上的缺点甚至犯下的错误，都在有意无意之间，被后人选择性掩盖或者忽略掉了。

我们常见的诗人形象，几乎都是被有意塑造的。人们可能不会想到，在一首首诗词背后，还有许多不为人知的故事。

本书选取了唐宋时期有代表性的三十位诗人词人，讲述他们的种种人生经历。

在这里，你会看到，自古英雄出少年，王勃、骆宾王、王维、李白、白居易、杜牧、温庭筠、苏轼、柳永等一大批诗人，从小就被人们称作“神童”，少年得志，意气风发，春风得意，名扬四海，笔墨挥洒自如，仿佛在不经意间，便书写了唐诗宋词的辉煌篇章。他们的生活更是快意潇洒，策马奔腾，呼朋唤友，觥筹交错，诗词唱和，痛饮高歌，不知今夕何夕。

在这里，你也会看到，王勃故意杀人、陈子昂“商业炒作”、王维被俘担任伪职、王昌龄死于谋杀、白居易“以诗杀人”、贾岛撞车、李商隐遭人非议、温庭筠考场作弊、柳永沉溺青楼、欧阳修身陷丑闻、李清照嗜赌成性、辛弃疾坐拥豪宅佳人……

在对古代文人的描述中，我们不应该因为某个人品格上的缺失，而贬低他的作品。这个世界上原本就没有人是完美无瑕的，诗人词人的另一面可能会颠覆你的固有印象，但或许，这另一面与我们熟知的一面加起来，才是他们本来的样子。

我们需要看到的，是诗人词人全面的、立体的形象。

叁

在古代的史书中，诗人词人往往只占极小的篇幅。他们在浩瀚的历史中，与那些九五之尊的帝王、呼风唤雨的高官、驰骋疆场的名将相比，显得似乎微不足道，有的甚至只有寥寥数笔，轻描淡写。这对于我们认识诗人词人很不便，因为资料十分有限。

而且，史家在讲述人物的生平事迹时，要么平铺直叙，文字冰冷，毫无感情色彩；要么晦涩难懂，枯燥无味。

我常想，作为严谨的历史著作，这样写当然没有问题，但普通读者怎么读得下去呢？

一说起历史，就是严肃，就是端庄，就是厚重，其实说白了，历史不就是以前真实发生过的活生生的事吗？与现在相比，只是时间不同而已。了解历史事件，认识历史人物，难道不应该像现在听故事一样，好玩有趣吗？

历史本来就是有趣的。

因此，本书在讲述古代诗人的故事时，有意采用现代人的语言和视角，文字通俗化，口语化，力争让每一个人物活灵活现，呼之欲出，让枯燥的历史变得生动有趣。这是我一贯的写作风格，也是我一贯坚持的写作原则。

本书为了可读性和趣味性考虑，在依托正史资料的同时，也采用了一些诗词评传、笔记小说，虽说不能全信，但也姑且可以当作部分参考，好玩但别太较真。

这本书要呈现给你的，是与你以往印象稍有不同的诗人词人形象，更生动，更活泼，更有趣，更立体。他们是如此熟悉，但又如此陌生。

所有的努力与付出，只为确保每一位读者在阅读这本书时，不会感到枯燥乏味，能不时发出会心的一笑。

这是一次妙趣横生的诗词之旅，期待你能在轻松愉快的阅读体验中，有所收获。

大圣

二〇二〇年七月

目录 CONTENTS

王勃

若非一场意外，
大唐诗坛一哥未必就是李白

唐高宗年间，午夜时分，长安城大雨倾盆。

醉仙楼内，王勃为好友阿杜举行的送别宴已近尾声，桌子上残羹剩菜一片狼藉。

服务员第四次进来倒茶：“您看还需要点什么吗？不要的话，我们厨师就下班了。”

早已酩酊大醉的两个年轻人根本不理会服务员的提醒，继续觥筹交错，互诉衷肠，依依惜别。

王勃说：“朋友你今天就要远走，干了这杯酒，忘掉那天涯孤旅的愁，一醉到天尽头。”①

阿杜说：“大雨下疯了的长夜，沉睡的人们毫无知觉，突然恨透这个世界，因为要离别。”②

王勃说：“没必要，你这样真没必要，不就去个四川吗，你就是到天涯海角，我们的感情，还是跟邻居一样亲密无间。”

王勃与阿杜是从小玩到大的好同学、好邻居，平时形影不离，关系好到让人怀疑他们是上辈子的兄弟。

① 歌词，出自中国内地歌手田震《干杯朋友》，收录于专辑《顺其自然》，一九九七年发行。
② 歌词，出自新加坡歌手阿杜《离别》，收录于专辑《天黑》，二〇〇二年发行。

这次阿杜被分配到四川成都蜀州任县尉，相当于如今的县公安局局长，本来是件好事，可是，蜀州与长安相隔千里，交通极为不便。今日一别，不知何时才能再见。再加上喝了点酒，午夜凄风冷雨的气氛一烘托，阿杜不由平添了几分感伤，几欲落泪。

王勃说："哭啥嘛？咋跟个娘们儿一样？来，服务员，拿笔墨来。"当场为阿杜写下一首名为《送杜少府之任蜀州》的送别诗：

城阙辅三秦，风烟望五津。
与君离别意，同是宦游人。
海内存知己，天涯若比邻。
无为在歧路，儿女共沾巾。[①]

因为有宵禁制度，当晚，二人留宿醉仙楼。

两人聊到很晚才睡，临睡前，各自发了一条朋友圈，两人碰杯的自拍精心修图后，配的文字就是那首《送杜少府之任蜀州》。

一直到第二天中午，二人才从宿醉中醒来，一看昨晚发的那条朋友圈，竟收获了巨量的点赞和评论，而且那首诗还被疯狂分享，几乎刷屏。

特别是那句"海内存知己，天涯若比邻"深受好评，成为当年毕业季同学分别时引用频率最高的金句。

原本就在大唐文坛颇有名气的王勃，因为这首诗，人气更是暴涨，成为当时诗坛最火的红人。

① 见《全唐诗》卷五十六。

壹

王勃，字子安，山西河津人，出身儒学官宦世家，自幼聪敏好学。

现在六岁的孩子如果能熟练掌握一百以内加减法，再会背几首唐诗，那你就得夸他聪明。王勃就厉害了，据《新唐书》记载，他六岁就能写文章，九岁读颜师古注解的《汉书》，作《指瑕》十卷以纠正其错，十岁就已饱览六经，是远近闻名的神童。①

可以说，在人生的起跑线上，王勃已经将同龄人远远地甩在了身后。

十六岁时，王勃应幽素科试及第，考上了国家公务员。

这个"幽素科试"是个什么考试？简单说明一下。

一说科举考试，大家首先想到的是考进士。其实，唐代科举最初设立的科目特别多，有秀才、明经、进士、俊士、明法、明字、明算、幽素等多种②。

许多科目属于不被重视的偏门，后来逐渐都废止了，只留下明经、进士两科。

其中，进士侧重诗赋，需要较高的文学才能，考试难度特别大，好多人一考就考一辈子；明经基本上是考死记硬背的东西，相对容易一些，是年轻人快速获得文凭的捷径，所以，素有"三十老明经，五十少进士"③的说法。

我们熟知的那些文坛巨匠，大多是进士出身，比如王维、韩愈、柳宗元、刘禹锡、白居易、李商隐、杜牧、范仲淹、欧阳修、司马光、王安石、苏轼、陆游等。

① 见《新唐书·文艺传》。
② 见《新唐书·选举志》。
③ 见[五代]王定保《唐摭言》卷一。

在唐代，进士向来看不起明经。比如元稹，明经出身，后来虽官居要职，但还是经常因为学历不够硬而遭人歧视。

明经尚且如此，更不要说什么幽素了，基本上就是个成人高教。

以王勃之才，本来要报考进士，但在朝中为官的父亲对他说："别傻了孩子，还是去考个简单的吧，趁着我还在台上，早点给你安排一下。"

唐高宗乾封元年（公元666年），年仅十六岁的王勃轻轻松松考中了幽素，立刻被吏部任命为朝散郎，从七品上，成为大唐王朝最年轻的副县级干部。

在当时，即便考中了进士，也不意味着马上就能被安排职位，还要参加吏部的考试，还要等岗位空缺，许多人一等就是几年，比如韩愈，考中进士十年后才得到安排。

但王勃显然不同。

王勃幽素及第，未冠而仕，成为官场热议的话题。面对种种非议，王勃泰然自若，相信自己取得的成功与家庭没有任何关系。

贰

王勃担任朝散郎后，被安排在唐高宗之子李贤的沛王府中做文秘工作。

其时，恰逢国家重点工程乾元殿竣工，王勃熬了几个通宵，赶写了一篇《乾元殿颂》，通过沛王李贤送到了唐高宗的手上：

> …………
>
> 群臣列陛，奏萧相之遗模；天子临轩，采荀卿之故事。……

功推三祖，银绳勒东岱之威；业峻一人，金策奉南山之寿。[①]

…………

文章洋洋洒洒四千余字，气韵曼妙，辞藻华美，极尽歌功颂德之能事。

唐高宗看完后龙颜大悦，一打听，作者是未及弱冠的十六岁少年王勃，不由大为惊叹："奇才！真乃我大唐奇才！"

文章得到最高领导的肯定，王勃声名大振。至此，人们开始将王勃与当时的文坛名家杨炯、卢照邻、骆宾王相提并论，合称"初唐四杰"。

才华横溢，领导器重，再加上年龄上的优势，王勃的仕途看起来一片光明。

然而，就在他事业的上升期，因为一件微不足道的小事，他断送了自己的大好前程。

当时上层社会流行玩斗鸡，沛王李贤年仅十三岁，正是贪玩的年纪，沉迷于此不能自拔，府里养了一大群斗鸡，没事儿就组队跟外面的鸡打比赛。

有一次，沛王李贤跟自己的兄弟英王李显，也就是后来的唐中宗较上劲儿了，都说对方的鸡是垃圾，自己的鸡才是斗鸡中的"战斗鸡"，互相不服气，相约恶斗一场。

为了鼓舞士气，为即将到来的二王斗鸡大赛加油助威，喜欢卖弄才学的王勃写了一篇战书《檄英王鸡》。

全文五百七十二字，骈四俪六，对仗工整，遣词华丽，虽是一篇戏

① 见《全唐文》卷一百七十八。

谑之作，却写得文采飞扬：

……两雄不堪并立，一啄何敢自妄？养成于栖息之时，发愤在呼号之际。望之若木，时亦趾举而志扬；应之如神，不觉尻高而首下。……①

朋友圈里许多人转发这篇文章，不巧唐高宗也看到了，一时龙颜大怒：二王斗鸡，玩物丧志，影响团结，身为下属，不但不好生规劝，还卖弄学问，写这种挑拨离间的无聊文章推波助澜，分明是个不务正业的歪才。

一怒之下，将王勃免职，逐出王府，并限期离开京城。

叁

官场凶险，世事难料，谁又能想到，一个年轻官员的大好前程，竟因为一篇文章毁于一旦。

唐高宗总章二年（公元六六九年），王勃黯然离开长安，远赴四川成都蜀州，投奔好友阿杜。

他乡遇故知，二人久别重逢，阿杜惊喜万分，操着浓重的巴蜀口音说："你咋过来喽？听说你娃在长安过得很安逸嘛。"

王勃长叹一声："唉，别提了。昨天所有的荣誉，已变成遥远的回忆，辛辛苦苦已度过半生，今夜重又走进风雨。"②

接着，王勃把自己的遭遇一五一十告诉了阿杜，不住地长吁短叹，

① 见[清]褚人获《坚瓠集》。
② 歌词，出自歌手刘欢《从头再来》，收录于专辑《从头再来》，一九九七年发行。

意志十分消沉。

江送巴南水，山横塞北云。
津亭秋月夜，谁见泣离群。

乱烟笼碧砌，飞月向南端。
寂寞离亭掩，江山此夜寒。[①]

这组诗是《江亭夜月送别二首》，是王勃旅居四川期间所作，诗中凄凉寂寞、孤苦感伤的情怀，正是王勃当时灰暗心境的体现。

难道就这样沉沦下去吗？当然不行！

阿杜语重心长地开导王勃："你不能随波浮沉，为了你至爱的亲人，再苦再难也要坚强，只为那些期待眼神，风雨中这点痛算什么，擦干泪不要怕，至少我们还有梦。伤心总是难免的，你又何必一往情深？不经历风雨，怎能见彩虹，没有谁能随随便便成功。心若在梦就在，天地之间还有真爱，看成败人生豪迈，只不过是从头再来。"[②]

王勃听了连连点头："哥，你说得太好了！"

王勃旅居四川三年，在好友阿杜的鼓励下，逐渐走出了阴霾。

唐高宗咸亨二年（公元六七一年），二十一岁的王勃重返京城，再次参加科举考试，因为好几年没复习功课了，王勃此次应试名落孙山。

尽管如此，父亲还是出面托关系，给他在河南虢州谋了个参军的职

① 见《全唐诗》卷五十六。

② 歌词串烧，分别出自中国大陆歌手刘欢《从头再来》，中国台湾歌手郑智化《水手》（收录于专辑《私房歌》，一九九二年发行），中国台湾歌手陈淑桦《梦醒时分》（收录于专辑《跟你说　听你说》，一九八九年发行），中国港台歌手成龙、周华健、李宗盛等合唱《真心英雄》（收录于专辑《滚石九大天王 纵夏欢唱十二出好戏》，一九九三年发行）。

位，王勃总算又有了一份稳定的工作。

父亲说：“吸取教训，好好工作，千万别再给我惹麻烦了。”

王勃满口答应。然而，平静的日子过了没多久，王勃就卷进了一桩骇人听闻的恶性杀人案件，不但连累了他的父亲，自己也差一点丧命。

肆

事情是这样的。

有一天，王勃家里来了个陌生人，自称曹达，是京城名医曹元的亲戚，也是王勃的粉丝，因为得罪了人，被仇家追杀，走投无路，想在王勃家躲上几天，等过了这阵风头就走。

王勃在长安的时候，曾经跟曹元学过几年医术，一听是恩师的亲戚，又是自己的粉丝，觉得这个忙得帮，就留他住在了自己家里。

过了几天，王勃才知道这个曹达竟是官府在全国通缉的重大刑事要犯。

王勃当时就蒙了，现在再去报官显然已经晚了，自己窝藏嫌犯，已经犯下了大罪。若放他离开，一旦被官府抓获，一定会供出自己来。

怎么办？到底是年轻，王勃脑子一热，一不做二不休，抄起一把尖刀，直接杀人灭口了。

王勃自以为在家里动手，神不知鬼不觉，没想到，法网恢恢，疏而不漏。

有关部门对此案极为重视，迅速成立了专案组，全力以赴，经过连续几个昼夜的缜密侦查，虢州参军王勃进入了警方的视线。

王勃起初还想抵赖，但在大量证据和强大政策攻心下，他不得不交代了自己先窝藏嫌犯，后杀人灭口的犯罪经过。结果，王勃以包庇罪、故意杀人罪被一审判处死刑。

当时，案件在全国引起极大轰动，主流媒体纷纷把镜头对准王勃杀人案，深入剖析：昔日青年才俊为何沦为残忍的杀人凶犯？究竟是道德的沦丧还是人性的扭曲？

此时，狱中的王勃万念俱灰，只等秋后问斩。

就在死期临近之时，恰逢唐高宗改元，也就是更换年号，大赦天下，王勃因为属于激情杀人，无犯罪前科，认罪态度良好，由死刑改为三年有期徒刑。

王勃死里逃生，喜极而泣。

伍

唐高宗上元元年（公元六七四年），王勃刑满出狱，朝廷本着惩前毖后、治病救人的原则，下旨让他官复原职。但三年的牢狱生活，让王勃早已视官场为畏途，对此婉言拒绝了。

出狱后，王勃才知道，因为他的案子，父亲被降职，由雍州司功参军贬到千里之外的交趾做了一个小小的县令。

交趾在哪儿？就是现在的越南河内。

连累父亲背井离乡，远谪贫穷落后的蛮荒之地，王勃心中十分愧疚，写信给父亲深深自责道："如勃尚何言哉！辱亲可谓深矣，诚宜灰身粉骨，以谢君父……今大人上延国谴，远宰边邑，出三江而浮五湖，越东瓯而渡南海，嗟乎！此勃之罪也，无所逃于天地之间矣。"[①]

都怪我都怪我，专业坑爹，都是我的错。

经过近一年的休养调理，上元二年（公元六七五年），王勃决定去

① [唐]王勃《上百里昌言疏》，见《全唐文》卷一百七十九。

交趾探望父亲。

他由洛阳出发，沿大运河南下，经淮阴、楚州、江宁一路向南，在九九重阳之日，到达了江西洪州，也就是现在的南昌。

到了洪州之后，王勃正赶上当地的一件盛事——“滕王阁重修竣工剪彩仪式暨六七五年中国洪州首届滕王阁诗词大会”。

滕王阁可是洪州地标性建筑，洪州都督阎伯屿盛情邀请了江南文化界的名流以及各大新闻媒体参加，滕王阁一时群贤毕至，盛况空前。

这样的热闹场面王勃当然不会错过，凭借当地朋友介绍和自己在文坛的名气，他顺利拿到了入场券。

按照预定流程，开场舞之后，主持人介绍到场嘉宾，然后请阎都督代表当地官府讲话，阎都督宣布滕王阁竣工并正式对外开放，掌声响起，鞭炮齐鸣，鼓乐喧天，主持人请所有来宾入席。

宴会开始前，再进入第二个程序，阎都督宣布“六七五年中国洪州首届滕王阁诗词大会”开幕，请与会嘉宾以滕王阁为题，现场吟诗作赋。

这时，大家纷纷推辞：“岂敢岂敢，鄙人才疏学浅，怎敢班门弄斧。”推来让去，没一个人肯站出来。

为啥？因为大家心里都清楚，此次诗词大会除了彰显政绩之外，主要是想借机推出阎都督的女婿孟学士，让他大出风头。

早在几天前，孟学士就已经写好了一篇滕王阁的辞赋，等大家都不出场，他再勉为其难地站出来，假装现场即兴创作，然后大家负责夸赞，媒体负责集中报道，文坛新秀一举成名，大家吃好喝好，最后领红包、纪念品走人。

这是昨晚筹备会上设定好的程序。

可计划赶不上变化，万万没想到，角落里忽然传出一个声音：“小生不才，愿斗胆一试。”

陆

这个不懂事的年轻人，正是王勃。

在全场目光的注视下，王勃正襟危坐，一面研墨，一面在心里构思。

据《新唐书·王勃传》记载：“勃属文，初不精思，先磨墨数升，则酣饮，引被覆面卧，及寤，援笔成篇，不易一字，时人谓勃为‘腹稿’。”

这意思是说，王勃平时写作，喜欢先磨墨数升，然后喝酒，喝完往床上一躺，蒙住脸假装睡觉，其实是在心里构思，想好之后提笔一挥而就，不改一字。现在我们说的打腹稿，就来源于此。

这次是个考验，因为没喝酒，也没蒙脸睡觉，所以王勃只能慢慢研墨。

一个外乡人，如此节外生枝，阎都督本来就有点生气，见王勃磨磨蹭蹭半天不动笔，更加不耐烦，于是拂袖而去，吩咐手下随时传送内容。

不一会儿，手下报告开篇是“豫章故郡，洪都新府”，阎都督哼了一声：“不过是老生常谈而已。”

又传“星分翼轸，地接衡庐”，阎都督沉吟不语。

再往下：“襟三江而带五湖，控蛮荆而引瓯越。物华天宝，龙光射牛斗之墟；人杰地灵，徐孺下陈蕃之榻。”

阎都督坐不住了，回到现场，见王勃在众目睽睽之下凝神静气、笔走龙蛇，如行云流水。

当王勃写出“落霞与孤鹜齐飞，秋水共长天一色”一句时，阎都督忍不住与在场众人一起拍案叫绝，连声赞叹。

此时，阎都督的女婿孟学士在一旁悄悄把自己写的那篇文章揉成一个纸团，按照垃圾分类，扔进了不可回收垃圾箱。

少顷，一篇文辞华丽、震烁古今的《秋日登洪府滕王阁饯别序》在王勃笔下，一气呵成：

> 豫章故郡，洪都新府。星分翼轸，地接衡庐。襟三江而带五湖，控蛮荆而引瓯越。物华天宝，龙光射牛斗之墟；人杰地灵，徐孺下陈蕃之榻。雄州雾列，俊采星驰。台隍枕夷夏之交，宾主尽东南之美……
>
> 落霞与孤鹜齐飞，秋水共长天一色。渔舟唱晚，响穷彭蠡之滨；雁阵惊寒，声断衡阳之浦……嗟乎！时运不齐，命途多舛。冯唐易老，李广难封。屈贾谊于长沙，非无圣主；窜梁鸿于海曲，岂乏明时？所赖君子见机，达人知命。老当益壮，宁移白首之心？穷且益坚，不坠青云之志……东隅已逝，桑榆非晚。孟尝高洁，空余报国之情；阮籍猖狂，岂效穷途之哭！[①]

文章有点长，但我还是建议，有时间的话，多读上几遍，仔细感受一下中国古代的骈文之美。

王勃的这篇《滕王阁序》连续多年入选高中语文课本，与后来骆宾王的《讨武曌檄》一起，被后世誉为“骈文双璧”。

---

① 见[唐]王勃《王子安集》。

在这篇不足千字的文章中，我们至今还在用的大量成语、名句和典故都出于此，比如：物华天宝，人杰地灵，高朋满座，胜友如云，钟鸣鼎食，渔舟唱晚，雁阵惊寒，水天一色，萍水相逢，冯唐易老、李广难封，命运多舛，老当益壮，东隅已逝、桑榆非晚，孟尝高洁，阮籍猖狂，穷途之哭，无路请缨，潘江陆海等，可谓字字珠玑。

序文之后，是一首《滕王阁诗》：

滕王高阁临江渚，佩玉鸣鸾罢歌舞。
画栋朝飞南浦云，珠帘暮卷西山雨。
闲云潭影日悠悠，物换星移几度秋。
阁中帝子今何在？槛外长江□自流。[①]

此诗通过巧妙的时空转换，从双重维度吟咏滕王阁，笔意纵横，穷形尽相，气度高远，境界宏大，五十六字中，有千万言之势，与《滕王阁序》可谓珠联璧合，相得益彰。

众人在赞叹之余，很快就有人发现，诗的最后一句空了一个字。

这是王勃给大家出的填空题吗？有人说应该是槛外长江水自流，有人说应该是槛外长江独自流，众说纷纭。

问王勃，王勃笑而不语。

阎都督一看，立刻就明白了，人家为滕王阁写这么长一篇文章，自己还没给人钱呢，赶紧让人取来纹银千两奉上：“一点小意思，不成敬意。”

王勃一面收钱一面说：“哎呀，这多不好意思，都督您太客气了。

① 见[唐]王勃《王子安集》。

空一个字没别的意思，空者，空也，槛外长江空自流嘛。”

一语点破，众人齐声称妙。此后，江湖上有人传言，王勃稿费惊人，一字千金。

其实，这一千两纹银，至少有九百两，是冲着诗前面的序给的。

柒

很快，王勃的《滕王阁序》从江南传遍了全国。

唐高宗仪凤元年（公元六七六年）冬，皇宫内的唐高宗手捧文章连看了好几遍，忍不住赞叹：“真乃罕世之才！当年因为一篇斗鸡文把他赶出京城，确实责罚太重了。来人，传旨将王勃召回京城，入朝见驾。”

太监吞吞吐吐地说：“启禀陛下，这个王勃，恐怕，是来不了了。”

唐高宗问：“为啥？”

太监说：“因为，王勃，已经死了。”

那一年，王勃离开滕王阁，继续南下，一路跋山涉水，终于到了交趾。父子相见，感慨万千，唏嘘不已。

已经淡泊功名的王勃有心留在父亲身边尽孝，父亲一听就急了：“糊涂！在这个十八线城市能有什么发展？我老了，无所谓了，你还年轻，来日方长啊，赶紧走，回长安，那里才是你该去的地方。”

王勃在交趾逗留了一段时间，在父亲的再三催促下，乘船返回。不料，途中遭遇海上风暴，王勃失足落水，就此葬身大海，死时年仅二十六岁，墓地现存越南北部义安省宜禄县宜春乡。

噩耗传来，大唐文坛无不为之悲痛、惋惜。悲伤之情正如王勃那首诗：

长江悲已滞，万里念将归。
况属高风晚，山山黄叶飞。[①]

多年以后，如日中天的李白读到王勃的诗作，不由得暗自感叹：可惜此人英年早逝。如果他再多活几十年，这诗坛第一把交椅，只怕轮不到我老李去坐。

这正是：

惜英年早逝，天涯何处觅知己。
叹华章永存，海内无人柱长天。

① [唐]王勃《山中》，见《全唐诗》卷五十六。

骆宾王

被愤青耽误的文学天才

大唐初年，浙江义乌小商品市场隔壁一处宅院门口，一个七岁的小男孩指着池塘里的大白鹅兴奋地大叫：“鹅，鹅，鹅。”[①]

家里人赶忙从房里跑出来，心想：这孩子好好的咋突然结巴了？

只听小男孩接着说：

鹅，鹅，鹅，曲项向天歌。

白毛浮绿水，红掌拨清波。[②]

这分明是一首诗啊！开篇先声夺人，用“鹅，鹅，鹅”表现鹅的声音之美，然后通过“曲项”与“向天”、“白毛”与“绿水”、“红掌”与“清波”的对比，生动地勾勒出鹅的线条与色彩，同时，“歌”“浮”“拨”等字又写出鹅的动作之美，通过听觉与视觉、静态与动态、声音与色彩的完美结合，将鹅的神态描绘得栩栩如生，呼之欲出。

一个七岁的孩子，出口成章，文字功底如此深厚，这不就是传说中的神童吗？

---

① 见《新唐书 · 文艺传》。
② 见《全唐诗》卷七十九。

很快，神童七岁成诗的故事传遍了江南，成为全村骄傲，家长们训斥子女的时候，总会带上这么一句：你看看人家孩子。

没错，这个别人家的孩子，就是后来被称作“初唐四杰”之一的骆宾王。

壹

骆宾王早年饱读诗书，颇有才学。父亲曾任青州博昌县令，所以，也算是个官二代。可惜好景不长，全家从义乌搬到山东后不久，父亲病故，家境由此衰败。

福无双至，祸不单行，失去父亲的骆宾王十九岁进京参加科举考试，竟然落榜了。

唐代初期，科举试卷并不遮挡考生姓名，占分值最高的作文题又没有标准答案，所以，营私舞弊打人情分的现象十分普遍。有钱有地位的考生家里早早就开始上下活动，没有背景的孩子想依靠科举出人头地并不容易。

此后，骆宾王意志消沉，开始与社会上的闲散人员混在一起，四处游荡。《旧唐书》中称其“落魄无行，好与博徒游”[①]。

曾经的神童，就这样堕落成为一个不良青年。

贰

一直这样混下去终究不是个办法，后来经人推荐，骆宾王在道王李元庆府内做了一名幕僚，当然不属于大唐公务员序列，就是个临时工，但生活总算有了着落。

---

① 见《旧唐书·文苑传》。

是金子在哪里都会发光，机会总是留给有准备的人，当上帝为你关上一扇门的时候，会顺手打开一扇窗。

麟德元年（公元六六四年），唐高宗李治到泰山封禅，当地官府知道骆宾王文笔好，为了讨好皇帝，命他写个报告，歌颂皇帝的丰功伟绩和大唐的繁华盛世，并请求陪同皇帝一同上山。

骆宾王知道事关重大，谢绝了一切娱乐活动，把自己关在办公室里熬了好几个通宵。很快，一篇文采飞扬的《为齐州父老请陪封禅表》呈到了唐高宗手上：

> 臣闻元天列象，紫宫通北极之尊；大帝凝图，宏猷畅东巡之礼。是知道隆光宅，既辑玉于云台；业绍礼宗，必涂金于日观。陛下乘乾握纪，纂三统之重光；御辩登枢，应千龄之累圣。故得河浮五老，启赤文于帝期；海荐四神，奉丹书于王会。瑞开三脊，祥洽五云。既而辑总章之旧文，绍辟雍之故事。非烟翼驭，移玉辇于梁阴；若月乘轮，秘金绳于岱巘……①

骆宾王的这篇文章，如春风化雨，润物无声，马屁拍得出神入化，不露痕迹。唐高宗看罢，龙颜大悦，说孔孟之乡果然出人才。一打听，作者还是个没有编制的一般科员，当即降旨，封为奉礼郎，从九品（副科级），进京赴任。

骆宾王就此步入仕途，曾从军西域，宦游蜀中，历任东台详正学士、武功主簿、长安主簿，一路升迁到御史台正六品的侍御史。

在这期间，骆宾王春风得意，诗兴大发，创作了一大批脍炙人口的

① 见《全唐文》卷一百九十七。

佳作名篇。尤其是那首传遍京畿，以为绝唱的七言长诗《帝京篇》问世，让骆宾王再次成为大唐文坛的焦点。

骆宾王开始膨胀了，动不动就给领导写信提意见。[①]

一般来说，这就离倒霉不远了。

唐高宗调露元年（公元六七九年），御史台翻出一起早年的贪污受贿案，骆宾王受到牵连，遭弹劾入狱。

骆宾王说："我是清白的，我没有参与，不是我干的，这是诬陷，我啥也不知道，冤枉啊，快放我出去！"

骆宾王叫天天不应，叫地地不灵，悲愤中，以蝉自比，在监狱里写下了那首著名的《在狱咏蝉》：

西陆蝉声唱，南冠客思侵。
那堪玄鬓影，来对白头吟。
露重飞难进，风多响易沉。
无人信高洁，谁为表予心。[②]

狱中的骆宾王寓情于物，通过歌咏蝉的高洁品行，以示清白。全诗用典自然，语意双关，达到了物我一体的境界，被视为唐代咏物诗中的名篇。

叁

古时候，不管犯什么案，被判了几年，只要赶上新皇登基更改年号

① 《新唐书 · 文艺传》："武后时，数上疏言事。"
② 见《全唐诗》卷七十八。

之类的皇家庆典，皇帝一高兴，兴许就会大赦天下，除了个别大案要案的重刑犯之外，一般的罪行既往不咎，刑期一笔勾销，统统赦免。

唐朝皇帝闲着没事特别喜欢更改年号，唐高宗李治在位三十四年，一共用了十四个年号。他老婆武则天更能折腾，她在位期间用了十七个年号，两人用过的年号加起来比明清两朝的总和（二十八个）还多，可把学历史的给害惨了，变来变去谁记得清楚？考试时没少在这上面丢分。

直到明朝以后，才开始一个皇帝一个年号用到底，中间不再更换，这样后世称呼起来也方便，比如我们常说的崇祯、康熙、雍正、乾隆，都是年号。

调露二年（公元六八〇年），唐高宗又改年号为“永隆”，大赦天下。骆宾王运气不错，刚好搭上了这班车，入狱仅一年就出来了，朝廷可算仁至义尽，仍保留其编制，降职安排到浙江天台做副县长。

按理说你应该心怀感恩，应该对着镜头痛哭流涕：感谢皇恩浩荡，感谢朝廷的好政策，给了我第二次生命和痛改前非重新做人的机会，今后我一定如何如何。

可骆宾王不这样想。凭什么感激你？我原本是一个年轻有为的青年才俊，先是遭遇考试不公，以致怀才不遇，后来依靠自己的努力，好不容易在事业上有了点起色，又遭奸人陷害，身陷囹圄，如今一把年纪了，满腹经纶，却只能做个小小的县丞，这一切究竟是谁造成的？我还感谢你？！

当然，伟大的皇帝永远不可能错，一定是他身边的奸佞小人在作祟，特别是这些年一直架空皇帝，把持朝政的那个坏女人，残害忠良，祸国殃民，此仇早晚必报！

满腔愤懑中，骆宾王写下了这首传诵至今的五言绝句《于易水送人》：

> 此地别燕丹，壮士发冲冠。
> 昔时人已没，今日水犹寒。[①]

咏史喻今，苍凉的笔调下，骆宾王用以自喻的怀才不遇、愤愤不平的壮士形象跃然纸上。

唐中宗嗣圣元年（公元六八四年），武则天废中宗李显，立李旦为帝，是为唐睿宗，自己以皇太后身份临朝，自专朝政，其时虽未称帝，但已是大唐实际上的掌舵人。

同年九月，徐敬业在扬州竖起勤王救国、匡复李唐王朝的大旗，起兵造反。

一直对朝廷心怀不满的骆宾王一看机会来了，立刻弃官而去，连夜赶赴扬州，加入叛军队伍，从此走上了一条不归路。

肆

“我们必须师出有名，要让人们清楚，我们并不是谋反，我军反武不反唐，起兵只为讨伐妖后，匡复李氏江山。骆先生文笔这么好，就麻烦你写一篇檄文，以昭告天下。”

这是骆宾王担任叛军参谋后接到的第一个任务。

于是，文学史上才有了那篇震烁古今的《讨武曌檄》。

此文用的是骈体，骈四俪六，对仗工整，用典切实，笔力强健，气势恢宏，被后世称作“古今第一雄文”，与王勃的《滕王阁序》一起，

---

① 见《全唐诗》卷七十九。

并称“骈文双璧”。

檄文开篇就历数武则天的滔天罪行：

> 伪临朝武氏者，性非和顺，地实寒微。昔充太宗下陈，曾以更衣入侍。洎乎晚节，秽乱春宫。密隐先帝之私，阴图后庭之嬖。入门见嫉，蛾眉不肯让人；掩袖工谗，狐媚偏能惑主。践元后于翚翟，陷吾君于聚麀。加以虺蜴为心，豺狼成性，近狎邪僻，残害忠良，杀姊屠兄，弑君鸩母。神人之所共疾，天地之所不容。[①]
>
> …………

从出身的低微到私生活的混乱，从人性的灭绝到谋权篡位的政治野心，引经据典，逐一谩骂，言辞无所不用其极，怎么狠怎么来。后世评价：“前半妩媚奸雄处，字字足令彼心折；中幅为义旗设色，写得声光奕奕，山岳震动。”[②]

据《新唐书》记载，武则天看的时候并没有生气，反而面带笑容。[③]

有道是：欲戴其冠，必承其重。别低头，皇冠会掉，别流泪，贱人会笑。能走到今天这一步，天下不知道多少人在骂她，这点心理承受能力还是有的。何况文章写得确实好，字字珠玑，有理有据，读起来酣畅淋漓，差点忘了是在骂自己。

当手下读到“一抔之土未干，六尺之孤何托”时，武则天忍不住拍案叫绝，问道：“这是谁写的？”

手下回答：“出自骆宾王之手。”

---

① 见《旧唐书·列传第十七》。
② 见[清]过珙《详订古文评注全集》卷六。
③ 《新唐书·文艺传》：“徐敬业乱，署宾王为府属，为敬业传檄天下，斥武后罪。后读，但嘻笑。”

武则天长叹一声：“这样的人才为什么没有被我大唐所用？这是宰相的过失啊！”①

伍

檄文写得好，固然可以鼓舞士气，提振军威，却于战事无补。不过短短几个月时间，叛军就被朝廷剿灭，首领徐敬业被杀，株连九族；反动文人骆宾王下落不明，生死未卜。《新唐书》中说：“宾王亡命，不知所之。”

骆宾王少年成名，一首《咏鹅》，力压“床前明月光”，勇夺亚洲小学生最喜爱的十大唐诗之首，连续一千三百多年入选华语地区学龄前儿童教育启蒙读本，奠定了骆宾王在唐诗界不可撼动的地位。

骆宾王才华横溢，著作颇丰，是“初唐四杰”中流传作品最多的一个，如果没有加入叛军，潜心创作的话，他本可以在文坛有更高的成就。

是的，毕竟七岁就开始写诗了，李白在他那个年纪，还蹲在河边看老太婆铁杵磨针，杜甫还在村里爬高上低调皮捣蛋，跟骆宾王相比，在起跑线上就已经输了。

只可惜，一失足成千古恨，大唐诗坛从此失去了骆宾王的锦绣文章。

陆

多年以后，诗人宋之问游历至杭州，夜宿灵隐寺。一天夜晚，皓月当空，宋之问失眠，就在殿外长廊漫步吟诗。

当他吟出“鹫岭郁苕峣，龙宫锁寂寥”两句之后，一时想不出对应

① 《新唐书·文艺传》：“或以宾王对，后曰：‘宰相安得失此人！’”

的下句，正苦思冥想抓耳挠腮，旁边走来一位须发皆白的老僧，随口对出："楼观沧海日，门对浙江潮。"宋之问连声称妙，接着往下写，五言诗《灵隐寺》就此创作完成，后来成为宋之问的成名之作[①]：

鹫岭郁岧峣，龙宫锁寂寥。
楼观沧海日，门对浙江潮。
桂子月中落，天香云外飘。
扪萝登塔远，刳木取泉遥。
霜薄花更发，冰轻叶未凋。
夙龄尚遐异，搜对涤烦嚣。
待入天台路，看余度石桥。[②]

纵观全诗，就数老和尚那两句最为精妙，堪称点睛之笔。

第二天一大早，宋之问去答谢老僧，遍寻不见，问方丈，才知道那位老和尚是云游挂单到这里的，天不亮就离开了。

宋之问不死心，觉得老僧一定是个有故事的人，追问是何来历。方丈四下张望了一番，压低声音悄悄告诉他："那个老和尚，便是当年销声匿迹的骆宾王。"[③]

宋之问当时惊得半天合不上嘴。方丈再三叮嘱："别出去乱说啊，保密！"

此时，旭日东升，霞光满院，几只肥硕的大白鹅在寺前的池塘里悠然自得地游荡，平静的水面泛起一道道涟漪，久久不曾散去。

---

① 见[唐]孟启《本事诗·徵异第五》。
② 见《全唐诗》卷五十三。
③ [元]辛文房《唐才子传》卷一："迟明访之，已不见。老僧即宾王也。"

宋之问

也没干啥，
就是给武则天写了首情诗

唐高宗永隆元年（公元六八〇年），洛阳城一座宅院里，两个男人在一起喝酒。

年龄稍大一点的叫刘希夷，小一点的叫宋之问，两人不但是同班同学，同一年考中进士，而且还是实在亲戚，舅甥关系，年龄小的是舅舅，大的是外甥。

这种情况在今天也并不少见，没办法，没地方说理去。

酒过三巡，年长的刘希夷从怀里掏出一张纸："舅，我前两天刚写了一首诗，您给点评点评呗。"

宋之问放下手里的筷子，并不客气，随意地接过了那首诗。

在那一刻，两个人谁都没有想到，正是这首诗，为刘希夷引来了杀身之祸，宋之问也因此卷入一桩扑朔迷离的"因诗杀人"案。

壹

宋之问，天资聪颖，勤奋好学，十九岁进士及第后，就被招进文学馆，成为宫廷御用诗人。

虽说年龄比外甥还小几岁，但宋之问在诗坛的地位却非刘希夷可比，据《旧唐书》记载："之问弱冠知名，尤善五言诗，其时无能出其右者。"与大诗人沈佺期合称"沈宋"。

今天我们说起沈佺期和宋之问，感觉并不是很出名，好多人甚至不知道这两个名字。其实，"沈宋"在当时诗坛的地位非同一般，不是因为他们写过多少首流行的诗，而是因为这两人对中国律诗的形成做出了突出的贡献。

唐朝之前的诗歌被称作古体诗，在格律上是没有统一规范的，没有严格的平仄要求，对仗、押韵也不讲究，这也是古体诗读起来没有唐诗那么朗朗上口的主要原因。

宋之问和沈佺期，还有杜甫的爷爷杜审言等人，身体力行，在"初唐四杰"的基础上，完善了五言格律诗体制，并创造了七言律诗新体，明确了古体诗和近体诗的界限，将唐诗发展提升到了一个新的高度，宋之问是公认的中国格律诗奠基人之一。可以说，唐诗中的五律、七律、五绝、七绝，就是在宋之问手上定型的。

正是由于这个原因，后人将宋之问与李白、孟浩然、王维、贺知章、陈子昂等大咖并列，合称"仙宗十友"。

所以，宋之问在初唐诗坛并非浪得虚名，绝对是响当当的一号人物。

那天，宋之问漫不经心地接过外甥刘希夷递过来的诗稿，看着看着，表情逐渐凝重起来，看完，当时就被震住了：

洛阳城东桃李花，飞来飞去落谁家？
洛阳女儿好颜色，坐见落花长叹息。
今年花落颜色改，明年花开复谁在？
已见松柏摧为薪，更闻桑田变成海。

古人无复洛城东，今人还对落花风。
年年岁岁花相似，岁岁年年人不同。
寄言全盛红颜子，应怜半死白头翁。
此翁白头真可怜，伊昔红颜美少年。
公子王孙芳树下，清歌妙舞落花前。
光禄池台开锦绣，将军楼阁画神仙。
一朝卧病无相识，三春行乐在谁边？
宛转蛾眉能几时？须臾鹤发乱如丝。
但看古来歌舞地，惟有黄昏鸟雀悲。①

这是一首拟古乐府格式作的七言古诗，名为《代悲白头翁》，从妙龄少女写到白发老翁，咏叹青春易逝，富贵无常。全篇构思精巧，用词华美，抒情婉转，音韵和谐，特别是那句“年年岁岁花相似，岁岁年年人不同”堪称神来之笔。

宋之问读罢，赞不绝口，当时就动了一个念头，问刘希夷：“这首诗给别人看过吗？”

刘希夷说：“没有，舅舅您是第一位读者。”

宋之问说：“那帮舅舅一个忙吧。这两天宫里搞诗歌比赛，要求参赛作品必须是没有发表过的新诗，你看你舅一天到晚工作这么忙，哪有时间静下心来搞创作，眼看截稿日期就要到了，我想让你把这首诗送给我，让我拿去充个数，不知道你愿不愿意？”

刘希夷由于多喝了几杯，脑子一热，当即说道：“我还以为啥大不了的事儿呢，不过是一首诗嘛，舅舅喜欢拿去用好了。”

① 见《全唐诗》卷八十二。

第二天，宋之问把这首诗的标题改为《有所思》，将诗中个别词句做了细微的修改，比如把“洛阳女儿好颜色”一句改为“幽闺女儿惜颜色”，然后署上自己的名字，当作个人原创作品发表在个人公众号“你问我我问谁”上。

短短半天时间，这首诗的阅读量就突破了10万+，好评如潮，转发无数，几乎刷屏，就连唐高宗、武则天皇后、上官婉儿等大人物也纷纷点赞。

刘希夷当然也看到了，立刻就后悔了，好不容易写了篇爆款，怎么就傻乎乎给别人了呢？都是昨天的酒闹的。他当即找到舅舅宋之问，要求他把诗还给自己。宋之问一听就恼了，昨晚上答应的事，你咋能说反悔就反悔呢？这不是陷我于不义吗？

两人当时就翻脸了，越吵越凶。宋之问心想，这要是让人知道我剽窃外甥的作品，今后还怎么在文坛混？冲动之下，他居然用装土的麻袋把年仅二十九岁的刘希夷活活压死了。

此事最早记载于《大唐新语》：“诗成未周，为奸所杀。或云宋之问害之。”

这还只是一种猜测，到了《唐才子传》和《刘宾客嘉话录》中，则对这起杀人事件进行了详细的描述：“‘年年岁岁花相似，岁岁年年人不同’，其舅宋之问苦爱此两句，知其未示人，恳乞，许而不与。之问怒，以土袋压杀之。”

宋之问是朝廷官员，在诗坛享有盛名，而刘希夷虽是进士，却是平民身份，加上案发地在宋之问家里，所以虽然当时社会上有传言，但并没有确凿证据，大家都觉得宋之问是一个著名诗人，不至于因为这个就杀人，何况还是自己的亲外甥，多半是有人栽赃陷害。

因诗杀人案究竟是真是假？到底谁才是那首诗的真正作者？这件事

在当时并没有定论，所以，后世收录《全唐诗》时，就出现了一个奇怪的现象，这首诗被分别收录在了两个人名下。

其实，杀人这种事，也不是没有诗人干过，前有王勃杀人灭口被抓，后有顾城残忍杀妻自尽。如果你对宋之问的人品有所了解，就会知道因诗杀人对宋之问来说，不足为奇。

贰

是的，宋之问的人品值得怀疑。

在诗歌创作上，宋之问有多篇作品涉嫌洗稿甚至抄袭，《全唐诗》共收录了宋之问一百八十七首诗，其中，与其他人的作品高度相似或完全一样的多达十七首，占其作品总数的近十分之一。

比如，沈佺期名下的《梅花落》和《巫山高》，到宋之问名下就变成了《花落》和《内题赋得巫山雨》。还有《铜雀台》《望月有怀》《王昭君》等，都与沈佺期有著作权争议。王维名下的《冬夜寓直麟阁》、王昌龄的《驾出长安》、李乂的《奉和幸韦嗣立山庄侍宴应制》等，也同样挂在了宋之问名下。

《全唐诗》为清代编著，由于年代久远，诗作者出现疑问很正常，但这么多诗词的著作权争议都集中在宋之问一个人身上，如果说都是别人抄袭他的，你信吗？

平心而论，宋之问的诗还是有功力的，深得武后赏识，先是被召入文学馆，不久出任洛州参军，后来又进入崇文馆任学士。武则天称帝后，又将他提拔为正五品的学士，因文学才能被天子欣赏，出入侍从，礼遇尤宠。

有一次，武则天游洛阳龙门，“命群官赋诗，先成者赐以锦袍”[①]。一个叫东方虬的首先写好，于是武则天就把锦袍赐给了东方虬。这边刚谢主隆恩，美滋滋接过锦袍，宋之问的诗《龙门应制》也写好了：

…………

洛阳花柳此时浓，山水楼台映几重。

群公拂雾朝翔凤，天子乘春幸凿龙。[②]

…………

全诗洋洋洒洒共四十二句，“文理兼美，左右莫不称善”[③]，比东方虬写的不知道好多少倍，武则天读罢，十分喜爱，马上让人把锦袍从东方虬手里拿回来，转手赐给宋之问，搞得东方虬十分尴尬。[④]

这就是被文坛传为一段佳话的“龙门夺袍”的故事。

从这件事可以看出，女人的善变和喜新厌旧，但更主要的是，可以感受到武则天对宋之问才华的赏识。

作为御用文人，宋之问的诗多为歌功颂德、粉饰太平、浮华空泛的应制之作。

比如这首《上阳宫侍宴应制得林字》：

广乐张前殿，重裘感圣心。

砌蓂霜月尽，庭树雪云深。

旧渥骖宸御，慈恩忝翰林。

---

① 见《唐诗纪事》卷十一。

② 见《全唐诗》卷五十一。

③ 见[唐]刘餗《隋唐嘉话》。

④ 《唐才子传》卷一：“后游龙门，诏从臣赋诗，左史东方虬诗先成，后赐锦袍。之问俄顷献，后览之嗟赏，更夺袍以赐。”

微臣一何幸，再得听瑶琴。[①]

通篇又是“感圣心”，又是“慈恩”，又是“何幸”，赤裸裸的马屁精。

职责所在，写点奉承之作，本无可厚非，但如果都是些奴颜婢膝，毫无人格底线的阿谀奉承之作，就为人所不齿了，这也是宋之问诗作流传不广的原因之一。

史料记载，宋之问“伟仪貌，雄于辩”[②]，人长得帅，口才也好，又有才，特别讨女人喜欢，曾被武则天招进内务府奉宸院，担任左奉宸内供奉。

奉宸院，名为朝廷文化管理机构，其实大家心里都清楚，那差不多就是武则天的后宫，在里面工作的都是些年轻英俊的男子。

当时，张易之、张昌宗兄弟是宋之问的主管领导，也是武则天的新晋男宠。倚仗着与女皇的特殊关系，二人飞扬跋扈，权倾一时。

宋之问并不满足于只做一个御用诗人，一直希望能在事业上有更大的发展。为了巴结张氏兄弟，他极尽谄媚之能事。张易之的许多文章和奏折，都是宋之问代笔，身为朝廷五品大员，他甚至为张易之倒过尿壶。

此事绝非杜撰，《新唐书》中有明确记载：“易之所赋诸篇，尽之问、朝隐所为，至为易之奉溺器。”[③]溺器，就是尿壶，宋之问给他爹都没倒过。

为了能像张氏兄弟那样得到武则天的宠爱，宋之问不但处处讨好张

① 见《全唐诗》卷五十二。
② 见《新唐书·文艺传》。
③ 见《新唐书·文艺传》。

易之，甚至毛遂自荐，以求职北门学士为由，给武则天写过一首情诗，希望得到女皇的青睐，就是那首著名的《明河篇》[①]：

> 八月凉风天气清，万里无云河汉明。
> 昏见南楼清且浅，晓落西山纵复横。
> …………
> 明河可望不可亲，愿得乘槎一问津。
> 更将织女支机石，还访成都卖卜人。[②]

什么叫“明河可望不可亲，愿得乘槎一问津”？武则天也是一个诗词歌赋样样略知一二的文艺女青年，自然明白其中的含义，见宋之问仪表堂堂，也动了心，召他深夜入宫，研讨有关“大力推动格律诗歌创作，促进大唐诗歌文化发展”方面的工作。

宋之问喜出望外，赶紧把自己好好收拾了一下，信心满满地进入女皇内宫。

然而，半个小时不到，宋之问就灰溜溜出来了。这之后，宋之问再也没有得到过女皇的单独召见。

手下人后来听武则天抱怨：“吾非不知之问有才调，但以其有口过。”[③]意思是，这个人哪儿都好，有才华，有情调，就是有口臭，实在无法忍受。

在医学并不发达的唐代，这个病谁也没办法治好，宋之问由此失去了进一步的上升通道。

---

① 《唐才子传》卷一：“后求北门学士，以有齿疾不许，遂作《明河篇》，有‘明河可望不可亲’之句，以见志。”

② 见《全唐诗》卷五十一。

③ 见[唐]孟启《本事诗·怨愤第四》。

叁

在封建专制社会，官员的职业风险极高。

唐中宗神龙元年（公元七〇五年），宰相张柬之等人发动“神龙政变”，武则天被逼退位，唐中宗李显复辟，恢复李唐天下，女皇宠臣张易之、张昌宗被诛杀。

作为武则天的近臣、二张的同党，宋之问也被问责，虽然逃过了死罪，但被贬出京城，发配到了当时全国最贫穷落后的地区——广东，担任当地驻军一个小小的参谋。

广东泷州，穷乡僻壤，宋之问实在无法忍受军旅生活的艰苦，第二年，冒死偷偷潜回了洛阳。

临近洛阳时，宋之问写下了他一生中被传诵最广的一首诗——《渡汉江》：

岭外音书断，经冬复历春。
近乡情更怯，不敢问来人。①

因为是私自潜回，宋之问不但“不敢问来人”，也不敢回家，只能偷偷投奔好友、同朝为官的张仲之。

患难之中见真情，人只有在倒霉的时候，才知道谁是你真正的朋友。张仲之冒着巨大的风险，收留了宋之问，将他藏匿在自己府中。

为朋友两肋插刀，这不是一般关系能做出来的。而宋之问，这时又做了他人生中最丑恶的一件事。

当时，武则天虽然已经退位，但其侄子武三思仍把持朝政。张仲之

① 见《全唐诗》卷五十三。

与驸马都尉王同皎等人密谋，准备除掉武三思。①

不巧，他们密谋时恰好被宋之问听到了。没想到，宋之问居然跑去告发张仲之，结果，张仲之和王同皎遭满门抄斩。而宋之问因为告密有功，不但没有被追究私自潜回洛阳的罪过，反而被提拔为鸿胪主簿，后又改任考功员外郎，官越当越大。②

不论什么年代，不告密，都是做人的底线，更何况是自己的救命恩人。宋之问本来面目彻底暴露于世人面前，“由是深为义士所讥”③，“天下丑其行”④，被钉在了历史的耻辱柱上。

其实，这种人并没有自己的政治立场和明确的价值观，基本上看到谁有权势，就依附谁。

回到洛阳之后，宋之问先是卖友求荣，投靠武三思；武三思被杀后，太平公主把持朝政，宋之问就攀附太平公主；再后来，安乐公主的势力占了上风，宋之问又转投安乐公主门下。墙头草，随风倒，左右摇摆不定。

通常，这种人最容易两面不讨好。投奔安乐公主后，太平公主很生气，以宋之问在主持科考时收受贿赂为名，再次将他赶出洛阳，贬到浙江越州任职。⑤

唐睿宗景云元年（公元七一〇年），李隆基与太平公主联手诛杀了安乐公主，拥立李旦即位，是为唐睿宗。

朝廷开始清算武氏余孽，认为宋之问“狯险盈恶”⑥，“无悛悟之

---

① 《旧唐书·文苑传》：“未几，逃还，匿于洛阳人张仲之家。仲之与驸马都尉王同皎等谋杀武三思，之问令兄子发其事以自赎。”

② 《唐才子传》卷一：“后逃归，匿张仲之家。闻仲之谋杀武三思，乃告变，擢鸿胪簿，迁考功郎，复媚太平公主。”

③ 见《旧唐书·文苑传》。

④ 见《新唐书·文艺传》。

⑤ 《唐才子传》卷一：“以知举贿赂狼藉，下迁越州长史。”

⑥ 见《唐诗纪事》卷十一。

心”[①]，是个十足的奸佞小人，一纸诏书，又将他从浙江越州流放到了广西钦州。

流放期间，宋之问“颇自力为政。穷历剡溪山，置酒赋诗，流布京师，人人传讽”[②]。远离京师，摆脱了政治斗争，万念俱灰之后，他反而写出了不少佳作，比如这首《度大庾岭》：

度岭方辞国，停轺一望家。
魂随南翥鸟，泪尽北枝花。
山雨初含霁，江云欲变霞。
但令归有日，不敢恨长沙。[③]

这是宋之问被贬经大庾岭时所作的一首诗，表达了对被贬的不满以及盼望有朝一日赦免回京的愿望。这首诗感情真挚，以景衬情，情景交融，达到一个较高的境界；章法严谨，对仗工整，音韵和谐，表现出一种自然而又流动的整齐美，是一首成熟的五言律诗，堪称“示后进以准”的佳作。

又如这首《灵隐寺》：

鹫岭郁岧峣，龙宫锁寂寥。
楼观沧海日，门对浙江潮。
桂子月中落，天香云外飘。
扪萝登塔远，刳木取泉遥。

---

① 《唐才子传》卷一：“睿宗立，以无悛悟之心，流钦州，御史劾奏赐死。”
② 见《新唐书·文艺传》。
③ 见《全唐诗》卷五十二。

霜薄花更发，冰轻叶未凋。
夙龄尚遐异，搜对涤烦嚣。
待入天台路，看余度石桥。①

这首诗是宋之问在杭州游历时所作，开篇从飞来峰入手，写到灵隐寺及周边的景色，最后抒发感想。全诗思路清晰顺畅，语言凝练自然，整体上看清新雄壮，却又隐含着出世归隐的洒脱。全诗意境开阔，构思奇妙，景色描写清丽淡远，开启了唐代山水诗的先河。

相传，诗中那句“楼观沧海日，门对浙江潮”就是因谋反而逃亡在外的初唐四杰之一骆宾王所赠。②

还有那首特别彰显文人风骨的《题张老松树》：

岁晚东岩下，周顾何凄恻。
日落西山阴，众草起寒色。
中有乔松树，使我长叹息。
百尺无寸枝，一生自孤直。③

一个人品行如何，不要看他说些什么，写些什么，而要看他做了些什么。很难想象，“百尺无寸枝，一生自孤直”这样有气节的诗句，竟出自宋之问之手。

唐睿宗延和元年（公元七一二年），李隆基即位，是为唐玄宗。登基后，唐玄宗第一件事就是下旨将宋之问赐死于广西桂林——这种蝇营

① 见《全唐诗》卷五十三。
② 见[宋]计有功《唐诗纪事》卷七。
③ 见《全唐诗》卷五十一。

狗苟的奸佞之徒，不杀还留着过年吗？！

凡事皆有因果，对于宋之问的死，《唐才子传》中说：“人言刘希夷之报也。”

从剽窃洗稿，因诗杀人，到趋炎附势，攀附佞臣，再到卖友求荣，左右摇摆，最终被赐死异乡，宋之问的所作所为，终于为自己赢得了千古骂名。

大唐诗坛群星闪耀，名家荟萃，若论才学，宋之问虽然算不上一流诗人，但也绝非等闲之辈，只因其所作所为，为历代所不齿，在一定程度上，也影响了他诗名的传播。

北宋司马光在《资治通鉴》中说：“才德全尽谓之圣人，才德兼亡谓之愚人，德胜才谓之君子，才胜德谓之小人。”

无论什么时候，人品都高于才华。会作诗，不重要；会做人，才是根本。

陈子昂

我的孤独你永远不懂

武周天册万岁二年（公元六九六年），武则天当政时期，东北契丹叛乱，建安王武攸宜奉旨率军征讨。

这个武攸宜，是武则天的亲侄子，平时在京城养尊处优惯了，哪里懂得带兵打仗，战场上一通瞎指挥，致使大军很快陷入困境。

武将军一筹莫展，决定按兵不动，固守待援。

这时候，他手下有个参谋站了出来，表示反对："我们这样不是坐以待毙吗？给我一万兵马，让我当前锋，杀出重围！"①

武攸宜一听，气不打一处来："就显你能，你个读书人懂个屁，打仗不是作文章，不是绘画绣花，不是温良恭俭让，是暴力行动，是要死人的，懂不懂？！"

参谋不服气，还要据理力争："我觉得……"

武攸宜说："我不要你觉得，我只要我觉得，给我闭嘴！"

参谋还想争辩，武攸宜一怒之下，将这名参谋降职为军曹，直接轰出了大帐。

参谋人微言轻，意见不被采纳也就算了，还被降职，自己好歹也算是国内知名诗人，当着那么多人的面被劈头盖脸一顿训斥，人家不要面

---

① [唐]卢藏用《陈子昂别传》："乞分麾下万人以为前驱。"见《全唐文》卷二百三十八。

子的吗？为了建功立业，报效国家，毅然放弃大城市舒适的生活，投笔从戎，来到边疆，空有一腔抱负，却无法施展，同事们也不理解，说自己是想出风头，真是想不通。

此时，正值黄昏时分，残阳如血，他满怀郁闷，独自登上不远处的幽州台，极目远眺，百感交集，那种无边无际的强烈的孤独感如潮水般涌上心头，一首震烁古今的绝唱，脱口而出：

前不见古人，后不见来者。
念天地之悠悠，独怆然而涕下。[①]

这首《登幽州台歌》很快传遍了全国，家喻户晓，本来已经有点过气的诗人，因为这首诗，名字再次被人们记起，他就是被后人誉为“唐之诗祖”的陈子昂。

壹

陈子昂的一生充满传奇。

他出生在四川一个富豪之家，是一个典型的富二代。史料记载，陈子昂少年时期“驰侠使气，至年十七八未知书”[②]，基本就是个社会小混混，从来没看过书。

直到十八岁那年，因为打架斗殴（击剑伤人），陈子昂差点闹出人命，家里为了摆平这件事，花了不少钱。

父亲很生气，语重心长道：“你也老大不小了，成天在外面打打杀

---

① 见《全唐诗》卷八十三。
② 见[唐]卢藏用《陈子昂别传》，《全唐文》卷二百三十八。

杀，能有什么出息啊？你看人家王勃，比你大不了几岁，虽然英年早逝，但短暂的一生留下了多少锦绣文章；再看看人家骆宾王，七岁就会写鹅鹅鹅，你呢，七岁还尿床呢，到现在连个检查都写不好。”

一番话让陈子昂羞愧难当，他幡然悔悟，从此退出江湖，专心补习功课，准备参加科举考试。为此，家里把他送进了长安国子监学习。

众所周知，国子监是全国最高学府，哪是轻易能上得了的？

但对陈子昂来说，凡是用钱能解决的问题，都不是问题。

一年后，陈子昂在京城参加科举考试。

当然，落榜了，毕竟原来的基础太差了，就补习了一年，别说国子监，毛坦厂加黄冈密卷也不行。

陈子昂毫不气馁，回到家乡，闭门谢客，继续复读，成绩有了突飞猛进的提高。唐代卢藏用在《陈子昂别传》中，称其“数年之间，经史百家，罔不赅览。尤善属文，雅有相如、子云之风骨”。

唐高宗永淳元年（公元六八二年），二十一岁的陈子昂踌躇满志，再次进京应试，志在必得。

没想到，又落榜了。

不应该啊，这到底是怎么回事？！

唐朝时期，科举试卷上的名字是不密封的，如果考生有关系有背景，或者在文坛有名气，对评卷结果就会有很大的影响。

陈子昂在四川是著名土豪，但在京城根本什么都不算，又没有结识考官的门路，难免吃亏。

此时的大唐文坛，“初唐四杰”如日中天，张若虚名动天下，诗坛新秀宋之问也已崭露头角，而陈子昂呢，写的诗虽然颇受好评，但因为缺少名家背书，一直默默无闻。

经过认真反思，陈子昂深刻领悟到一个道理：在文坛，特别是在首都文艺界扬名立万，让大家快速认识自己和自己的诗词文章，才是科举成败的关键。

贰

武后光宅元年（公元六八四年），陈子昂第三次参加科举考试。

这回他提前半个月就到了长安，精心策划并实施了一场轰动京城的营销事件。

这一日，闹市街头，有人叫卖一张古琴，要价百万，且不还价，许多人围观，搞不懂这琴凭什么值这么多钱。

陈子昂走过去，粗略一看，就说："包好吧，我买了，我擅长这个乐器。"当场现金付款。

围观群众当时都惊呆了：一百万买张琴，这该不是个傻子吧？这琴到底好在哪儿啊？您给我们弹弹呗。

陈子昂微微一笑："明日此时，宣阳里大街，现场弹奏，敬请光临。"

当天，各大媒体纷纷在头版头条报道此事，相关消息瞬间刷屏，迅速占据微博热搜榜榜首。

第二天，长安宣阳里大街人山人海，大家争相围观，都想听听这张价值百万的古琴，能整出什么动静。

万众瞩目之下，陈子昂捧琴出场，环顾四周，朗声说道："女士们，先生们，感谢各位光临，在下蜀人陈子昂，写过诗文上百篇，你们不愿意看，这破琴有什么好听的。"

说完，把琴高高举起，重重地砸在地上，摔了个粉碎。在众人的一片惊呼声中，陈子昂开始现场散发自己的原创诗文，人手一份。[①]

摔琴事件轰动京城，陈子昂迅速成为热点人物，他的诗文也随之传遍长安，业内好评如潮。当时的京兆司功王适读后，忍不住惊叹道："此子必为文宗矣！"[②]

一时间，陈子昂在京城声名鹊起[③]。

几天后，科举开考，陈子昂金榜题名，进士及第。

叁

依照《大唐朝干部选拔任用条例》，学子中了进士只是取得了任职资格，并不会立刻被授予官职，还要参加吏部组织的考试，还要等职位空缺，等多久不好说，快了也许一两个月，慢了可能十年八年。

陈子昂更倒霉，还没等到被安排工作，唐高宗在洛阳病逝了。

举国哀悼，唐睿宗刚刚即位，哪里顾得上这些新科进士工作的事，等着吧。

此时，武则天准备将高宗的灵柩运回长安，陈子昂听说这件事后，以特有的敏锐觉察到，自己的机会来了。

他当即给武则天写了一封信——《谏灵驾入京书》，力劝武则天不要移灵入京。

为啥？因为"天子以四海为家"，所谓青山处处埋忠骨，何必马革裹尸还，毕竟洛阳也是大唐的京城之一，又是公认的风水宝地，皇帝埋哪儿不是埋，何必劳民伤财瞎折腾呢？

---

① 以上故事见[唐]李冗《独异记》。

② [唐]卢藏用《陈子昂别传》："初为诗，幽人王适见而惊曰：'此子必为文宗矣。'"见《全唐文》卷二百三十八。

③ [唐]卢藏用《陈子昂别传》："都邑靡然瞩目矣。"见《全唐文》卷二百三十八。

说是一封信，其实是一篇文章，洋洋洒洒一千八百余字，放眼全局，纵论古今，写得有理有据，文采飞扬。武则天看罢，大为赞赏，虽然没有采纳陈子昂的建议，却被他的文采所折服，称陈子昂“地籍英灵，文称伟晔”①。当即授予他秘书省麟台正字之职，负责皇家典籍的校对工作。

虽然只是个副科级干部，但武则天对陈子昂十分赏识，多次召见陈子昂，就国家政事咨询他的意见②。

因为这层关系，陈子昂再次爆红，一时声名大振。史籍中称：“时洛中传写其书，市肆闾巷，吟讽相属，乃至转相货鬻，飞驰远迩。”③

很快，陈子昂又被提拔为右拾遗。

行政级别虽然不高，但左右拾遗隶属于国家监察机关，专门负责监督修正皇帝工作上的失误和疏漏。

这个工作可以接近皇帝，不仅容易进步，而且特别适合陈子昂的性格。

因为，陈子昂没别的爱好，就喜欢提意见。

肆

陈子昂任职右拾遗不久，京城发生了一起杀人案。

死者赵师韫若干年前任县尉时，因私事杀了徐元庆的父亲，徐元庆当时年幼，为报杀父之仇，隐姓埋名，在一家驿站打工。十年后，升为御史大夫的赵师韫出差，刚好住在这家驿站，徐元庆抓住机会，杀了赵师韫，然后投案自首。

---

① 见[唐]卢藏用《陈子昂别传》，《全唐文》卷二百三十八。
② [唐]卢藏用《陈子昂别传》：“上数召见，问政事，言多切直。”见《全唐文》卷二百三十八。
③ 见[唐]卢藏用《陈子昂别传》，《全唐文》卷二百三十八。

案件轰动一时。在对徐元庆如何判决上，社会上出现了巨大争议。

一种意见认为，杀人偿命，天经地义，何况死者是朝廷命官，必须依法严惩，判处死刑；另一种意见认为，杀父之仇不共戴天，徐元庆为父报仇，属于至孝至烈，应该从轻处理，免于一死。

双方各执一词，争执不下。

官司一直打到了最高层，当时，武则天为了倡导“孝悌忠信”的社会风尚，准备赦免徐元庆的死罪。

陈子昂听说后当即表示反对，写了一篇《复仇议状》，向武则天建议：徐元庆故意杀人，依法必须判处死刑，但为父报仇，是一片孝心，情有可原，可以先执刑，然后再通过适当的形式，对他的行为给予表彰[①]。

这个主意好，武则天当即欣然接受，并将此案例写进了《唐律》[②]。

这件事让陈子昂深受鼓舞，觉得武则天是一个能够接受批评意见的开明之君，他终于找到了自己存在的价值，从此，意见一个接着一个[③]。

武则天笃信佛教，不杀生，所以，下旨“禁天下屠杀及捕鱼虾”，导致江淮饥民“饿死者甚众”[④]，陈子昂上书直言，说这种假仁假义的规定，完全不切合实际，只有昏君才想得出来。

武则天任用酷吏，滥施刑罚，鼓励告密，搞得朝野上下人人自危，百姓道路以目，噤若寒蝉。陈子昂挺身而出，直斥当权者“赤丸杀公吏，白刃报私仇”[⑤]，劝谏武则天，应立刻停止诛杀李唐宗室。

---

① 《旧唐书·文苑传》：“国法专杀者死，元庆宜正国法，然后旌其闾墓，以褒其孝义可也。”
② [唐]陈子昂《陈拾遗集》卷七：“编之于令，永为国典。”
③ [唐]赵儋《鲜于公为故右拾遗陈公建旌德之碑文》：“每上疏言政事，词旨切直。”见《全唐文》卷七百三十二。
④ 以上两处俱见《资治通鉴》卷二百五。
⑤ 《全唐诗 》卷八十三。

谏言一次比一次尖锐，一个比一个犀利，武则天心里能高兴吗？

伍

由于陈子昂锋芒毕露，直言敢谏，后来不但受到武则天的冷落，更得罪了一大批权贵，连周围的同事也开始疏远他。陈子昂没有特别要好的朋友，满腹心事无人倾诉，那段时间里，他体会到了前所未有的寂寞与孤独。

当年同科上榜的进士，有的都做到高官了，可最早步入仕途的陈子昂十几年来却一直在原地踏步，再也没有升迁过。

人不能守着一棵树吊死，再怎样也应该多试几棵。地方上混不出来，还有部队。

武周万岁登封二年（公元六九六年），契丹叛乱，三十六岁的陈子昂主动请缨，以随军参谋的身份，与建安郡王武攸宜征讨契丹。①

结果，跟新上级的关系也没搞好，在军中处处受排挤，壮志难酬，英雄无用武之地，唯有“独怆然而涕下”。

这首《登泽州城北楼宴》，正是他当时灰暗心情的写照：

平生倦游者，观化久无穷。
复来登此国，临望与君同。
坐见秦兵垒，遥闻赵将雄。
武安君何在，长平事已空。
且歌玄云曲，衔酒舞薰风。

① [唐]卢藏用《陈子昂别传》：“属契丹以营州叛，建安郡王攸宜亲总戎律，台阁英妙，皆署在军麾，特敕子昂参谋帷幕。”见《全唐文》卷二百三十八。

勿使青衿子，嗟尔白头翁。[①]

在这首诗中，陈子昂将唐军在战场上的失利，与当年赵军长平之败相提并论。他悲观地认为，这样的失败，如同自己的军旅生涯一样，毫无意义。

武则天圣历元年（公元六九八年），军队班师回朝，连个三等功都没混上的陈子昂万念俱灰，以父亲年迈多病为由，上表辞官，朝廷也没挽留，直接就批了。

陈子昂就此告别了仕途，回到家乡四川省射洪县。

原本想远离官场是非之地，隐居家乡专心文学创作，没想到，树欲静而风不止，陈子昂在任时得罪了不少权贵，特别是武氏一族，对他早已恨之入骨。

陈子昂卸任回乡不久，射洪县令段简就接到上面某位大人物的暗示，务必设法将陈子昂置于死地。

县令正好也想整一整陈子昂，史料记载："属本县令段简，贪暴残忍，闻其家有财，乃附会文法，将欲害之。"[②]意思是，县令看陈家是当地富商，正想找个借口敲诈一笔钱，既然上面有这个意思，就顺势把他给抓起来了。

县令收集证据材料的时候，陈子昂慌了，赶紧让家里人拿了二十万给县令，结果人家嫌少，还是把他抓进了监狱。[③]

耗尽家财上下疏通都不行，陈子昂终于醒悟，看来人家不光想要钱，还要命。

---

① 见《全唐诗》卷八十三。
② 见[唐]卢藏用《陈子昂别传》，《全唐文 》卷二百三十八。
③ [唐]卢藏用《陈子昂别传》："子昂惶惧，使家人纳钱二十万，而简意未塞，数舆曳就吏。"见《全唐文 》卷二百三十八。

于是，他给自己算了一卦，一看是凶卦，看来老天这是要亡我啊。①

武则天长安二年（公元七〇二年），陈子昂死于狱中，年仅四十二岁。②

陆

大唐诗坛，群星闪耀，陈子昂当然算不上夜空中最亮的星，除了那首《登幽州台歌》脍炙人口，很少有人能完整背出他的其他作品。

但是，这丝毫不影响陈子昂在大唐诗坛无可替代的地位。

陈子昂存诗共一百多首，其诗风骨峥嵘，寓意深远，苍劲有力，被后世誉为“诗骨”。他在“初唐四杰”的基础上，彻底摆脱了齐梁颓靡诗风的影响和束缚，以风雅之音，开唐代诗文从封闭走向开放的先河，奠定了唐诗波澜壮阔的万千气象。

白居易将其与杜甫并列，称“杜甫陈子昂，才名括天地”③。韩愈则认为，“国朝盛文章，子昂始高蹈”④。

也就是说，唐代诗歌的繁荣昌盛，是从陈子昂开始的，他是当之无愧的“唐之诗祖”。

陈子昂一生仕途不畅，郁郁不得志。其实，现在回过头来看，不论是在地方，还是在军队，以陈子昂的个性和能力，真把他放在位置上，也未必能比别人干得好。

隔行如隔山，术业有专攻，道理是显而易见的。能写好诗词文章，未必能当好官，打好仗，带好兵。

---

① [唐]卢藏用《陈子昂别传》：“子昂素羸疾，又哀毁，杖不能起。外迫苛政，自度气力恐不能全，因命蓍自筮，卦成，仰而号曰：‘天命不佑，吾其死矣！’”见《全唐文》卷二百三十八。

② [唐]卢藏用《陈子昂别传》：“于是遂绝，年四十二。”见《全唐文》卷二百三十八。

③ [唐]白居易《初授拾遗》诗。

④ [唐]韩愈《荐士》诗。

或许，陈子昂当初就该认清形势，远离官场，反正家里又不缺钱，当什么官嘛，隐居田园，专心创作，肯定会有更大的成就——至少，不会给自己引来杀身之祸。

现在说什么都晚了，其人已殁，坟冢荒芜，唯有诗文流传，千年不朽。

若干年后，杜甫慕名来到四川，瞻仰陈子昂故居时，作诗缅怀：

拾遗平昔居，大屋尚修椽。
悠扬荒山日，惨澹故园烟。
位下曷足伤，所贵者圣贤。
有才继骚雅，哲匠不比肩。
公生扬马后，名与日月悬。
同游英俊人，多秉辅佐权。
彦昭超玉价，郭振起通泉。
到今素壁滑，洒翰银钩连。
盛事会一时，此堂岂千年。
终古立忠义，感遇有遗编。①

① [唐]杜甫《陈拾遗故宅》，见《全唐诗》卷二百二十。

孟浩然

但凡有一点办法，
谁愿意隐居田园

唐开元年间，湖北襄阳城外，一个叫“涧南园”的乡间小院里，刚刚起床的孟浩然望着窗外满地的残花败叶，心有所悟，顾不上洗漱，伏案提笔，一气呵成，写下了这首《春晓》：

春眠不觉晓，处处闻啼鸟。
夜来风雨声，花落知多少。[①]

读了几遍，自我感觉良好，得意扬扬地跑去跟老婆炫耀：“看，又写成一篇，发出去就是10万+，你信不信？”

他老婆不屑一顾：“成天写这些有什么用？10万+又怎样？山水田园诗大V又怎样？网红了不起啊？快四十岁的人了，不务正业，除了会写几首破诗，还会干啥？到底还要不要考取功名？你看看你那些朋友，谁没个一官半职的？你再看看你……”吧啦吧啦一通数落。

孟浩然脸皮厚，满不在乎：“呐，做人呢，最重要的就是开心，功名是不能强求的，你再给我一点时间好不好？”

他老婆说：“你这样做有没有考虑过我的感受？你知不知道大家都

---

① 见《全唐诗》卷一百六十。

很担心你啊？”

孟浩然嘴一撇：“跟你讲过多少次了，博取功名不一定非要参加科举考试，难道这是我们的唯一出路吗？那种考试，我嫌麻烦，懒得参加，我要真去了，肯定前三名。”

他老婆说：“不吹牛你会死啊？！”

壹

自从隋炀帝创立了科举制度，科举考试就成为国家选拔人才、任用官员的主要依据和途径。

但，并不是唯一途径。对于一些特殊人才，即便没有学历，也是可以破格提拔任用的。

比如大唐诗歌界最牛的两个人，李白从来就没参加过科举考试，杜甫是科举考试落榜生，但这并不影响他们成为大唐诗歌的领军人物。

特别是李白，从一开始就没考虑过参加科举考试，好作品自己会说话，就靠写诗在文坛闯出了名气，也因此结识了许多达官贵人和文化名流，比如贺知章、元丹丘等人，通过这些人脉关系，又认识了玉真公主，也就是唐玄宗的妹妹。

一个人混什么样的圈子就决定了他的事业高度，因为这些高端人士经常在朋友圈分享李白的诗，终于引起了唐玄宗的关注。

就这样，一个没有学历的平民诗人，受到了当朝皇帝的亲切接见。

接到邀请那一刻，李白欣喜若狂，当场赋诗一首：

白酒新熟山中归，黄鸡啄黍秋正肥。
呼童烹鸡酌白酒，儿女嬉笑牵人衣。

高歌取醉欲自慰，起舞落日争光辉。

游说万乘苦不早，著鞭跨马涉远道。

会稽愚妇轻买臣，余亦辞家西入秦。

仰天大笑出门去，我辈岂是蓬蒿人。①

那种得意，那种狂妄，那种终于等到这一天的惊喜简直无法掩饰。

也就是那一次进宫，李白被封为翰林供奉，陪王伴驾，成为唐玄宗身边的红人。

费劲考什么科举啊，书呆子才去考科举，孟浩然内心期望的，就是这样一条捷径。

贰

可是，孟浩然的运气明显要差一些。

三十岁的时候，孟浩然的山水田园诗已名满天下，基本上属于诗坛网红了，却迟迟没有得到任何人的举荐。失望焦虑之余，他写诗抱怨：

弊庐隔尘喧，惟先养恬素。

卜邻近三径，植果盈千树。

粤余任推迁，三十犹未遇。

书剑时将晚，丘园日已暮。

晨兴自多怀，昼坐常寡悟。

冲天羡鸿鹄，争食羞鸡鹜。

望断金马门，劳歌采樵路。

① [唐]李白《南陵别儿童入京》，见《李太白全集》卷十五。

乡曲无知己，朝端乏亲故。
谁能为扬雄，一荐甘泉赋？[①]

我一个农村人在老家没啥朋友，朝里也没人，谁能为跟扬雄一样有才的我做个推荐呢？

有人给他出主意，说："你别傻等着啊，赶紧毛遂自荐啊，直接给高官写信！"

孟浩然大梦初醒道："对对对，我怎么没想到？"于是马上提笔给当朝丞相张九龄[②]写了一首诗——《望洞庭湖赠张丞相》[③]：

八月湖水平，涵虚混太清。
气蒸云梦泽，波撼岳阳城。
欲济无舟楫，端居耻圣明。
坐观垂钓者，徒有羡鱼情。[④]

意思是：我想过河却没有船，总隐居实在对不起这个伟大的时代，看着你们在河边钓鱼，我只能羡慕啊。看在大家都是诗人的分上，拉兄弟我一把吧。

没想到，张九龄满身正气："这不行啊小孟，你想为国家做事为啥不去参加科举考试呢？想在我这儿投机取巧走后门，那可是行不通的。"

孟浩然碰了一鼻子灰。好吧，考就考，谁怕谁。

---

① [唐]孟浩然《田园作》，见《全唐诗》卷一百五十九。
② 一说张说。
③ 一作《临洞庭》。
④ 见《全唐诗》卷一百六十。

唐玄宗开元十五年（公元七二七年），孟浩然从襄阳老家赶赴长安参加科举考试。那一年，他已经四十岁了，起初还有点不好意思，到考场一看，多大岁数的都有，有的同学已经考了十几年了，满头白发还在坚持。

孟浩然深受鼓舞，尽管这是他第一次参加科举，但从小饱读诗书，才华横溢的孟同学一点也不紧张，胸有成竹，沉着冷静，埋头答题。

然而，让孟浩然没想到的是，他落榜了。

当晚，孟浩然给老婆发信息：对不起，我已经尽力了。

叁

第二天，一篇题为“网红诗人考试意外落榜，科举制度再次引发公众质疑”的文章在网上疯传，引起了在朝为官的诗人王维的注意。

王维是标准的学霸，状元出身，业余爱好旅游、画画，也喜欢写山水田园诗歌，对孟浩然十分欣赏，约他到办公室。两人见面一聊，趣味相投，一见如故。

见孟浩然因为落榜有点消沉，王维就劝他，要不复读一年吧，明年再考。

正说着，手下突然来报：圣上驾到。

唐玄宗轻车简从，不打招呼，突然下来视察工作，搞得王维措手不及。

孟浩然更别提了，当时就吓傻了，一个农村人哪见过这么大领导，吓得直接钻到了床底下。

王维说：“你这像什么话，躲躲藏藏的，赶紧出来，拜见圣上。”

唐玄宗听说床下爬出来的这位就是大名鼎鼎的诗人孟浩然，很高兴，亲切地拉着他的手说：“别紧张嘛小孟，朕很喜欢你的诗，最近又有什么大作啊？背一首给朕听听。”

这是孟浩然人生中最重要的时刻。偶遇当今皇帝，皇帝又特别欣赏你的诗，如果会说话，你趁机展示一下自己的才华，跟皇帝表达一下你为国效力的愿望和决心，顺便拍拍马屁，加上王维在旁边再替你美言几句，领导一高兴，说不定你的命运从此就改变了。这是多难得的机会！

孟浩然不知道是否意识到了这一点，他平复了一下紧张激动的心情，给唐玄宗背诵了一首自己新写的五言诗《岁暮归南山》。

北阙休上书，南山归敝庐。
不才明主弃，多病故人疏。
白发催年老，青阳逼岁除。
永怀愁不寐，松月夜窗虚。[①]

这是孟浩然颇为得意的一首诗，没想到，唐玄宗还没听完，脸色就变了。

什么叫“不才明主弃”？这是埋怨我不识人才啊。唐玄宗当即说道：“卿不求仕，而朕未弃卿，奈何诬我？”明明是你自己不求上进，怎么反过来怪罪我抛弃你？

说罢，唐玄宗拂袖而去，留下孟浩然一脸茫然。

王维长叹一声：“唉，让我说你什么好呢，多少诗不背偏偏背这首牢骚诗。行了，回老家去吧，你这情商，基本上也就告别仕途了。”

从此，孟浩然心灰意冷，回到襄阳乡下，终日饮酒赋诗，纵情山

① 见《全唐诗》卷一百六十。

水，不再谋求功名。

此事载于《新唐书·孟浩然传》。

肆

孟浩然有个朋友叫韩朝宗，人称“韩荆州”。

李白曾说：“生不用封万户侯，但愿一识韩荆州。”[①]

为什么大家都想认识他？因为此人特别喜欢向朝廷举荐人才，有很多没有学历的特殊人才，都是经他推荐提携走上仕途的。

韩朝宗时任襄阳刺史，对自己辖区内的才子孟浩然再了解不过了，对孟浩然说，你不能在乡下就这么混一辈子啊，可惜你的文才了。这样吧，明天我要启程进京述职，你跟我一起去，到时候见了圣上，我再给你说说，好歹给你安排个位置。

惊喜来得太突然了，孟浩然千恩万谢，感激涕零。双方约定第二天八点，办公楼门前，不见不散。

天无绝人之路，不得不说，在孟浩然的事业征途上，从来都不缺少贵人相助。

孟浩然心花怒放，回去就对老婆说：“明天我要跟韩刺史进京面圣，给我收拾下行李，然后把咱家那只老母鸡炖了，晚上我要请伙计们喝酒。”

当晚就在院子里摆上酒席，来了好多朋友，提前庆祝，也算是给孟浩然送行。

结果，可能是因为太兴奋，孟浩然喝得烂醉如泥，不省人事，第二天早上怎么也叫不起来。

---

① [唐]李白《与韩荆州书》，见《李太白全集》卷二十六。

韩朝宗一行在大门口左等不来右等不来，派人过去一问，得知如此情况，气得半天说不出话来：谁的鸽子你都敢放，真是烂泥扶不上墙，算了，我们走。

就这样，孟浩然丧失了最后一次入仕的机会。

事后虽然后悔，但孟浩然嘴上可不服输：我心里压根儿就不想去当官，是老韩三天两头找我，老朋友了，答应他是给他一个面子。我就问你，到政府机关上班有什么意思？天天打卡考勤，不许迟到，不许早退，中午还不许喝酒，每天各种无聊的俗事缠身，想想就够了。我早就看穿了世间的一切，早已淡泊名利，你看我现在的日子，过得跟神仙一样，多逍遥，多舒服，多自在，为什么要去当官？！

伍

弊庐在郭外，素产惟田园。
左右林野旷，不闻朝[①]市喧。
钓竿垂北涧，樵唱入南轩。
书取幽栖事，将寻静者论[②]。

这首《涧南即事贻皎上人》[③]，是孟浩然这些年日常生活的真实写照。

远离城市的喧嚣，在幽静的山林里过着平淡的生活，每天睡到自然醒，晒晒太阳，喝喝茶，看看书，摆弄摆弄花草，河边钓钓鱼，然后发个朋友圈：“人生最曼妙的风景，竟是内心的淡定与从容。我们曾如此

① 一作“城”。
② 一作“言”。
③ 见《全唐诗》卷一百六十。

期盼外界的认可，到最后才知道，世界是自己的，与他人无关。”

好多人羡慕他的生活方式，只有孟浩然自己心里清楚，什么淡泊名利，我是没办法，考试死活考不上，走关系又把当今天子得罪了，走投无路，不淡泊名利还能怎样？你以为我愿意在这山沟里待一辈子啊？

唐玄宗开元二十八年（公元七四〇年），当年跟孟浩然同时进京赶考，后来进士及第，以边塞诗著名的诗人王昌龄路过襄阳，专程来看望老友。

那一年，孟浩然背上生了个毒疮，刚有好转，正在恢复期，大夫再三嘱咐，不能吃刺激性食物，不能吃鱼虾海鲜，尤其不能喝酒。

十几年没见的老朋友来了，咋能不喝点酒呢？因为生病，已经几个月滴酒未沾的孟浩然都快急死了，正好趁着王昌龄造访，赶紧摆下宴席，其中有一道菜是襄阳人请客必备的“汉江查头鳊”，肉嫩味鲜，别提多好吃了。

二人以鱼下酒，觥筹交错，喝了个昏天黑地，畅快淋漓。

第二天，孟浩然背疽复发，一命呜呼，享年五十二岁。

别人的话不听就算了，大夫的话你也敢不听？！

噩耗传来，大唐文坛为之震惊，诗歌界为突然失去了这样一位才华横溢的山水田园派诗人而感到遗憾和悲哀。

孟浩然的粉丝兼好友李白曾赋诗一首，高度评价了孟浩然淡泊名利、潇洒任性的一生，字里行间充满了对孟浩然的无比仰慕之情：

吾爱孟夫子，风流天下闻。
红颜弃轩冕，白首卧松云。
醉月频中圣，迷花不事君。

高山安可仰，徒此揖清芬。[①]

诗一发出来，评论区立刻就炸了：别人不清楚，你李白还不清楚吗？大唐文坛谁不知道你和老孟的特殊关系？还“红颜弃轩冕”？还“迷花不事君”？你说实话，到底是他主动放弃官位，还是当不上官没办法才归隐山林的？

古往今来，许多人口中的淡泊名利，都是被迫的——不淡泊名利，还能怎样？

① [唐]李白《赠孟浩然》，见《全唐诗》卷一百六十八。

王昌龄

七绝圣手死于一场莫名的谋杀

唐肃宗至德二年（公元七五七年），大唐王朝正值安史之乱，社会动荡，人心惶惶。

就在这一年的秋天，安徽亳州发生了一起骇人听闻的恶性事件，大唐著名边塞诗人王昌龄，在返乡途中，被亳州刺史闾丘晓无端杀害。

噩耗传出，舆论哗然。

王昌龄生前系贵州龙标县尉，也就是县公安局局长，职位虽然不高，但在文坛享有盛誉，是大唐边塞诗的开拓者和领军人物，尤以七言绝句见长，素有“七绝圣手”之称。

秦时明月汉时关，万里长征人未还。
但使龙城飞将在，不教胡马度阴山。①

王昌龄的这首《出塞》，历来被视为边塞诗的代表、唐人七绝的压卷之作，连续多年入选中小学教材。

诗人意外被杀，令大唐文坛为之震惊。人们不禁要问：王昌龄到底犯了什么罪？究竟是什么原因，让亳州刺史对一位年近花甲的老人下此毒手？

---

① [唐]王昌龄《出塞二首》（其一），见《全唐诗》卷一百四十三。

壹

王昌龄跟其他诗人不一样，他没有显赫的出身，祖辈世代务农，是标准的农民的儿子。自幼喜爱读书，可家境贫寒，吃了上顿没下顿，哪来的闲钱读书？

但王昌龄深知，在和平年代，农家子弟要想改变命运，读书几乎是唯一的出路，所以，他一面帮着家里种地，一面坚持用功学习。

结果，书没读好，地里农活儿也耽误了，日子过得越来越艰难，村里人都在背后笑话他：“你看隔壁老王家那孩子，一锄地就躲在树下看书，装模作样的，我看八成是为了逃避劳动。”

王昌龄受不了村里人的冷嘲热讽，加上生活困顿不堪，二十三岁那年，他一气之下离开了家乡山西并州，前往河南嵩山，出家做了道士。

修不修道无所谓，主要是这儿管饭，而且清净，有大把时间用来读书。

就这样，王昌龄在嵩山饱读诗书，三年后还俗下山，回到家乡，决心依靠满腹才学，干一番事业。

理想很丰满，现实很骨感，因为没有学历，王昌龄一直没有找到合适的工作。老王劝儿子：“你当道士这几年都学了点啥？不行回村里给人算个命看个风水啥的，也不少挣钱。”

王昌龄说：“爸，你别闹了行吗？”

可总这么下去也确实不是办法，好男儿志在四方，“宁为百夫长，胜作一书生”[①]，王昌龄决定投笔从戎，到祖国边疆去建功立业。

唐玄宗开元十二年（公元七二四年），二十七岁的王昌龄西出玉门关，在大漠戈壁中开始了自己的军旅生涯。

---

① 见[唐]杨炯《从军行》。

就是在那段时间里，他写下了大量脍炙人口的壮美诗篇，开大唐边塞诗之先河，引领一代诗风，也确立了自己在诗坛的地位。

除了前面提到的那首《出塞》之外，他广受好评的边塞诗还有这首《从军行》：

青海长云暗雪山，孤城遥望玉门关。
黄沙百战穿金甲，不破楼兰终不还。[①]

王昌龄的边塞诗，昂扬激进，意境雄浑，大气磅礴，后来高适、岑参、王之涣等人的边塞诗，都不同程度受到他的影响。王昌龄特别是在七言绝句方面成就最为突出，被誉为“七绝圣手”，后世将其与李白并列。

贰

那又怎样呢？诗写得再好，也就是在文坛混点名气，并不能彻底改变生活。王昌龄在边塞从军期间，边疆并无战事，也就没有建功立业的机会，这让王昌龄颇为苦恼。

唐玄宗开元十三年（公元七二五年）冬，王昌龄回乡探亲，途经陕西扶风，晚上，在一家小客栈喝酒，越想越郁闷，想自己已近而立之年，仍一事无成，忍不住唉声叹气，借酒浇愁。

店老板一看，就过来问他：“这是咋了兄弟，失恋了？”

王昌龄就把心中的苦闷向店老板一一诉说，没想到，老板是个退伍老兵，一下子被勾起了伤心的过往，他马上叫服务员：“再拿瓶酒，给

① 见《全唐诗》卷一百四十三。

我也拿个杯子来，我陪这兄弟好好喝几杯。”

老板边喝边给王昌龄讲道理：“现在的年轻人啊，光想打仗，想杀敌立功，可是你们不知道，战争有多残酷，我十五岁当兵，打了一辈子仗，当年的战友差不多已经死光了，只有我苟且活了下来，当兵有什么好？战斗英雄又能怎样？如今还不是只能开个小客栈勉强度日。”

说到动情处，老板老泪纵横，喝了一大口酒，接着说：“年轻人啊，别身在福中不知福，如今天下太平多好，为什么不去参加科举考试？和平年代，参加科举考试才是正道啊！”

一番话让王昌龄如梦方醒，回到家乡后，他开始专心复习，全力备战科举。

这段彻底改变了自己人生轨迹的经历，事后被王昌龄以诗歌的形式完整记录了下来，就是那首《代扶风主人答》：

杀气凝不流，风悲日彩寒。
浮埃起四远，游子弥不欢。
依然宿扶风，沽酒聊自宽。
寸心亦未理，长铗谁能弹。[①]
…………

叁

功夫不负有心人，唐玄宗开元十五年（公元七二七年），王昌龄终于进士及第，被授予秘书省校书郎，从此步入仕途。

校书郎职位很低，从九品，平时做些资料收集整理、典籍勘误校正

① 见《全唐诗》卷一百四十。

之类的工作，任职期限是三年，期满后通常会被提拔晋升。我们熟悉的许多大诗人，白居易、元稹、韩愈、李商隐、杜牧等，都是从这个位置起步的。

然而，与这些人不同的是，三年后，王昌龄的职务并没有得到提升。

他没有气馁，第二年又参加了吏部组织的博学宏词科考试，并再次登第。

可是，吏部依旧没有提拔王昌龄，仅仅把他从机关调到了基层，让他担任汜水县尉，也就是县公安局局长。

这让王昌龄很受打击，别的同学早都提正县了，自己在县尉的位置上好几年，没有丝毫进步。

王昌龄开始闹情绪，懈怠工作，结果又被调往岭南任职。岭南在当时属于贫困偏远地区，根本没人愿意去，王昌龄找人托关系四下活动，一年后才被调回长安。

北归途中，王昌龄先后与两位名满天下的大诗人相逢，喝了两场大酒。

第一位，是王昌龄神交已久的诗仙李白。

李白当时也是仕途受挫，正四处游荡，在湖南岳阳与王昌龄偶遇，同是天涯沦落人，二人惺惺相惜，一见如故，痛饮了一番。

这顿酒让王昌龄深刻地认识到，自己不光写诗写不过李白，喝酒也比不过人家。

临别之时，王昌龄挥笔写下《巴陵送李十二》：

摇曳巴陵洲渚分，清江传语便风闻。

山长不见秋城色，日暮蒹葭空水云。[①]

依依惜别的同时，王昌龄也委婉地告诉打算去长安求职的李白，大城市虽然机会多，但竞争更激烈，生活压力更大，可能并没有你想象的那么好。

第二位，是王昌龄的老朋友，湖北襄阳的孟浩然。

当年在长安参加科举考试，王昌龄和孟浩然分在一个考场。那一年，王昌龄进士及第，孟浩然落榜了，但两人由此相识，结下了深厚的友谊。

这次北归途经襄阳，王昌龄自然要顺便看望一下老友。

一直在老家隐居的孟浩然听说王昌龄来了，非常高兴。当时孟浩然患了疽病，也就是后背长了毒疮，大夫再三叮嘱不能喝酒，不能吃河鲜海鲜。但孟浩然心里高兴，还是大摆宴席，为王昌龄接风洗尘，尽地主之谊，安排了当地有名的河鲜，二人开怀畅饮，一醉方休。

王昌龄离开后不久，孟浩然疽病发作，一命呜呼。王昌龄过后很久才得知噩耗，一时追悔莫及。

肆

王昌龄回到长安待命，不久，被调任江宁县丞，相当于今天的副县长，依旧是平级调动。

已经这把年纪了，还是个小官，官场上还能有啥前途？

人一旦失去了上升空间，接下来就是无边无际的堕落，王昌龄开始

① 见《全唐诗》卷一百四十三。

自暴自弃，去江宁任职途中，在洛阳逗留数月，每天跟朋友饮酒作乐，迟迟不去报到。

有一天，天空飘起了雪花，王昌龄一看，正是喝酒的好天气，马上联系在洛阳的高适、王之涣两人一起去东都大饭店喝酒。

那天，恰逢某歌舞团在饭店聚餐，席间表演节目，演唱的都是当时的流行歌曲。

王昌龄就跟高适、王之涣说："咱们三个在诗坛上都算是有名的人物了，可是一直未能分个高低。今天，咱们悄悄听这些歌女唱歌，谁的诗被唱得最多，谁就是最厉害的那个。"[1]

另外两个说："好啊好啊，被唱得少的那个埋单。"

只听一位歌女首先唱道：

寒雨连江夜入吴，平明送客楚山孤。
洛阳亲友如相问，一片冰心在玉壶。[2]

王昌龄立刻在墙壁上画一道："我的。"

后面一个歌女接着唱道：

开箧泪沾臆，见君前日书。
夜台何寂寞，犹是子云居。

高适伸手画壁："我的。"

---

① ［唐］薛用弱《集异记》："我辈各擅诗名，每不自定其甲乙。今者，可以密观诸伶所讴，若诗人歌词之多者，则为优矣。"

② ［唐］王昌龄《芙蓉楼送辛渐二首》（其一）。

第三位歌女出场：

奉帚平明金殿开，暂将团扇共徘徊。
玉颜不及寒鸦色，犹带昭阳日影来。

王昌龄扬扬得意，又伸手画壁："我两首啦。"

三人中以王之涣年龄最大，成名最早，结果半天都没人唱他的作品，不免有些尴尬，王昌龄还故意气他："王哥的诗好像不太流行啊。"

王之涣不服气，说："你们懂啥，先出场的都是不出名的，真正的好歌，真正的大腕儿，都是放在最后压轴。"

他用手一指那个最漂亮的歌女："等她出场要是还不唱我的作品，我就拜你俩为师。"

果然，那个姑娘最后出场，一开口，正是王之涣的《凉州词》：

黄河远上白云间，一片孤城万仞山。
羌笛何须怨杨柳，春风不度玉门关。

三人放声大笑，那边歌女们不愿意了，过来问："你们笑什么？嫌我们唱得不好吗？"

王昌龄等人连忙亮明身份，歌女们一听，原来是三位作者、大诗人，立刻拜谢："都怪我们有眼不识泰山，请各位多多原谅。不嫌弃的话，坐过来再喝几杯。"①

① [唐]薛用弱《集异记》："俗眼不识神仙，乞降清重，俯就筵席！"

王昌龄推辞道："已经喝差不多了，就不过去了，那什么，等会儿帮忙把账给结一下就行了。"

这件事后来被传为文坛一段佳话，载于唐代传奇小说集《集异记》，史称"旗亭画壁"。

伍

王昌龄在江宁副县长的位置上，一干就是八年。

除了业余写诗，毫无政绩可言，又不肯花钱活动，怎么可能获得提拔？没降职就不错了。

唐玄宗天宝七年（公元七四八年），已经五十一岁的王昌龄又被调往龙标县（今湖南省怀化市一带）任县尉，总之是越混越背。

李白听说后，专门写信安慰他："不要难过，我还不是跟你一样不得志。呐，做人最要紧的就是开心。"并随信附诗一首《闻王昌龄左迁龙标遥有此寄》：

杨花落尽子规啼，闻道龙标过五溪。
我寄愁心与明月，随风直到夜郎西。①

王昌龄晚年一直生活在龙标，工作上依旧是乏善可陈，唯有诗歌创作从未间断，创作颇丰，其中，以七言绝句居多，可谓佳作频出。

比如下面这首《送柴侍御》，堪称唐代离别诗的一座高峰：

① 见《李太白全集》卷十三。

流水通波接武冈，送君不觉有离伤。
青山一道同云雨，明月何曾是两乡。[①]

唐玄宗天宝十四年（公元七五五年），安史之乱爆发。

王昌龄顾念家人的安危，寝食不安，第二年，跟领导请了假，冒着战火回乡探亲。

谁也没想到，这竟是他生命中最后的旅程。王昌龄途经安徽亳州时，被亳州刺史闾丘晓所杀，死时年仅五十九岁。

闾丘晓为什么杀王昌龄？

史书中并无详细记载，《唐才子传》中只简略地说了一句：“以刀火之际归乡里，为刺史闾丘晓所忌而杀。”

有人说，王昌龄职位低微，但在文坛颇有声望，刺史闾丘晓也是个诗歌爱好者，听说王昌龄经过亳州，想请他吃个饭，顺便让他写个诗题个词，没想到，王昌龄因为回家心切，拒绝了。

刺史被损了面子，很生气，本官请你吃饭是看得起你，这点面子都不给，分明是藐视本官，于是，把王昌龄扣下了。

王昌龄当然不服：“凭啥扣留我？”

闾丘晓说：“现在怀疑你私通乱党，你有权保持沉默，但如果你一定要说，你所说的话将成为呈堂证供。”

王昌龄说：“我去你大爷的！”

两人当时就开撕了，闾丘晓一气之下，拔剑就把王昌龄给杀了。

一代诗人，就这样魂断异乡。

① 见《全唐诗》卷一百四十三。

陆

善有善报，恶有恶报，不是不报，时候未到。

王昌龄死后第二年，河南节度使张镐奉命率军平定安史之乱，为解宋州之围，令亳州刺史闾丘晓救援。

闾丘晓从内心看不起张镐，故意拖延，按兵不动，致使贻误战机，宋州陷落。

张镐大怒，以贻误军机罪，处死闾丘晓。

行刑时，闾丘晓乞求张镐放他一条生路："家有老母需要赡养，饶了我一命吧。"[①]

张镐当时一句话就把闾丘晓给噎回去了："王昌龄之亲，欲与谁养？"[②]

王昌龄一生仕途不畅，只做过副县级官员，但是在诗词创作方面，王昌龄成绩斐然，流传下来的诗歌有一百八十多首。在王昌龄之前，唐诗以五言居多，正是在王昌龄和李白的努力下，七言绝句才逐渐成为唐诗的流行体裁。

在大唐文坛，王昌龄不但被誉为"七绝圣手"，而且享有一个更至高无上的称号——"诗家天子"。

对一个诗人来说，这应该是最高的荣誉了。

---

① 《新唐书·文艺传》："有亲，乞贷余命。"
② 见《新唐书·文艺传》。

王维

佛系是怎样炼成的

盛唐时期，号称“诗仙”的李白稳坐诗坛头把交椅。紧随其后的是被后世称为“诗圣”的杜甫。当时，“诗王”白居易还没出生，如果要排第三号众望所归的人物，非王维莫属。

据《新唐书》记载，王维系出名门，状元及第，诗、书、画、乐样样精通，正宗学院派的代表，“名盛于开元、天宝间”[①]，后人常将他与李白、杜甫并提，称李白是天才，杜甫是地才，王维是人才，其山水田园诗与孟浩然合称“王孟”，唐代宗誉之为“天下文宗”，其文坛地位显赫一时。

但是，与李白、杜甫、白居易在诗坛的活跃度相比，王维大为不同，他素以低调内敛著称，淡泊名利，随遇而安，为人相当佛系，江湖人称“诗佛”。

究竟是什么原因让一个才华横溢的诗坛名家如此低调？王维与李白共处一个时代，同在长安为官，有共同的好友，为何二人却从无交集，老死不相往来？王维佛系的背后，究竟隐藏着哪些难与人言的苦衷？

这一切都让人难以捉摸。

---

① 见《新唐书·文艺传》。

壹

武则天长安元年（公元七〇一年），蒲州（今山西运城永济），一座深宅大院里，王维降临人世。

就在王维降生的同一时刻，丝绸古道上，相隔千里之外的大唐安西边陲重镇碎叶城，现在的吉尔吉斯斯坦共和国托克马克市南部，李白也呱呱坠地。

两位文坛巨星同时来到人间，这，当然不是巧合。相信我，所有出现在你生命中的人和事，都不是偶然，都是命运刻意的安排。

王维出身书香门第，家学渊博，本人从小勤奋好学，涉猎颇广，祖父教音乐，父亲教诗文，母亲教画画。

当李白因为厌学翘课，跑到河边看一个老奶奶拿铁杵磨绣花针的时候，王维已经是当地学霸，不光考试成绩稳居年级前三名，而且多才多艺，远近闻名。

当李白在老奶奶的感召下幡然悔悟，终于开始补习功课的时候，王维在重阳节写的一首《九月九日忆山东兄弟》，已经成为10万+爆款，在网络刷屏：

独在异乡为异客，每逢佳节倍思亲。
遥知兄弟登高处，遍插茱萸少一人。[①]

那一年，王维才十七岁。

唐玄宗开元九年（公元七二一年），二十岁的王维进京应试，不负众望，力拔头筹，高中进士科一甲，也就是状元。

---

① 见《全唐诗》卷一百二十八。

也是在那一年，从未参加过科举考试的李白“仗剑行侠”，也就是持凶器打架斗殴，开始四处游荡。

也就是说，最初，李白和王维根本就不在同一条起跑线上。

贰

长安城内，新科状元王维春风得意，创作热情空前高涨，一首自己作词作曲的《相思》，被当红艺人李龟年翻唱后，红遍京城，迅速成为华语乐坛最炙手可热的十大名曲之首：

红豆生南国，春来发几枝。
愿君多采撷，此物最相思。[①]

唐玄宗的弟弟岐王李范喜好音乐，十分欣赏王维的才艺，经常邀请他到王府参加上流社会的各种派对，王维由此结识了不少文化艺术界的名流，而且，岐王还将他介绍给了自己的妹妹玉真公主。

这位玉真公主也是当今皇帝唐玄宗的亲妹妹，比王维大九岁，长得貌美，就是生活作风有点问题，以致年近三十仍待字闺中。

这别说在当时，就是搁到现在也得被父母催婚，被七大姑八大姨整天在耳边唠叨。公主一赌气，干脆“缁衣顿改昔年妆”[②]，出家做了道士。

当然，修道不过是掩人耳目。事实上，公主可没闲着，道观里经常有文艺界的小鲜肉进进出出，不结婚不代表不谈恋爱。

就这样，年轻俊朗、才华横溢的王维很快成为玉真公主的座上常客。

---

① 见《全唐诗》卷一百二十八。
② 出自《红楼梦》第五回：“勘破三春景不长，缁衣顿改昔年妆。可怜绣户侯门女，独卧青灯古佛旁！”

在公主的授意下，王维很快被吏部任命为太乐丞，从八品，负责宫廷礼乐，相当于皇家歌舞团团长。

虽然行政级别不高，但工作轻松，福利待遇好，上面还有人关照，隔三岔五去公主道观里拜访，两人谈谈文学谈谈音乐谈谈理想。王维最初那几年，生活过得有滋有味，仕途也是一片光明。

可万万没想到，突然出现一个人横插一脚——李白来了。

叁

唐玄宗开元十八年（公元七三〇年），四处漂泊的李白第一次来到长安，因为没有学历，只能凭借这几年在诗坛闯出来的名气，四处活动，通过各种关系结交权贵。

李白七拐八拐，不知道怎么跟玉真公主搭上了关系。当时，公主跟王维已经不再像以前那么亲近，风流倜傥、潇洒豪放的李白的突然出现，让玉真公主眼前一亮，很快就取代了王维在她心中的头号座上宾位置。

受到疏远的王维当然不开心。有啥了不起，不就是诗写得比我更露骨，更会讨女人喜欢吗？

这话没错，看人家李白给公主写的诗：

玉真之仙人，时往太华峰。
清晨鸣天鼓，飙欻腾双龙。
弄电不辍手，行云本无踪。
几时入少室，王母应相逢。[①]

---

① [唐]李白《玉真仙人词》，见《全唐诗》卷一百六十七。

又是“鸣天鼓”，又是“腾双龙”，一会儿“弄电”，一会儿“行云”，把公主写得跟仙女一样。不得不承认，要论拍马屁夸女人，王维跟李白之间，至少隔着八个白居易。

肆

李白出现之后，王维的厄运也随之降临。

先是结发妻子突然病逝，只留下了一个女儿。还没从悲伤和愧疚中走出来，王维工作上又出了点小差错，面临朝廷的责罚。

此时，公主正跟李白过从甚密，对朝廷的处理结果不管不问，结果，王维因工作失误被贬出了京城，降职为济州司仓参军，也就是副科级仓库管理员。

王维万分沮丧，甚至开始怀疑人生[①]，怀疑自己这么多年跟公主的友谊值不值得，怀疑自己被贬到山东是不是李白在背后搞的鬼。

当时，孟浩然跟李白和王维的关系都挺好，一直想在中间撮合两人。李白在长安的时候，孟浩然跟王维说：“今天我做东，叫上李白，晚上咱哥仨杏花楼一块儿坐坐，喝两杯，好好聊聊。”

王维脖子一梗，斜上四十五度角仰望天空：“我堂堂状元，跟他有什么好聊的？！”

后来，李白借着玉真公主这条人脉跻身上层，得到了当今皇帝和贵妃娘娘的赏识，混得风生水起，在文坛的名气居然超过了王维。

了解这件事的文友们都感慨道：“科班出身不一定比得过野路子。要是能重来，我要选李白，至少我还能写写诗来澎湃，逗逗女孩；要是

① 歌词，出自中国台湾歌手陈淑桦《梦醒时分》，收录于专辑《跟你说 听你说》，一九八九年发行。

能重来，我要选李白，创作也能到那么高端，被那么多人崇拜。[1]”

如日中天的李白在长安那段时间，经常呼朋唤友喝酒聚会，也从来没有请过王维。

就这样，两位诗坛巨匠在同一座城市生活多年，竟如同路人，从无往来。

伍

唐玄宗天宝十四年（公元七五五年），安史之乱爆发。

叛军所向披靡，长安城岌岌可危，唐玄宗带着杨贵妃及文武官员仓皇逃出京城。

当时，已经五十四岁的王维在京城任给事中，正五品，负责审议各省奏章，也算是个挺重要的位置，但皇帝离京的时候，并没有带上他一起走。就这样，长安城破之日，王维成了俘虏。

叛军首领安禄山之前已在洛阳称帝，定国号大燕，为了笼络人心，强行任用了一批前朝旧臣，包括王维。

王维被迫在大燕政权担任伪职，这当然是他个人历史上极不光彩的一页。虽然暂时保全了性命，但也面临着极大的风险：唐军打回来怎么办?

他担心的这一天很快就到了。

唐肃宗至德二年（公元七五七年），唐军反攻叛军，长安和洛阳两京相继收复，王维又做了唐朝的俘虏。

像王维这种情况，本来难逃一死，但王维的弟弟、刑部侍郎王缙平叛有功，以功爵力保，说我哥出任伪职完全是被迫的，没有舍生取义是为了将来策应唐军反攻，身在曹营心在汉，其实就是我大唐的卧底。

---

① 歌词，出自歌手李荣浩《李白》，收录于专辑《模特》，二〇一三年发行。

王维也拼命为自己辩白，不信你们看我那时候写的诗：

万户伤心生野烟，百官何日再朝天？
秋槐叶落空宫里，凝碧池头奏管弦。[①]

你看，我忍辱负重，卧薪尝胆，就盼着咱们唐军打回来。

幸好有这首诗做凭证，王维逃过一劫。在写给朝廷的悔过书中，王维深深自责道："臣闻食君之禄，死君之难。当逆胡干纪，上皇出宫，臣进不得从行，退不能自杀，情虽可察，罪不容诛。"[②]"臣实惊狂，自恨驽怯，脱身虽则无计，自刃有何不可。而折节凶顽，偷生厕混。纵齿盘水之剑，未消臣恶；空题墓门之石，岂解臣悲？"[③]

检查写得非常深刻，甚至在得知自己已经被赦免的情况下，仍上书皇帝，请求批准自己出家赎罪。[④]

犯了错误，别人批评你的时候，要尽量辩解，往轻处说；轮到自我批评的时候，一定要说自己罪大恶极，罪该万死，拼命往狠处说。这样反而容易得到谅解，这是无数先辈总结出来的经验。

由于反省彻底，思想认识深刻，加上兄弟的力保，王维最终不但被朝廷特赦，还被重新起用，出任正五品太子中允，又迁中书舍人。

陆

大难不死，王维自然长舒了一口气，但从此也背上了沉重的思想

① 见《全唐诗》卷一百二十八。
② [唐]王维《谢除太子中允表》，见《全唐文》卷三百二十四。
③ [唐]王维《为薛使君谢婺州刺史表》，见《全唐文》卷三百二十四。
④ [唐]王维《请施庄为寺表》："伏乞施此庄为一小寺，兼望抽诸寺名行僧七人，精勤禅诵，斋戒住持，上报圣恩，下酬慈爱。"见《全唐文》卷三百二十四。

包袱。

自己在两朝为官，文友们怎么想？同事们怎么看？自己的这段历史将来会被如何书写？

王维总觉得在人前抬不起头来，这种羞耻感和焦虑感深深地折磨着他。

经过这场变故之后，王维的意志逐渐消沉，开始痴迷佛学，青灯为伴，过着半官半隐的生活。不论写诗还是作画，风格也与以往大不相同。

从前写边塞诗，境界壮阔，气势雄浑：

单车欲问边，属国过居延。
征蓬出汉塞，归雁入胡天。
大漠孤烟直，长河落日圆。
萧关逢候骑，都护在燕然。[①]

遣词造句何等豪迈。再比如送别诗：

渭城朝雨浥轻尘，客舍青青柳色新。
劝君更尽一杯酒，西出阳关无故人。[②]

风韵超凡，声情刺骨，被誉为千古绝唱。

而晚年的王维，醉心于空灵禅意、山水田园，追求淡泊自然、清静无为。比如这首山水诗《竹里馆》：

---

① [唐]王维《使至塞上》，见《全唐诗》卷一百二十六。
② [唐]王维《渭城曲》（一作“送元二使安西”），见《全唐诗》卷一百二十八。

独坐幽篁里，弹琴复长啸。
深林人不知，明月来相照。[①]

王维的晚年生活正如他诗中所说的那样：

晚年唯好静，万事不关心。
自顾无长策，空知返旧林。[②]

完全是一副不问世事、淡泊名利的隐者形象，“行到水穷处，坐看云起时”[③]，简直就是当今“佛系”的开山鼻祖。

其实，每个人心里的苦，只有自己最清楚，哪有什么真正的佛系，不过是混得有点失意。表面的超然洒脱，终难掩盖内心的怅然落寞。

菊花残，满地伤[④]，这是饱经沧桑、历经磨难后的无奈，现在的人有几个能做到真正的佛系？没有经历过风雨，哪有资格淡泊名利？

红尘滚滚，世事无常，每个佛系，都曾遭受过命运无情的暴击；每个佛系的背后，都有一段不堪回首的过往。

正所谓：

宿昔朱颜成暮齿，须臾白发变垂髫。
一生几许伤心事，不向空门何处销。[⑤]

---

① 见《全唐诗》卷一百二十八。
② [唐]王维《酬张少府》，见《全唐诗 》卷一百二十六。
③ [唐]王维《终南别业》，见《全唐诗 》卷一百二十六。
④ 歌词，出自中国台湾歌手周杰伦《菊花台》，收录于专辑《依然范特西》，二〇〇六年发行。
⑤ [唐]王维《叹白发》，见《全唐诗》卷一百二十八。

李白与杜甫

究竟谁才是诗坛王者

如果说，唐诗是中国诗歌发展的巅峰，那么，李白和杜甫就是山顶上两个比肩而立的巨人。一个号称诗仙，一个号称诗圣，俨然光芒闪耀的一代宗师，分别代表浪漫主义和现实主义两大门派，一个雄奇飘逸，一个沉郁顿挫，在武林各霸一方，如同少林、武当，风格迥异，难分高下。

既然排名不分先后，为什么人们总说李白杜甫，从来不说杜甫李白？

论作品数量，杜甫以一千五百多首完胜李白。李白成天喝酒，留下来的作品仅是杜甫的六成；论作品质量，连元稹都说："诗人以来，未有如子美者。"[①]我们阿杜的诗哪里不如你家李白了？

李白排在前面难道是因为年龄比杜甫大，职位比杜甫高，酒量比杜甫大，长得比杜甫帅？文艺界难道不应该是用作品说话的吗？

别说什么以姓氏笔画为序，我数过了，巧得很，李、杜两个字都是七画。

你就说吧，凭什么李白一直排第一，杜甫永远排老二？李白和杜甫谁更牛？谁才是真正的诗坛盟主？

---

① 见《新唐书·文艺传》。

关于这个问题，学术界争吵了一千多年也没分出个高下。

其实，这都是后人多事，两位当事人自己从来就没想过这个问题。因为在当时，李白和杜甫，不论从哪方面比较，都不是一个级别的，根本不存在竞争关系。

壹

据说，李白小时候不好好学习，后来在河边遇到一个老奶奶拿根铁棍在石头上磨，李白好奇，就问："老奶奶，您这是在干吗啊？"

老奶奶说："我要把它磨成一根绣花针。"

李白说："这么粗一根铁棍，要磨到什么时候啊？"

老奶奶说："只要工夫深，铁杵磨成针。"[①]

李白由此幡然醒悟，开始发奋读书，终于成为一代诗仙，随便一首诗发出来就是10万+，名满天下，如日中天，坐拥百万粉丝，连当朝皇帝都是他的崇拜者。

天宝元年（公元七四二年），唐玄宗首次召见李白，竟然从步辇上走下来迎接[②]，拉着李白的手嘘寒问暖："欢迎来我大唐翰林院工作，一路上辛苦了，吃过饭没有？来，先吃点东西。"

随即，叫人搬来七宝床（注意，不是小板凳），请李白坐了上去，然后自己端起碗，用勺子亲手调制了一碗西安名吃羊肉泡馍递上去，一边侍奉李白用餐，一边讨好地说："李老师虽然在民间，但您的大名我是早有耳闻，如果不是我平时积德，怎么会有幸见到您这样的大诗

① 见[明]彭大翼《山堂肆考》。
② [唐]李阳冰《唐李翰林草堂集序》："降辇步迎，如见绮皓。"见《全唐文》卷四百三十七。

人啊！”[①]

这场面，简直让人不忍直视，别说文武百官，连杨玉环在旁边都有点嫉妒。

此事并非杜撰，《新唐书》中就是这么写的。两人边吃边聊，甚是投机，饭后，唐玄宗当场宣布了对李白的任职决定：翰林待诏。

这是一份非常清闲的工作，无须坐班打卡，就是偶尔替皇帝拟个文件，写个讲话稿，要不就是帮皇帝给杨贵妃写情诗：

云想衣裳花想容，春风拂槛露华浓。
若非群玉山头见，会向瑶台月下逢。[②]

这种事李白最拿手了。

除此之外，还有一项重要工作，就是隔三岔五进宫陪皇帝和贵妃喝酒吃饭，席间奉旨作诗以助酒兴。李白恃才傲物，谁都不放眼里，借着酒劲，敢让杨国忠磨墨，高力士脱靴。

有时候，连皇帝的鸽子都敢放：“天子呼来不上船，自称臣是酒中仙。”[③]如此狂妄自大、目无领导，换个人试试，唐玄宗非弄死他不可。可李白不但没事儿，还被认为是潇洒有个性的表现。

李白一生创作了九百多首诗，歌颂开元盛世的正能量作品居多，内容不是游山玩水就是饮酒作乐。李白名利双收，出门有宝马香车，终日混迹于各大酒肆，红尘做伴活得潇潇洒洒[④]。

---

① [唐]李阳冰《唐李翰林草堂集序》：“以七宝床赐食，御手调羹以饭之。谓曰：‘卿是布衣，名为朕知，非素蓄道义，何以及此？’”见《全唐文》卷四百三十七。
② [唐]李白《清平调》（其一），见《全唐诗 》卷八百九十。
③ [唐]杜甫《饮中八仙歌》，见《全唐诗》卷二百一十六。
④ 歌词，出自中国台湾演唱组合动力火车的《当》，电视剧《还珠格格》片头曲，后收录于专辑《就是红　光辉全记录》，二〇〇四年发行。

贰

再来看看杜甫。

应该说，小时候，杜甫比李白强，好孩子，爱学习，七岁就能作诗："七龄思即壮，开口咏凤凰。"[①]而且从小就胸怀大志："致君尧舜上，再使风俗淳。"[②]

为此，杜甫发奋读书，终于在二十四岁那年，成为一个科举考试落榜生。

没错，那年杜甫从老家河南巩县来到国际大都市洛阳参加科举考试，结果落榜了。

深受打击的他没有选择复读，而是以找工作为由，开始四处旅游。

钱从哪儿来？杜甫家里最初还是有点钱的，其父当时是山东兖州司马，他怎么也算是个官二代。

后来不知道怎么回事，家境一天天落败，越混越背。俗话说：是金子总会花光的。在生活上，杜甫后半生过得穷困潦倒，饥寒交迫，四处漂泊，居无定所。儿子活活饿死，茅屋为秋风所破，杜甫最后惨死在一条破船上。

在事业上，杜甫仕途不顺，一生追求功名，但只做过拾遗和工部这样的小公务员，还因为站错队，很快就被罢免了。

在业务上，杜甫以刻苦用功闻名，一生创作了一千五百多首诗歌，虽然在数量上远超李白，诗作中也不乏"会当凌绝顶，一览众山小""无边落木萧萧下，不尽长江滚滚来"这样的10万+爆款，但跟李白比起来，只能算是诗坛新秀。

---

① [唐]杜甫《壮游》，见《全唐诗》卷二百二十二。
② [唐]杜甫《奉赠韦左丞丈二十二韵》，见《全唐诗》卷二百一十六。

在杜甫的诗歌中，充斥着大量“朱门酒肉臭，路有冻死骨”、《三吏》《三别》这种讽刺时政、揭露社会阴暗面、传播负能量的东西，与大唐豪迈阔大的气象不符。所以，在早期各种版本的唐诗集里，都没有收录杜甫的诗，大多数人根本不知道杜甫是谁。

直到杜甫去世四十年后，在元稹、白居易等人的力推下，杜甫诗歌的价值才逐渐被人们所认识，最终达到了与李白并驾齐驱的地位。

元稹曾夸赞杜诗：“上薄风、骚，下该沈、宋，言夺苏、李，气吞曹、刘，掩颜、谢之孤高，杂徐、庾之流丽，尽得古今之体势，而兼人人之所独专矣！”[①]可以说是最高评价了。

可是在当时，杜甫跟李白相比，一个是皓月当空，光华四射；一个是小星星，就算使劲儿一闪一闪眨眼睛，你也很难在浩瀚的夜空中发现它的存在。李白就是杜甫的偶像，能得到李白一个签名就心满意足了，哪敢想日后会跟人家相提并论？

所以，把杜甫排在李白后面是有道理的。

那么，李白和杜甫后来又是如何相遇相识相知的？

叁

四月，正是洛阳最美的季节。

李白和杜甫的第一次见面，就是在繁花似锦、牡丹飘香的东都洛阳。

唐玄宗天宝三年（公元七四四年），李白失宠于玄宗，被免去翰

① [唐]元稹《唐故工部员外郎杜君墓系铭并序》，见《全唐文》卷六百五十四。

林待诏的职务，“赐金放还”[①]。也就是给了他一笔钱，把他赶出了长安。

据说是因为脱靴的事儿得罪了高力士，被挑拨离间所至。[②]

为了排解郁闷，李白独自一人来洛阳旅游，正遇见四处找工作的杜甫。二人惺惺相惜，一见如故。

这次见面，后来被闻一多称作：“我们四千年的历史里，除了孔子见老子（假如他们是见过面的），没有比这两人的会面，更重大，更神圣，更可纪念的。”[③]

据说，两人由此结下了深厚的友谊。

刚刚失业的人心理是最脆弱的，特别需要别人的抚慰，杜甫的出现，对李白来说，不早不晚正是时候。

那一年，杜甫和李白一起，流连于洛阳的山山水水，共同度过了人生中最快乐的一段时光。分别时，两人依依不舍，约定秋天的时候，开封再见。

为什么选在开封？看过了春天的洛阳牡丹，听说开封的秋菊也不错，李白那段时间突然对菊花产生了浓厚的兴趣，一定要去看看。

终于盼到了秋天，两人欣喜重逢。这一次聚到一起的，还有大名鼎鼎、以边塞诗见长的高适，三人结伴而行。

李杜的第三次相聚，地点定在山东兖州。之前我们说过，杜甫的父亲曾担任过兖州司马，在当地还是有些人脉资源的，接待吃住行肯定没问题，毕竟每次都让李白埋单心里过意不去，杜甫再三强调：“这次让

---

① 见《新唐书·文艺传》。

② [宋]乐史《杨太真外传》：“会力士终以脱靴为耻，异日，妃重吟前词，力士戏曰：‘始为妃子怨李白深入骨髓，何翻拳拳如是耶？’妃子惊曰：‘何学士能辱人如斯？’力士曰：‘以飞燕指妃子，贱之甚矣。’妃深然之。上尝三欲命李白官，卒为宫中所捍而止。”

③ 闻一多《杜甫》，见《唐诗杂论》。

兄弟我来安排。”

这一次，杜甫和李白的友谊有了质的飞跃。杜甫按捺不住兴奋的心情，写下了“醉眠秋共被，携手日同行”[①]的诗句。翻译一下：白天手拉手四处游玩，晚上喝多了合盖一条被子。

这首《与李十二白同寻范十隐居》一发出来，整个朋友圈就炸了，多少人羡慕嫉妒恨，一个名不见经传的小诗人居然能和李白这么亲近，这是他几辈子修来的福分？各大媒体纷纷找李白求证真伪，李白一言不发，越发显得高深莫测。

快乐的时光总是短暂的，两人结束了“放荡齐赵间，裘马颇清狂”[②]的日子，依依惜别。

当时，杜甫并没有想到，这一转身，就是一辈子。从此，杜甫和李白再也没有见过面。

肆

与李白分别后的日子里，杜甫朝思暮想，夜不能寐，只能把思念寄托在笔下，先后写了二十多首涉及李白的诗。其中，直接写给李白的诗就有十五首。

我想你——《赠李白之一》：“痛饮狂歌空度日，飞扬跋扈为谁雄？”

我又想你了——《赠李白之二》：“李侯金闺彦，脱身事幽讨。”

春天想你——《春日忆李白》：“白也诗无敌，飘然思不群。”

冬天想你——《冬日有怀李白》：“寂寞书斋里，终朝独尔思。”

---

① 见《全唐诗》卷二百二十四。

② [唐]杜甫《壮游》，见《全唐诗 》卷二百二十二。

刮风了想你——《天末怀李白》：“凉风起天末，君子意如何。”

送别时想你——《送孔巢父谢病归游江东兼呈李白》：“南寻禹穴见李白，道甫问信今何如。”

喝醉了想你——《苏端、薛复筵简薛华醉歌》：“近来海内为长句，汝与山东李白好。”

连做梦都想你——《梦李白二首》（其二）：“三夜频梦君，情亲见君意。”

你的文采令我倾倒——《寄李十二白二十韵》：“笔落惊风雨，诗成泣鬼神。”

为了你，我愿与全世界为敌——《不见》：“世人皆欲杀，吾意独怜才。”

就连写给八个酒鬼的《饮中八仙歌》里，也流露出一种不一样的感情。不信你数数，描写另外七个人，每人有的两句，有的三句，只有李白一个人是四句诗：

> 李白斗酒诗百篇，长安市上酒家眠。
> 天子呼来不上船，自称臣是酒中仙。[①]

李白在杜甫心中的地位，由此可见一斑。

再看李白，两人刚分别的时候，李白对杜甫也还有回应，比如《鲁郡东石门送杜二甫》：“飞蓬各自远，且尽手中杯。”[②]比如《沙丘城下寄杜甫》：“思君若汶水，浩荡寄南征。”[③]

---

① [唐]杜甫《饮中八仙歌》，见《全唐诗》卷二百一十六。
② 见《全唐诗 》卷一百七十六。
③ 见《全唐诗》卷一百七十二。

天宝五年（公元七四六年），李白与杜甫最后一次相遇时，看到杜甫形容枯槁，出口成章的李白不禁调侃道："饭颗山头逢杜甫，顶戴笠子日卓午。借问别来太瘦生，总为从前作诗苦。"[①]

还有呢？没了。李白写给杜甫的诗，有据可查的一共就只有这三首。

不是斤斤计较，友谊这东西讲究对等，讲究有来有往，剃头挑子一头热不行，你这边说一大堆，人家那边回复一个字："哦。"试问，这是一种什么样的感觉？

是不是李白比较深沉，不喜欢表达内心的感情？

其实分人。

李白跟杜甫分手后，又在河南一个酒局上认识了一个叫元丹丘的人，结账的时候钱不够，元丹丘特别够朋友，很豪爽，把自己的马和裘皮大衣拿去当了，不但付了酒钱，还带着李白和岑夫子一起去唱KTV，一直折腾到后半夜。此举令李白对元丹丘刮目相看，将其引为同道中人，二人由此建立了深厚的友谊。

此事详见李白《将进酒》：

岑夫子，丹丘生，将进酒，杯莫停。

与君歌一曲，请君为我倾耳听。

……

五花马，千金裘，呼儿将出换美酒，与尔同销万古愁。[②]

后来呢？后来，李白陆陆续续给元丹丘写了十四首诗。比如《闻丹

---

① [唐]李白《戏赠杜甫》，见[唐]孟启《本事诗·高逸第三》。

② 见《全唐诗》卷一十七。

丘子营石门幽居》：“思君楚水南，望君淮山北。”[①]

至于河南巩县的那个阿杜，早就被他忘到九霄云外了。

这之后，杜甫再也没有收到过李白的微信，写给李白的那些诗，也没有了回应。

除了对元丹丘特别上心之外，李白写给各种其他朋友的诗也不少：《黄鹤楼送孟浩然之广陵》《春日归山寄孟浩然》《淮南对雪赠孟浩然》《游溧阳北湖亭望瓦屋山怀古赠孟浩然》《颍阳别元丹丘之淮阳》《题嵩山逸人元丹丘山居并序》……

最让人伤心的是那首《赠汪伦》：“桃花潭水深千尺，不及汪伦送我情。”

你让阿杜心里怎么想？

还有，《赠孟浩然》：“吾爱孟夫子，风流天下闻。”[②]还能再直接点吗？

杜甫一生只跟李白见过三次，每次都发朋友圈，恨不得让全天下都知道。你再看李白的朋友圈，跟杜甫一起的那几次，就感觉他是一个人去旅游了。

李白的朋友遍布大半个中国，一只手根本数不过来：元丹丘、孟浩然、汪伦、高适、贺知章、王昌龄、岑夫子……

没有人知道杜甫在李白的心目中是什么位置。

地位悬殊、三观不同、性格迥异的两个人不可能真正志同道合，分道扬镳是早晚的事。

在杜甫的天空中，李白是唯一闪耀的明星；而李白的天空里，群星灿烂，浩若烟海。

---

① 见《全唐诗》卷一百七十二。
② 见《全唐诗》卷一百六十八。

高适

草根逆袭，
布衣封侯，人生从中年开始

唐玄宗天宝六年（公元七四七年），隆冬时节，大雪纷飞。

河南睢阳城内，一座小酒馆里，两个中年男子觥筹交错，依依话别。

年轻点的叫高适，四十三岁，山东渤海人，从二十岁起就四处漂泊，一直没有正式工作，现在旅居睢阳，生活虽穷困潦倒，但文艺青年本色不改，每日醉心于诗歌创作，颇有文才。

年长些的叫董庭兰，五十二岁，跟高适一样，也是年轻时不好好学习，一直没能考取功名，一辈子就喜欢音乐，尤其擅长古琴，其原创音乐作品多次荣登大唐华语流行音乐榜，年轻时就组乐队四处走穴演出，并以此为生，在业内颇有名气，因为在家排行老大，朋友们都称呼他“董大”。

董大原本在长安吏部尚书府上做门客，隔三岔五为领导表演一场，工作倒也清闲，可不久前，由于吏部尚书犯了错被贬出京，董大也因此失业，眼看在长安混不下去了，便背着一把古琴，继续浪迹天涯，途经睢阳，特地与老友高适会面。

作为东道主，高适在睢阳饭店摆下酒宴，两个失意之人聚在一起，不免伤情感怀。特别是董大，几杯酒下肚，便开始抱怨命运如何不公，自己如何怀才不遇，如今年过半百，仍一事无成，吧啦吧啦说个没完。

高适实在听不下去了，说：“老董你知足吧，好歹你现在也算是个名人，著名音乐家，走在街上谁不认识你？混得比我强多了，生活中谁还没点挫折，不经历风雨怎能见彩虹，没有谁能随随便便成功[①]，打起精神来，看兄弟给你赋诗一首。”

随即，叫服务员取来笔墨纸砚，当场作诗一首，名为《别董大》：

> 十[②]里黄云白日曛，北风吹雁雪纷纷。
> 莫愁前路无知己，天下谁人不识君？[③]

董大读罢，深受鼓舞，一时兴起，抄起古琴道：“兄弟临别赠诗，为兄感激不尽，无以为报，且听我弹奏一曲。”

“胡笳动兮边马鸣，孤雁归兮声嘤嘤。”[④]董庭兰一曲《大胡笳》，哀怨凄婉，荡气回肠，酒店服务员、厨师几乎都被琴声吸引了过来，把包间围了个里三层外三层。

一曲奏罢，余音绕梁。安静了足有五秒，大家才回过神来，爆发出雷鸣般的掌声。

一个年轻服务员拿着纸和笔怯生生地凑了过去。这种场面董大见多了，一看就知道是要签名的，于是大大方方接过纸笔，亲切地问道：“叫什么名字啊？多大了？给你写个岁月静好、音乐是人类最美的语言，好不好？”

服务员说：“不是，董老师，我们前台要下班了，您二位看谁先把

---

① 中国港台歌手成龙、周华健、李宗盛等合唱歌曲《真心英雄》，收录于专辑《滚石九大天王 纵夏欢唱十二出好戏》，一九九三年发行。
② 也有写作“千”。
③ 见《全唐诗》卷二百一十四。
④ 见《乐府诗集》卷五十九。

账给结一下吧，一共二百五十六，收您二百五可以吗？”

董老师说：“哦。”转头看高适，高适拿起笔，“刷刷刷”又写了一首诗：

六翮飘飖私自怜，一离京洛十余年。
丈夫贫贱应未足，今日相逢无酒钱。①

反正我是没钱，这顿饭还是你请吧。

壹

高适的祖父曾经做过安东都护，是唐朝六大都护之一，相当于大军区司令员，显赫一时，可惜后来家境败落，到了高适这一代，家中已是一贫如洗。《新唐书》中称其“少落魄，不治生事”，《旧唐书》中说他“少家贫，以求丐自给”，意思是穷到靠乞讨为生。

高适人穷志不短，虽然从小学习成绩不好，但对自己的文才颇为自负，《唐才子传》中说他“少性拓落，不拘小节，耻预常科，隐迹博徒，才名便远”，意思是他不好好学习，经常混迹赌场，但诗写得好，声名远播。

家里人多次劝他，光诗写得好没用，你得按考试大纲复习，高适根本听不进去。

二十岁那年，高适赴长安应试，自视甚高，踌躇满志：

二十解书剑，西游长安城。

---

① 见《全唐诗》卷二百一十四。

举头望君门，屈指取公卿。①

…………

自觉功名唾手可得，路上一直在纠结，到底是考清华还是考北大？没想到，最后连个大专都没考上。

高适没脸回家，便开始四处游荡，其间又参加过几次考试，每次都是名落孙山，后来干脆断了科举的念想，投笔从戎，到边疆部队幕府做了一段时间的幕僚。这个职位不属于公务员编制，是不需要学历的。

从那以后，高适对边塞军旅生活产生了浓厚的兴趣，创作了大量描写大漠边疆山川景物、风土人情和戍边将士杀敌建功的诗，创作风格也随之陡变，笔力雄健，雄浑悲壮，粗犷豪放成为高适诗的主基调，如《塞上》《蓟门行五首》等。

三十五岁那年，高适写出了轰动文坛的边塞诗名作《燕歌行》：

汉家烟尘在东北，汉将辞家破残贼。
男儿本自重横行，天子非常赐颜色。
摐金伐鼓下榆关，旌旆逶迤碣石间。
校尉羽书飞瀚海，单于猎火照狼山。
山川萧条极边土，胡骑凭陵杂风雨。
战士军前半死生，美人帐下犹歌舞。②

这首诗不但让高适获得了更大的声名，确立了他在诗坛的地位，而且高适从此被打上了“边塞诗人”的标签，文坛将其与岑参、王昌龄、

① [唐]高适《别韦参军》，见《全唐诗》卷二百一十三。
② 见《全唐诗》卷二百一十三。

王之涣相提并论，合称“边塞四诗人”。

贰

唐玄宗天宝三年（公元七四四年）秋，高适在睢阳偶然遇到了从洛阳过来旅游的一对文坛好友，一个叫李白，一个叫杜甫。

坊间传言，前不久，李白经玉真公主介绍，见到了唐玄宗，被破格任命为翰林待诏，干了没多久，因为狂妄自大，得罪了高力士，被唐玄宗“赐金放还”。

遭此打击的李白为了排解郁闷，便拿着这笔钱四处旅游，四月在洛阳，与自己的铁粉杜甫相遇。当时杜甫因为科举考试落榜正郁闷，突然见到偶像，兴奋不已，便充当导游，带着李白赏牡丹，游龙门，逛白马寺，早上牛肉汤，中午浆面条，晚上水席烧烤，两人光杜康酒就喝了两箱，结下了深厚的友谊。

只是天下没有不散的筵席，李白因为还有些事情要处理，只能与杜甫依依惜别。两人相约，秋天再一起去梁宋，也就是开封、商丘一带旅游。

盼望着，盼望着，秋天的脚步近了，杜甫早早收拾好了行李，跟李白二次相逢，结伴去了开封。

那是一段多么难忘的日子啊，杜甫在诗中温暖回忆道：“醉眠秋共被，携手日同行。”

后来，二人在睢阳与边塞诗人高适不期而遇，高适虽然之前与李、杜未曾谋面，但久仰李白大名，知道他在诗坛红得发紫，也听说过杜甫这个人，既然来到我们睢阳，借钱也得尽地主之谊。吃饱喝足后，高适借着酒劲儿，宣布要加入李杜旅游团，为二位当导游。

杜甫一听就急了："不用不用，高大哥，您太客气了，我们自己玩就行，都有导航丢不了，您也挺忙的，就别陪着我们了。"

高适说："我不忙，大家难得见面，说什么也得在一起好好玩几天。"

杜甫无奈，扭头求助李白，李白说："盛情难却，那就大家一起吧。"

这之后的几天里，三人结伴，"放荡齐赵间，裘马颇清狂"，饮酒观妓，射猎论诗，相得甚欢。

那一年，高适四十岁，李白四十三岁，杜甫三十二岁，都没有学历，没有功名，没有任何职位。

当时，所有人都没有想到，若干年后，三人中经历最坎坷的高适大器晚成，后来居上，一跃成为朝廷大员，是大唐王朝唯一被封侯拜将的诗人。

叁

天宝八年（公元七四九年），已经四十五岁的高适终于迎来了人生中第一次机遇——朝廷开设了"有道科"考试。

这个"有道科"是正常科举考试之外，由皇帝亲自主持的一种特殊考试，题目很简单，用来选拔那些学习成绩不行，但是有特殊才能、有特殊贡献或者被奉为道德楷模之类的人，高适因为以边塞诗闻名于诗坛，属于睢阳的大才子，被睢阳太守举荐应试。

这一次，高适终于考上了。很快，被授予河南新乡封丘县尉的官职，从九品，相当于今天的县公安局局长兼税务局局长，负责当地治安和税收。

大唐基层工作出力不讨好，对上要巴结领导，对下要欺压百姓[①]，高县尉在封丘勉强工作了三年，便萌生退意。

已经快五十岁的人了，才混了个正科级，这辈子基本上仕途无望了。思前想后，高适索性辞去了官职，跑到河西，也就是现在的甘肃，投奔了凉州河西节度使哥舒翰。

任何事情都是这样，思路一变天地宽，地方上混不出来，咱就到部队上试试，千万别守着一棵树上吊，为什么不多试几棵呢？

哥舒翰是大唐朝戍边的一代名将，高适去了以后，被安排在幕府做掌书记，相当于领导的机要秘书，一般来说，这是一个相对容易上升的位置。

也就是从那以后，高适拉开了官运亨通、平步青云的序幕。

唐玄宗天宝十四年（公元七五五年）末，“渔阳鼙鼓动地来，惊破《霓裳羽衣曲》”。三镇节度使安禄山在范阳起兵叛乱，已经官拜左拾遗，后来又任监察御史的高适奉命辅佐哥舒翰镇守潼关。

潼关是长安的门户，战略位置十分重要，安禄山久攻不下，用各种计策引诱哥舒翰出战，哥舒翰就是不上当，闭门不出。

安禄山着急，这边唐玄宗更着急，命令哥舒翰主动出击，击溃叛军。

高适劝哥舒翰：“将在外，君命有所不受，千万别出去。”

哥舒翰长叹一声：“抗旨不遵，恐日后没有好果子吃。”

高压之下，哥舒翰被迫率军出城应敌，结果大败，被安禄山活捉后投降，潼关失守。

乱军之中，高适飞马逃回长安，往脸上抹了点血，向唐玄宗报告前

---

① [唐]高适《封丘作》：“拜迎长官心欲碎，鞭挞黎庶令人悲。”《全唐诗》卷二百一十三。

线战况说：“臣本应血战到底，以身殉职，但考虑到皇上的安危，所以才冒死赶回，啥也别说了，兵临城下，咱收拾收拾东西赶紧跑吧。”

高适一路护送唐玄宗仓皇逃窜，路上马嵬兵变，唐玄宗被迫赐死杨贵妃一事暂且不表。逃到成都后，失守潼关的高适不但没有受到责罚，反而因报信有功，被提拔为正五品谏议大夫。

不久，永王李璘谋反，高适又被朝廷任命为淮南节度使，奉旨讨伐永王。

这个时候，高大将军还不知道，永王队伍里有一位自己的旧相识，李白。

肆

自从上次跟李白、杜甫分别，一转眼十三年过去了，李白一直郁郁不得志，为了生计，后来也入了幕府，在永王李璘手下做幕僚，负责宣传工作。

永王东巡，意图谋反，李白缺乏政治敏锐性，拼命歌功颂德，摇旗呐喊，作《永王东巡歌》，一口气写了十一首，后来成为他参与谋反的主要罪证。

高适一举平息了永王叛乱，李白也随之被押入大牢。

很多人替李白求情，一个诗人懂啥政治，不小心站错了队而已，再说，你们以前不是好朋友吗，念在过去的交情上，让他写份深刻检查，批评教育一下算了。

李白也放下身段，在浔阳狱中写了《送张秀才谒高中丞》一诗，托人转交给高适：

秦帝沦玉镜，留侯降氛氲。
感激黄石老，经过沧海君。
…………
我无燕霜感，玉石俱烧焚。
但洒一行泪，临歧竟何云。[①]

啥也不说了，看在过去的交情上，拉哥一把吧。

高将军看罢李白的诗，沉吟半晌，毅然决定大义灭亲，不予理睬，并将十几年来与李白的来往信函找出，统统烧毁。

唐肃宗乾元元年（公元七五八年），李白以“附逆作乱”罪，被流放夜郎。

《高适年谱》中记载：“高适对李白之厄难，似无所帮助。”

有人说高适不够意思，眼看朋友有难却不帮忙。高适表示很委屈，自己身为朝廷命官，岂能因私废公，妨碍司法公正，这不是一般的事，这是大是大非的原则问题，不是我不愿相助，不信你们问问杜甫，我老高岂是薄情寡义之人？！

高适担任彭州刺史期间，杜甫在成都穷困潦倒，茅屋被秋风所破，吃了上顿没下顿，作为朝廷官员，高适经常深入民间，访贫问苦，逢年过节就带着米面粮油去看望杜甫，对杜甫的生活十分关心。

杜甫深受感动，作《酬高使君相赠》，诗云：“故人供禄米，邻舍与园蔬。”[②]全靠大家接济帮忙。

高适亲切地对杜甫说：“放心吧，阿杜，日子会慢慢好起来的。这些粮食你先吃着，以后我会经常来看你，将来盖房子缺钱了找我。”

---

① 见《全唐诗》卷一百七十七。
② 见《全唐诗》卷二百二十六。

杜甫很高兴，高适讲交情，够意思，当了大官也没忘记老朋友，提笔作《奉简高三十五使君》，以表达欣喜之情：

…………

行色秋将晚，交情老更亲。
天涯喜相见，披豁对吾真。[①]

可能是高适工作太忙了吧，后来就没了下文，杜甫草堂盖到一半就没钱了，眼看秋天已经到了，天气越来越冷，家里也揭不开锅了，杜甫只好写诗催促高适：

百年已过半，秋至转饥寒。
为问彭州牧，何时救急难？[②]

你答应我的钱呢，啥时候给？

伍

这之后，高适又历任蜀州刺史和剑南节度使等职。

唐代宗广德二年（公元七六四年），六十岁的高适因健康原因从地方调回京城，任刑部侍郎，后转为散骑常侍，加封渤海县侯，食邑千户。

唐代宗永泰元年（公元七六五年），高适病逝，享年六十一岁，死

① 见《全唐诗》卷二百二十六。
② [唐]杜甫《因崔五侍御寄高彭州》，见《全唐诗》卷二百二十六。

后被追封为礼部尚书，谥号忠。

高适的一生，可以清晰地划分为两个阶段：四十五岁以前，穷困潦倒，四处漂泊；四十五岁以后，建功立业，飞黄腾达。

所谓时势造英雄，正是由于战乱频发，高适才有机会从一个小小的县尉，经过十几年时间成为朝廷大员，并以年过半百之躯平定永王谋反，征讨安史之乱，立下赫赫战功。

唐代的诗人许多都是进士出身，多数是做过官的，元稹、张九龄、李绅等甚至做过宰相，贺知章、韩愈、王维、白居易等也都身居要职，但在生前就被授予爵位的诗人，除了写“谁知盘中餐，粒粒皆辛苦”那个李绅被封为赵国公之外，高适是唯一非进士出身，凭借战功而被封侯的诗人。

论诗歌成就，高适或许很难跻身唐代十大诗人榜单，但若论仕途之成功，恐怕无人能出其右。《旧唐书》中说：“有唐以来，诗人之达者，唯适而已。”

古人说三十而立，其实，只要你心中有梦想，有信念，什么时候都可能成功。高适大器晚成，后来居上的经历，为我们完美诠释了什么叫“人生从中年开始”。

韩愈

成功可能会迟到，但永远不会缺席

唐德宗贞元四年（公元七八八年），新年伊始，长安城上空飘起漫天雪花，二十岁的韩愈跟现在的考生一样，怀着忐忑不安的心情，焦急地等待进士科举考试成绩放榜。

依照大唐科举考试制度，进士考试之前，需要先经过县、府两级考试选拔，勤奋好学的韩愈一路过关斩将，顺利拿到进士科准考证，年底在长安第一次参加了礼部进士考试，第二年年初，就是发榜的日子。

决定命运的时刻终于到了！

榜单公布，人群一阵骚动，韩愈挤在里面紧张地从头看到尾，也没有找到自己的名字。

韩愈落榜了。

壹

韩愈，字退之，河南河阳人，出身官宦世家，三岁时父亲病故，韩愈便跟着大哥一家生活，十一岁那年，大哥也故去了，韩愈全靠嫂子抚养教育。

韩愈打小学习成绩优异，尤其是作文，经常被老师当作范文在班上朗读，“七岁属文，意语天出”[①]，是远近闻名的学霸，兄嫂一直对他寄予厚望，说咱老韩家以后光宗耀祖全指望你了。

所以，这次意外落榜对韩愈打击很大，回家后垂头丧气，嫂子一看赶紧劝：“没事儿没事儿，胜败乃兵家常事，咱复读一年，明年再考。”

第二年，韩愈再次落榜。

嫂子说：“没事儿没事儿，好事多磨，事不过三，咱接着复读，来年再考。”

第三年，韩愈又一次落榜。

复读生的心理压力有多大你们知道吗？承载着全家人的期望，背负着沉重的心理负担和经济负担，连续三次落榜，谁能受得了？

第四年，韩愈心理崩溃，直接弃考了。

嫂子一看，这不前功尽弃嘛，苦口婆心开导他：“男子汉大丈夫，应当百折不挠。你这点挫折都受不了，将来怎么建功立业光宗耀祖？看成败，人生豪迈，只不过是从头再来[②]。”

在家人的鼓励支持下，韩愈卧薪尝胆忍辱负重，头悬梁、锥刺股，又咬牙复读了一年。

第五年，也就是唐德宗贞元八年（公元七九二年），韩愈终于如愿，以第十三名进士及第。

这一年，韩愈二十五岁。

---

① [唐]皇甫湜《韩愈神道碑》，见《全唐文》卷六百八十七。
② 歌词，出自歌手刘欢《从头再来》，收录于专辑《从头再来》，一九九七年发行。

贰

中了进士是不是就可以当官了？依照大唐规章制度，考中礼部的进士只是取得了从政资格，想当官还要再参加吏部考试，称“铨选”，程序跟考进士差不多，难度一点儿都不比考进士小。

韩愈毕竟是久经考场，毫不畏惧，发扬考进士精神，不负众望，一鼓作气，又是连续三年落榜。

“四举于礼部乃一得，三试于吏部卒无成”①，是不是韩愈学习不行啊，你看这一次一次的。

当时考试没有数学、物理、化学、英语，就是考语文、政治、历史，吏部考试韩愈选的是博学宏词科，其中，对仗工整、堆砌辞藻的骈文，是韩愈最不喜欢也最不擅长的，所以考得确实不太好。

但三本录取分数线还是过了的，之所以屡战屡败，一个很重要的原因，是场外功夫没下够。

吏部选拔干部，你不能光傻乎乎盯着考试，你得做点考场外的工作，当时叫“干谒”，也就是请达官贵人、知名人士帮忙举荐。

韩愈父兄早亡，家又不在长安，无依无靠，经济上也不富裕，长期以来，在这方面做得都比较差，所以，从考进士开始就一路坎坷。

福无双至，祸不单行，长安仕途无望，老家又传来噩耗，抚养他长大成人的嫂子去世了。

长嫂如母，韩愈悲痛万分，唐德宗贞元十一年（公元七九五年），心灰意冷的韩愈离开长安，回老家河阳为长嫂守孝。

一路上，韩愈感到万分沮丧，甚至开始怀疑人生，回想自己在长

---

① [唐]韩愈《上宰相书》，见《全唐文》卷五百五十一。

安前前后后折腾了近十年，也没混上个一官半职，心中不由泛起阵阵悲凉。

叁

树挪死，人挪活，西京长安不行咱换个地方，去东都洛阳看看有没有什么机会。

毕竟是进士出身，在文坛又有些名气，很快，韩愈在洛阳幕府谋了个职位，即节度使推官兼秘书省校书郎，从九品下，官员序列中最低一级，而且还不是朝廷正式任命的，先干着，等有机会再转正那种。

每天干的不过是抄抄写写、迎来送往的繁杂俗事，又是个临时工，工资待遇低，进步空间小，从小胸怀大志的韩愈对这份工作十分厌倦，干了不到三年就跳槽了。

第二份工作在徐州，跟之前一样，仍是幕府节度使推官，但领导是个文学爱好者，叫张建封，十分欣赏韩愈的文才，对韩愈颇为关照。韩愈虽然是临时工，却得以享受与正式编制同等的待遇。

可韩愈在他手下干了没多久，又不想干了。因为这地方哪儿都好，就是劳动纪律特别严，“晨入夜归”，准时打卡，不许迟到，不许早退，工作时间不许私自外出。

韩愈最受不了各种规章制度的约束，忍无可忍之下，给领导写了封意见信——《上张仆射书》：“其中不可者，有自九月至明年二月之终，皆晨入夜归，非有疾病事故，辄不许出。当时以初受命，不敢言，古人有言曰：人各有能，有不能。若此者，非愈之所能也。抑而行之，必发狂疾。”①

① 见《全唐文》卷五百五十二。

意思是这种规定我可做不到，要逼着我遵守，非得精神病不可。

张建封说：“没有规矩不成方圆，想来就来，想走就走，那单位还不乱套了？”说完带人出去打球了。

没两天，韩愈又写了篇《上张仆射第二书》，摆到了张建封办公桌上，还是提意见，说张建封不以身作则，上班时间“击球”，“业精于勤，荒于嬉；行成于思，毁于随”，身为朝廷高官，懈怠政事，玩物丧志。

“击球”是张建封的业余爱好，类似于现在的打高尔夫，不过是在马上，也属于贵族运动。

张建封看了气不打一处来，辩解说：“本官击球是为了锻炼身体，把身体练好才能为朝廷做更大的贡献，这也是工作的一部分。”称韩愈两次上书是“儒生之见”，不予采纳。

两次上书都没有结果，但韩愈喜欢提意见、经常顶撞上级的名声却传开了。

韩愈在幕府郁郁不得志，眼看与自己同榜中进士的几个人在京城一个个混得风生水起，越发觉得自己怀才不遇，作《马说》感叹道：“世有伯乐，然后有千里马，千里马常有，而伯乐不常有。”

肆

说到底，还不因为自己是临时工吗？人微言轻，不受重视，所以，公务员考试还是不能放弃。

韩愈第四次参加吏部考试，结果，又一次落榜，残酷的现实让韩愈几乎萌生了归隐乡间做个农夫的想法。

所谓成功，往往就是在你坚持不下去的时候，再坚持一下的努力中诞生的。

贞元十七年（公元八〇一年），韩愈第五次应考，终于通过了吏部的铨选，被朝廷正式任命为国子监四门博士，正七品上，正县级待遇。

那一年，韩愈三十四岁，从第一次考进士算起，十四年考了九次，终于修成正果。

所以，今天的一次高考失利又算得了什么？

上任的第一天，韩博士以“成功可能会迟到，但永远不会缺席——只要你自己不放弃”为题，为全校师生做了励志主题演讲，受到热烈欢迎。

虽然韩愈此前在文坛就已小有名气，但毕竟是民间传播，影响力有限，如今在国子监，也就是过去的太学任教，如鱼得水，思想和才华终于得到发挥和展示，个人名望也与日俱增。

当时的社会风气不好，看不起老师，“公卿子孙，耻游太学”①，既不愿求师，又羞于为师，以致堂堂国子监竟然生源紧张。

韩博士对此痛心疾首，写下著名的《师说》，强调从师学习的重要性：“人非生而知之者，孰能无惑？惑而不从师，其为惑也，终不解矣。”

为此，韩愈以身作则，勇为人师，不管对方年龄大小、地位高低，有问必答，乐此不疲。比如那位写过“还君明珠双泪垂，恨不相逢未嫁时”的张籍，年龄比韩愈还大，韩愈照样收其为弟子，并直言：“师不必贤于弟子，弟子不必不如师，闻道有先后，术业有专攻，如是而已。”

韩愈一生三入国子监任职，并曾担任国子监祭酒，也就是校长。任

---

① [唐]韩愈《请复国子监生徒状》，见《昌黎文集》卷三十七。

职期间，韩校长极力倡导尊师重教之风，在他的领导下，困扰国子监多年的招生工作难问题得到有效解决，读书人都以称韩门弟子为荣，韩愈可谓桃李满天下。

因为自己的科举之路历尽坎坷，所以，韩愈将心比心，对后辈总是尽量提携帮助，特别是对那些怀才不遇的寒门子弟，比如李贺，不但极力举荐，还为其仗义执言。

韩愈崇尚先秦时期的散文，一上任就大力推行古文运动，主张“文以载道”“文道合一”，对时下重形式轻内容、看似华丽实则空洞的骈文颇有微词：全是空话套话，一大段读下来，你都不知道他究竟想表达什么。

文如其人，韩愈的文章直抒胸臆，有一说一，“发言真率，无所畏避”[①]，不管对象是谁，敢于讲话，而且敢讲真话，动不动就批评人。这种直言善谏的性格，使其文章读起来酣畅淋漓，深受读者欢迎，但也为他后来的仕途笼罩了一层凶险的阴影。

伍

唐德宗贞元十九年（公元八〇三年），韩愈从国子监博士升任监察御史，上任不久，就赶上长安地区百年不遇的旱灾，粮食几乎绝收，哀鸿遍野，无数百姓被活活饿死，为了活命，许多人不惜卖儿卖女。韩愈曾在诗中描述当时的情景：

传闻闾里间，赤子弃渠沟。
持男易斗粟，掉臂莫肯酬。

① 见《旧唐书·韩愈传》。

我时出衢路，饿者何其稠。
亲逢道边死，伫立久咿嚘。[①]

朝廷也知道发生了严重的自然灾害，便下令减免一半的税赋，但京兆尹李实为了个人的所谓政绩，不顾百姓死活，谎报灾情，称“今岁虽旱，而禾苗甚美”，对下仍全额征税，百姓怨声载道。

韩愈身为监察御史，眼见民间疾苦，岂能坐视不管，当即给皇帝上书《御史台上论天旱人饥状》，直言饥荒的严重程度和人吃人的惨状，以激烈的言辞建议朝廷立刻停止征收税赋，开仓放赈。

结果，不但得罪了京兆尹李实，皇帝面子上也挂不住了，下面的情况谁不清楚，大家都不吭声，都在歌功颂德，粉饰太平盛世，就显你能，你咋不上天呢？

韩愈平时也得罪过不少人，有人趁机在旁边煽风点火，结果，韩愈因“诽谤朝政”，被贬出京城，调到连州阳山，也就是现在的广东韶关境内任县令。

当时的韶关可不比现在发达，那可是千里之外的蛮荒之地、国家级贫困县，自然条件恶劣，黑社会猖獗。韩愈带着全家从长安到阳山上任，跋山涉水，光路上就走了整整两个月。

到阳山一看，果然是穷山恶水，韩愈苦不堪言，心里暗暗发誓，以后在官场上再也不乱说话了。

还好，不久新皇登基，大赦天下，韩愈改调江陵，后来又被调回长安，仍到国子监任职。

此后，韩愈在官场谨小慎微，不再乱提意见，仕途也因此顺畅起

① [唐]韩愈《赴江陵途中寄翰林三学士》，见《全唐诗》卷三百三十六。

来，历任都官员外郎、河南令、比部郎中、考功郎中、史馆修撰、中书舍人、太子右庶子、御史大夫等职，一路升迁，直至五十一岁，被任命为刑部侍郎，正二品，达到了事业的顶峰。

然而，江山易改，本性难移，就是在这个位置上，韩愈爱提意见的老毛病又犯了。

这次提意见，差点要了韩愈的性命。

陆

韩愈年轻时就是一个坚定的无神论者，对社会上礼佛修道之类的事一向嗤之以鼻。

当时社会上发生了一件事，四川一个叫谢自然的十四岁女孩，不知怎么迷上了修道，非要出家修炼，家里人谁也拦不住，只好让她在一个道观修行道术，十三年后，姑娘不明不白死在了山上。

本来这也没什么，但道观和当地信徒都说，姑娘不是死了，而是留下肉身羽化成仙了，走的时候，天呈异象，有五彩祥云如何如何，传得神乎其神，附近的百姓都跑去朝拜，当地官府居然把这件事当作喜讯上报给了朝廷。

韩愈最见不得这种事，这都什么啊，这不是封建迷信吗？！没文化太可怕！当即就写了一首《谢自然诗》加以讥讽：

…………

人生处万类，知识最为贤。

奈何不自信，反欲从物迁。[①]

① 见《全唐诗》卷三百三十六。

…………

对道教如此，对佛教，韩愈也一直持否定态度。

当时，社会上佛教盛行，长安附近的法门寺香火旺盛，法门寺塔中供奉有释迦牟尼的一节指骨，称佛骨，寺院每三十年打开佛塔一次，取出佛骨，供人朝拜。

唐宪宗元和十四年（公元八一九年），又到了这个时刻，唐宪宗想把佛骨迎入宫中，亲自朝拜供养，祈求国泰民安，顺便祈求自己长生不老。

满朝文武大臣都歌颂皇帝决策英明，代表了广大人民群众的心声，纷纷表示坚决拥护，唯有韩愈站出来说："我反对！"并将一篇洋洋洒洒的《论佛骨表》当堂呈上。

文章开篇就说："伏以佛者，西域之一法耳，自后汉时流入中国，上古未尝有也。"然后，列举黄帝以来的历代君王都很长寿，那个时候佛教还没有传入中国。汉明帝引进佛教，结果东汉之后的皇帝一个比一个寿命短，朝代一个比一个灭亡得快，由此得出结论："佛不足事。"朝拜这玩意儿没用。

"夫佛本夷狄之人，与中国言语不通，衣服殊制；口不言先王之法言，身不服先王之法服；不知君臣之义，父子之情。"一个外国人，跟我们语言不通，对中国国情完全不了解，我们为什么要供奉他？

"况其身死已久，枯朽之骨，凶秽之余，岂宜令入宫禁？"更何况人早都死了，死尸是污秽不祥之物，摆在宫里供人朝拜，合适吗？

佛教与儒家教义相违背，依我看，不但不应朝拜，还应销毁佛骨，废除佛法。

韩愈这篇文章写得有理有据，言辞激烈，毫不留情，可把皇帝给气坏了，特别是这句“事佛渐谨，年代尤促”，就是说，你越信佛，死得越早，这不是骂人吗？！当场就要杀了韩愈。

大臣们赶紧劝谏道：“老韩虽然说话难听，但也是一片好心，您要是杀了他，以后谁还敢给您提意见？”①

唐宪宗气呼呼地说：“说朕奉佛太过分了朕可以接受，但说东汉之后奉佛的皇帝都短命，这话说得太狠了吧？作为一个下属，怎么能这么跟领导说话？！实在是狂妄至极，罪不可赦！”②

皇帝在气头上，谁也劝不住，说啥也要杀了韩愈。

等第二天冷静下来，唐宪宗也觉得因为这个杀人显得自己心胸狭窄，可不处理他又咽不下这口气，于是从轻发落，将韩愈二次贬出京城，还是分配到全国最边远最贫穷最落后的广东担任潮州刺史。

柒

一封朝奏九重天，夕贬潮州路八千。
欲为圣明除弊事，肯将衰朽惜残年。
云横秦岭家何在？雪拥蓝关马不前。
知汝远来应有意，好收吾骨瘴江边。③

韩愈背井离乡，远贬潮州，这篇引发龙颜大怒的《论佛骨表》由此不胫而走，所有看过的人都说：“不服不行，老韩还真是啥都敢说。”

---

① 《旧唐书·韩愈传》：“韩愈上忤尊听，诚宜得罪，然而非内怀忠恳，不避黜责，岂能至此，伏乞稍赐宽容，以来谏者。”

② 《旧唐书·韩愈传》：“愈言我奉佛太过，我尤为容之，至谓东汉奉佛之后，帝王咸致夭促，何言之乖剌也！愈为人臣，敢尔狂妄，固不可赦。”

③ [唐]韩愈《左迁至蓝关示侄孙湘》，见《全唐诗》卷三百四十四。

“不平则鸣”，看不惯的事就要说，不说出来心里不舒服。“武死战，文死谏”，如果因为这个被杀头，老子认了。

韩愈以实际行动践行了自己“文以载道”的文学主张，不论为人还是作文，其耿直刚正的风格都为世人所折服。

唐穆宗长庆四年（公元八二四年），韩愈病逝于长安，享年五十七岁，谥号“文”，从祀孔庙，葬于河阳，也就是今天的河南孟州，陵园至今保存完好。

韩愈生活的时代，文坛群星闪耀，柳宗元、白居易、刘禹锡、元稹、孟郊、贾岛、李贺、张籍、李绅、裴度、皇甫湜等，可谓名家辈出，但韩愈“文章巨公、百代文宗”的历史地位却无人可以撼动。

“文起八代之衰，而道济天下之溺”①，他所倡导的古文运动风靡一时，从者如云，“杜诗韩笔”，成为大唐文坛两个无法逾越的标杆。韩愈被后人尊为“唐宋八大家”之首，并与柳宗元、欧阳修、苏轼合称“千古文章四大家”。

其实，韩愈为历代所推崇的，又岂止是文章。

正如后世诗中所说：

平生胆气尤奇伟，何止文章日月光。②

---

① [宋]苏轼《潮州韩文公庙碑》。
② [宋]徐钧《韩愈》诗。

白居易

以诗杀人，逼死朋友之妻，是真的吗

那天，刚刚过完七十大寿的白居易把自己最宠爱的两个侍妾叫到床前，拉着两个人的手说："天下没有不散的筵席，我老了，无所谓了，你们还年轻，来日方长啊，放心去吧。"

两个侍妾泣不成声："不，我们不走！说好了是一辈子，差一年，差一个月，差一个时辰，都不是一辈子。[①]"

白居易长叹一声道："唉，别傻了。"说完，紧闭双眼，不再说话。

这两名侍妾，一个叫樊素，一个叫小蛮，原本是杭州当红艺伎，十五岁就被白居易收入府中为妾，从杭州带到苏州、长安，最后又带到洛阳，一直陪伴在白居易身边。

史料记载："白尚书姬人樊素，善歌，妓人小蛮，善舞。"[②]白居易对这两名侍妾十分喜爱，曾作诗夸赞：

樱桃樊素口，杨柳小蛮腰。[③]

有个成语叫"素口蛮腰"，夸女子长得好看，樱桃小口、小蛮腰，

---

① 出自电影《霸王别姬》台词。
② 见[唐]孟启《本事诗·事感第二》。
③ 见[唐]孟启《本事诗·事感第二》。

即源于此。

既然如此喜爱，为什么又将两人遣散呢？难道仅仅是因为自己行将就木了吗？

坊间传言，白居易晚年遣散侍妾，与多年前发生在徐州的一起自杀事件有关，事件在当年轰动一时，一个名叫关盼盼的艺伎，因为白居易的一首诗，在燕子楼绝食而死，给白居易留下了无法消除的心理阴影。

壹

故事的起因要追溯到唐德宗贞元二十年（公元八〇四年）。

那一年，白居易三十二岁，刚参加工作不久，在朝廷中担任中书舍人，也就是给领导整整材料，写写讲话稿，工作很清闲，业余时间除了诗词创作之外，喜欢四处游荡，尤其对歌舞娱乐业有浓厚的兴趣。

有一次，白居易利用公休假去南方，想考察一下久负盛名的江南娱乐业发展情况，途经徐州，顺道看望自己的老朋友，徐州刺史张愔。

张愔听说白居易来了，很高兴，说既然来了就多玩几天，在徐州他啥也别管了，吃住行游购娱一条龙，都给他安排好了。

出去玩，参加什么豪华旅游团也不如有当地政府接待。到底是老朋友，张愔对白居易的爱好十分了解，各方面都安排得妥妥当当。

白居易在徐州度过了愉快而劳累的几天后，准备离去。临行前，张愔在当地最豪华的徐州大酒店设宴为白居易送行。

美味珍馐自不待言，酒过三巡，菜过五味，为助酒兴，张愔专门在席间安排了歌舞表演。当时最流行的宫廷乐舞，是前皇帝李隆基作曲、前贵妃杨玉环编舞的《霓裳羽衣舞》。

音乐声中，女演员翩翩起舞，舞姿柔媚，翩若惊鸿，婉若游龙，可谓风情万种，艳惊四座。白居易当时都看呆了，目不转睛，心里暗暗埋怨张愔：徐州有如此绝色美女，为什么不早一点介绍给我认识？

旁边陪酒的一看，赶紧跟白居易说明："这位是我们徐州的第一美女关盼盼，也是我们张大人的爱妾。"

张愔连忙谦虚地摆摆手说："哪里哪里，小地方的寻常女子，让兄弟见笑了。"

白居易一听，原来是这种关系，不免有些遗憾。

一曲舞罢，全场掌声雷动，经久不息。

张愔一招手："来来来，盼盼，过来给客人敬杯酒。"

这位关盼盼，原本是徐州名妓，场面上的人，劝酒是人家的专业："哎呀，白大人！您是我的偶像啊，久仰大名，如雷贯耳，今日得见，三生有幸！您的'离离原上草，一岁一枯荣'，我从小就会背，我就是读着您的诗长大的，等会儿您得给我签个名。这样，我先给白大人敬杯酒。"

白居易说："不胜酒力，不胜酒力。"

白居易自号"醉吟先生"，平时还是有点儿酒量的。那天，酒不醉人人自醉，关盼盼竟然几下就把白居易给整晕了。

劝酒这种事，历来是杀敌一千，自损八百，盼盼也有点喝高了，面色绯红，醉眼迷离，如盛开的牡丹一般，越发娇艳动人。

趁着酒劲，盼盼让白居易给写首诗，白居易看着眼前微醉的佳人，沉吟片刻，提笔一挥而就：

凤拨金翎砌，檀槽后带垂。
醉娇无气力，风袅牡丹枝。[①]

① 见[明]冯梦龙《警世通言》卷十《钱舍人题诗燕子楼》。

啥意思？反正就是夸人家长得好看，喝完酒以后更好看。

女人就喜欢听赞美的话，盼盼当然高兴，再三表示感谢：“我将来要是出名了，那都是您的功劳。”[①]事后专门让人把白老师的诗装裱了挂在客厅。

那是白居易第一次，也是唯一一次与关盼盼见面，谁也没想到，就是这次短暂的会面，为后来的悲剧埋下了祸根。

贰

在腐朽的封建社会，上流社会私人宴请，主家召妓作陪，几乎是标配，不然，就算喝再贵的名酒，大家也会觉得不尽兴。

白居易是一个非常热爱生活的人，除了喜欢纵酒寻欢之外，大概是为了激发创作灵感，经常出入各大青楼妓馆，青楼妓馆成为他重要的创作源泉。

白居易是著名的高产诗人，号称“诗王”，在流传下来的五万多首唐诗中，白居易一个人就写了三千八百多首，比李白、杜甫两人加起来的还多，产量之高，在唐代诗人中首屈一指，无人可比。

其中，除了《琵琶行》《长恨歌》《卖炭翁》等名篇，与青楼相关的题材占据了相当大的比重。

除了在青楼寻欢作乐之外，白居易还在家中蓄养了大量女乐，毕竟是朝廷官员，总在外面玩影响不好。

当然，这在当时并不违法，但有名额限制，白居易时任刑部侍郎，正四品，按规定只能蓄女乐三人。

这只能勉强凑一桌麻将，肯定不够。事实上，白府女乐有上百人

---

① 见[明]冯梦龙《警世通言》卷十《钱舍人题诗燕子楼》：“贱妾之名，喜传于后世，皆舍人所赐也。”

之多。

其中，除了我们熟知的樊素和小蛮之外，白居易在自己诗中提到名字的就有几十个。比如：

菱角执笙簧，谷儿抹琵琶。
红绡信手舞，紫绡随意歌。[①]

此外，白居易十分注重对新人的培养，特别善于发现人才，使用人才，总是不断补充新鲜血液。比如，他在《追欢偶作》中就说过：

十听春啼变莺舌，三嫌老丑换蛾眉。[②]

女乐每三年就要更换一批更年轻的，不然就太老了。每次在外面遇到称心如意的姑娘，总是想尽办法招进府中，悉心培养。

所以，见到关盼盼的时候，白居易是动了心的，但得知佳人已被张愔纳为小妾，只得作罢。

朋友妻不可欺，做人也是要有底线的。

叁

盼盼并不是寻常的青楼女子。

史料记载，关盼盼出身书香门第，诗词歌赋、琴棋书画样样精通，是远近闻名的才女，只是后来遭遇家庭变故，才沦落风尘。

---

① [唐]白居易《咏兴五首·小庭亦有月》，见《全唐诗》卷四百五十二。
② 见《全唐诗》卷四百五十七。

是金子在哪里都会发光，做这一行光长得好看不行，主要靠气质。

所谓腹有诗书气自华，盼盼深厚的文化底蕴和出色的才艺表现，让她在业内如鹤立鸡群，很快成为徐州娱乐圈的头牌，并因此遇到了生命中的贵人——徐州刺史张愔。二人一见钟情，张愔不惜花重金为她赎身，将其纳为小妾，盼盼从此获得新生。

是的，盼盼的运气不错，张愔对她十分怜爱，从没有因为出身问题而对她有所轻慢，不但举办了盛大的婚宴，还专门在徐州郊外云龙湖畔为她买了一栋别墅，取名“燕子楼”，二人在这里度过了一段幸福美好的时光。

可惜好景不长，两年后，也就是白居易造访后不久，张愔一病不起，最终抛下了盼盼，一命归西。

盼盼原本就是风尘女子，又正值妙龄，所有人都以为，张愔死后，她会像其他妻妾一样，各奔东西，作鸟兽散。没想到，盼盼对张愔情深义重，决心为丈夫守节。

为了消除他人的疑虑，盼盼与一位老仆人隐居郊外，闭门谢客，对外宣布，退出娱乐圈，终生不下燕子楼。

关盼盼重情重义、知恩图报、恪守妇道的义举，在当地被传为一段佳话。

白居易是过了许多年以后，才知道这件事的。

唐宪宗元和十年（公元八一五年），也就是盼盼为夫守节的第十个年头，张愔的老部下张仲素去京城出差，顺便看望在长安任左拾遗的白居易，跟他说起关盼盼为夫守节的事，白居易听罢，唏嘘不已。

当时，张仲素还拿出自己为盼盼这件事写的三首《燕子楼新咏》，请白居易点评。

其一：

楼上残灯伴晓霜，独眠人起合欢床。
相思一夜情多少，地角天涯不是长。[①]

其二：

北邙松柏锁愁烟，燕子楼中思悄然。
自埋剑履歌尘散，红袖香销一十年。[②]

其三：

适看鸿雁岳阳回，又睹玄禽逼社来。
瑶瑟玉箫无意绪，任从蛛网任从灰。[③]

徐州一别十年，前尘往事成云烟，消散在彼此眼前，白居易感慨万千，随后也写下三首诗，唱和张仲素：

其一：

满窗明月满帘霜，被冷灯残拂卧床。[④]
燕子楼中寒月夜，愁来只为一人长。

其二：

---

① 见[宋]计有功《唐诗纪事》卷七十八。
② 见[宋]计有功《唐诗纪事》卷七十八。
③ 见[宋]计有功《唐诗纪事》卷七十八。
④ 见[宋]计有功《唐诗纪事》卷七十八。

钿带罗衫色似烟，几回欲起即潸然。
自从不舞霓裳曲，叠在空箱一十年。[①]

其三：

今春有客洛阳回，曾到尚书墓上来。
见说白杨堪作柱，忍教红粉不成灰。[②]

故事到这里本来就可以结束了，谁也没想到，平地再起波澜，不久，关盼盼在燕子楼突然自杀了。

关盼盼之死引发社会广泛关注，一时传言四起，众说纷纭。

经勘查，在案发现场发现死者与外界的往来书信，初步判断，关盼盼系被人用语言暴力逼迫而死。

究竟是谁逼死了盼盼？随着案件调查的逐步深入，所有的证据都将凶手指向了一个人：白居易。

肆

社会上流传最广的说法是，白居易对关盼盼的美貌垂涎已久，但碍于关盼盼是朋友之妻，无法下手。

朋友死后，白居易觉得机会来了，频频向盼盼示爱，没想到，盼盼决定为夫守节，断然拒绝了白居易。

---

① 见[宋]计有功《唐诗纪事》卷七十八。
② 见[宋]计有功《唐诗纪事》卷七十八。

白居易觉得很没面子，就写信嘲讽盼盼，当年张愔为你花了那么多钱，对你那么好，你要真想为夫守节，怎么不殉葬啊？怎么不跟着一起死啊？在我这儿装什么贞洁烈妇。

为此，还专门写了一首诗，讥讽盼盼：

黄金不惜买蛾眉，拣得如花四五枝。
歌舞教成心力尽，一朝身去不相随。①

据说，盼盼收到诗后，非常伤心，哭着对相依为命的老仆人说："我是怕如果我殉情而死，影响我老公的声誉，所以才苟且偷生到现在，没想到白大人竟然这样说我。"②

于是，盼盼含泪给白居易回了一首诗：

自守空楼敛恨眉，形同春后牡丹枝。
舍人不会人深意，讶道泉台不去随。③

信寄出后，盼盼越想越委屈，越想越生气，想不到自己为夫守节十年，竟然还被人说三道四。好吧，那我就随夫君去吧。

盼盼自此绝食，临终之时，仍念念有词：

儿童不识冲天物，漫把青泥汙雪毫。④

---

① 见[宋]计有功《唐诗纪事》卷七十八。

② [宋]计有功《唐诗纪事》卷七十八："自公薨背，妾非不能死，恐百载之后，人以我公重于色，有从死之妾，是玷我公清范也，所以偷生尔。"

③ 见[宋]计有功《唐诗纪事》卷七十八。

④ 见[宋]计有功《唐诗纪事》卷七十八。

伍

白居易居然用诗逼死了好朋友的老婆，这件事是真的吗？

当时并没有正式结论。毕竟是朝廷官员，真的也好，假的也罢，对诗人的名誉乃至朝廷的形象都是一种损害，人死无法挽回，此事到此为止，任何人不许再议论。

所以，在唐代的史料中，只有白居易为《燕子楼新咏》唱和的那三首诗收录在《白氏长庆集》中，序言中有关于诗的来历，但并没有盼盼因诗自杀的记录。

直到南宋时期，一本叫《唐诗纪事》的书指出，白居易所作的三首诗，实际上是直接写给关盼盼的，并且描述了白居易以诗相逼，导致关盼盼自杀身亡的相关情节。

到了明代，冯梦龙的《警世通言》中有一篇《钱舍人题诗燕子楼》，对这起事件做了更加详细的描写，故事由此流传至今。

这件事到底是真是假？因年代久远，已无从考证。

关盼盼悲愤自杀，大大出乎白居易的意料，没想到这个女人竟然如此刚烈，不惜以死明志。白居易悔恨交加，十分内疚，为了不让自己的宠妾重蹈覆辙，他才忍痛遣散了最心爱的樊素和小蛮，临别赠诗两首：

两枝杨柳小楼中，袅袅多年伴醉翁。
明日放归归去后，世间应不要春风。①

五年三月今朝尽，客散筵空独掩扉。
病与乐天相共住，春随樊子一时归。

① [唐]白居易《别柳枝》，见《全唐诗》卷四百五十八。

闲听莺语移时立，思逐杨花触处飞。
金带缒腰衫委地，年年衰瘦不胜衣。[①]

晚年的白居易定居洛阳，彻底告别欢场，开始吃斋念佛，号称“香山居士”。

除此之外，他经常与八个老人一起，聚在龙门香山喝酒吟诗、谈天说地，自称“九老会”，日子过得倒也快活。

只是，曲终人散之后，年逾古稀的白居易独坐山间，偶尔还会想起自己年轻时那些花天酒地的日子，做过的那些无可挽回的荒唐之事。

唐武宗会昌六年（公元八四六年），白居易于洛阳龙门香山去世，享年七十五岁。

二百多年后，苏轼任职徐州，专程到燕子楼探访，抚今追昔，写下《永遇乐》词一首：

明月如霜，好风如水，清景无限。曲港跳鱼，圆荷泻露，寂寞无人见。紞如三鼓，铿然一叶，暗暗梦云惊断。夜茫茫、重寻无处，觉来小园行遍。

天涯倦客，山中归路，望断故园心眼。燕子楼空，佳人何在，空锁楼中燕。古今如梦，何曾梦觉，但有旧欢新怨。异时对、黄楼夜景，为余浩叹。[②]

① [唐]白居易《春尽日宴罢，感事独吟》，见《全唐诗》卷四百五十八。
② 见《全宋词》。

刘禹锡

所谓陋室，其实是个小别墅

作为一个诗人，生活在唐代，可以说是悲喜交加。

喜的是，大唐文化氛围浓郁，上自皇帝，下至百姓，都喜欢诗，知识分子普遍受人尊敬，诗人的社会地位也相对较高。比如李白，连个像样的学历都没有，就因为诗写得好，红遍天下，未经公务员考试，直接被破格任命为翰林待诏，陪王伴驾，尽享荣耀。后世的李荣浩曾为此羡慕感叹："要是能重来，我要选李白，创作也能到那么高端，被那么多人崇拜。"

悲的是，大唐朝诗坛群星璀璨，人才济济，竞争激烈。史料记载，唐朝有名有姓的诗人多达两千五百三十六人，共创作诗歌五万余首，跟这么多诗坛大咖一起混，什么时候才能混出头？

被誉为"诗豪"的刘禹锡，从一开始就清醒地认识到了这一点：如果想在大唐诗歌界出人头地，必须剑走偏锋，创新发展，拿出点跟别人不一样的东西来。

于是，一首令人耳目一新的作品横空出世：

杨柳青青江水平，闻郎江上唱歌声。

东边日出西边雨，道是无晴却有晴。

——《竹枝词二首》（其一）①

这首诗在朋友圈一经发出，立刻吸引了大家的关注。点赞的同时，大家纷纷评论：郎情妾意，一语双关，可谓情诗佳作，“诗豪”要改走小清新路线了吗？

“诗王”白居易更是直言不讳，在下面留言：“老刘你这属于啥门派？为啥有一种南方民歌的感觉？”

刘禹锡扬扬得意，回复道：“艺术来源于生活，这叫‘竹枝词’，正是从巴蜀民歌中演化而来，初次尝试，请多指教，谢谢。”

有四川人接着问：“听说刘老师是东都洛阳人，怎么会对我们四川民歌这么熟悉呢？是来采过风吗？”

刘禹锡没有回复，心里想：“老子在你们南方生活了大半辈子你知道吗？”

壹

刘禹锡，字梦得，洛阳人，自称西汉中山靖王之后。没错，跟刘备是一脉。

刘禹锡家族世代为官，作为一个勤奋好学、积极上进的官二代，刘禹锡二十一岁进士及第，同年登博学宏词科，两年后再登吏部取士科，连中三元，尽显学霸风采。

参加工作后，刘禹锡最初担任太子校书一职，正九品。不久，又升迁京兆府渭南县主簿，直至御史台正八品监察御史，负责监察百官、巡

① 见《全唐诗》卷三百六十五。

视郡县、纠正刑狱，行政级别虽然不高，但权力很大，事业上可谓前程似锦，一帆风顺。

刘禹锡在御史台的同事中有两个好朋友，一个叫韩愈，一个叫柳宗元，三人志趣相投，过往甚密，下班后经常聚在一起喝酒吟诗聊八卦，日子过得快乐而充实。

然而，天有不测风云，人有旦夕祸福，官场上更是波谲云诡，瞬息万变，这种潇洒自在的生活并没有持续多久，刘禹锡就被卷进了政治旋涡，并由此开启了他长达数十年的贬谪生涯。

故事的发生是这样的。

唐朝中期，朝廷面临两大问题：

一是宦官专权。从唐玄宗时期的高力士开始，宦官的权势越来越大，经过唐肃宗、唐代宗两朝，宦官干政愈演愈烈，到了唐德宗晚年，连军权都落到了宦官手里。

二是藩镇割据。安史之乱后，地方军阀拥兵自重，各自为政，中央政府对地方的控制力越来越弱，地方公然抗旨的事情时有发生。

在这种情况下，如何抑制宦官和藩镇的势力，重建中央集权，成为关系唐王朝生死存亡的关键。

贞元二十一年（公元八〇五年），唐德宗驾崩，唐顺宗即位。翰林学士王叔文、王伾二人在新皇帝的支持下，决定实行政治改革，推出了一系列新政，意图打击宦官专权，解决藩镇割据，严惩贪污腐败，消除政治积弊，加强中央集权，史称“永贞革新”。

刘禹锡是坚定的改革派，很快被提拔为屯田员外郎，参与国家财税制度改革工作。那段时间里，刘禹锡的政治热情空前高涨，诗也不写了，和柳宗元一道，作为朝廷改革领导小组的核心成员，一心扑在工作上。

改革不可避免触及一些人的既得利益，轰轰烈烈的永贞革新仅持续了一百天就宣告失败，反对派发动了宫廷政变。唐顺宗遭到软禁，被迫禅位于太子，也就是唐宪宗，改革主将王叔文被赐死，王伾以及刘禹锡、柳宗元等八位支持改革的官员都被贬到偏远落后地区任司马，而且特别注明："纵逢恩赦，不在量移之列。"就算遇到大赦天下，也不许回来。

所以，"永贞革新"也被称作"二王八司马事件"。

贰

这是刘禹锡的第一次被贬，地点是湖南朗州。在这里，刘禹锡度过了整整十年。

对于这次被贬，刘禹锡表现得十分豁达："浮生谁至百年，倏尔衰暮。富贵穷愁，实其常分，胡为叹惋？"[①]人生不如意十有八九，荣辱沉浮，都是人生常态，又何必叹息，正好可以趁着远离政治中心的机会，专心写写诗。

司马，是一个没有什么具体工作的闲职。这期间，刘禹锡靠写诗打发时光，与柳宗元、韩愈、白居易、元稹等频繁书信往来，《新唐书·刘禹锡传》记载："禹锡在朗州十年，唯以文章吟咏陶冶性情。"那首著名的《秋词》，就是在朗州所写：

自古逢秋悲寂寥，我言秋日胜春朝。
晴空一鹤排云上，便引诗情到碧霄。[②]

---

① 见 [唐] 范摅《云溪友议》。
② 见《全唐诗》卷三百六十五。

写诗之余，刘禹锡脑洞大开，居然开始思考宇宙天地万物的起源、本质与人类命运之类宏大的哲学问题，写下《天论》三篇，提出“天之所能者，生万物也；人之所能者，治万物也”的唯物主义思想，与柳宗元一道，跟持有不同观点的韩愈论战，日子过得倒也充实。

一般来说，积极乐观的人，运气都不会太差。

唐宪宗元和十年（公元八一五年），朝廷本着惩前毖后、治病救人的原则，召刘禹锡、柳宗元等犯过路线错误的八司马回京，另行安排工作。

面对突如其来的喜讯，刘禹锡等人感激涕零，感谢皇恩浩荡，感谢朝廷给了自己第二次政治生命，纷纷表决心，一定痛改前非，重新做人，在新的岗位上为建设大唐盛世做出新的贡献——完全忘了自己当初是怎么被贬到穷乡僻壤的。

重返繁华大都市，刘禹锡心情愉悦，喜笑颜开。烟花三月，他邀请柳宗元等当年一起落难的另外七位司马到玄都观一起春游赏花。

其间，刘禹锡兴之所至，作《元和十一年，自郎州承召至京，戏赠看花诸君子》一诗：

紫陌红尘拂面来，无人不道看花回。
玄都观里桃千树，尽是刘郎去后栽。①

大家看了都夸写得好，刘禹锡自己也很得意，将这首诗配上九张图，用滤镜精心美颜之后，发了条朋友圈。

言者无意，听者有心，朋友圈发出去不久，就有人跑到皇帝那里告

① 见《全唐诗》卷三百六十五。

状：这诗写得有问题啊，含沙射影，语涉讥刺，什么叫“玄都观里桃千树，尽是刘郎去后栽”？这分明是在讥讽朝廷提拔起来的新官员，分明是对先前被贬心怀不满企图翻案，而且，八个受过处理的人聚在一起干什么？一定是在拉帮结派，搞小团伙，居心叵测，不可不防啊。

对于重新起用八司马，一些人本来就有意见，经过这么一番言语挑拨，唐宪宗十分恼火，将刚刚回京才几个月的刘禹锡、柳宗元等八人再次贬出京城。

这真是祸从天降，刘禹锡收到通知后不禁作诗长叹道：

长恨人心不如水，等闲平地起波澜。[①]

叁

刘禹锡二次被贬的地方更偏远——播州，也就是今天的贵州遵义。

唐朝时期的遵义不比现在，茅台酒还没有问世，仅有五百户居民，极度贫困落后，且路途遥远，交通不便，刘禹锡家中尚有八十岁老母需要赡养，如何经得起这般折腾。

人只有在落难的时候，才能真正认识朋友。作为同榜进士，多年的老同事，一起落难的老朋友，柳宗元挺身而出，上书朝廷，为刘禹锡鸣不平：“播非人所居，而梦亲在堂，万无母子俱往理。”[②]当时柳宗元被贬广西柳州，比播州的条件稍微强点，他向朝廷申请，“以柳易播”，要跟刘禹锡互换任职地。

应该说，柳宗元等人再次被贬，在很大程度上是受了刘禹锡那首诗

① 见《全唐诗》卷三百六十五。
② 见《资治通鉴》卷二百三十九。

的牵连，但是人家不但毫无怨言，反而伸出援手，主动要求代替刘禹锡到更艰苦的地方去工作，充分表现了高风亮节和朋友间的深厚情谊，不但让刘禹锡深受感动，连朝廷都被感动了，同意将刘禹锡的任职地改到了广东连州。

唐宪宗元和十四年（公元八一九年），刘禹锡母亲去世，他尚未从悲痛中走出，又听到柳宗元病逝于柳州的噩耗，刘禹锡肝肠寸断，作《重至衡阳伤柳仪曹》一诗悼念：

忆昨与故人，湘江岸头别。
我马映林嘶，君帆转山灭。
马嘶循古道，帆灭如流电。
千里江蓠春，故人今不见。[①]

这之后，刘禹锡回乡守孝。守孝期满，在元稹的帮助下，改任四川夔州刺史，三年后，又改任安徽和州刺史。

赴任途中，行经湖北西塞山，刘禹锡触景生情，抚今追昔，写下了那首著名的《西塞山怀古》：

王濬楼船下益州，金陵王气黯然收。
千寻铁锁沉江底，一片降幡出石头。
人世几回伤往事，山形依旧枕寒流。
今逢四海为家日，故垒萧萧芦荻秋。[②]

---

① 见《全唐诗》卷三百五十五。
② 见[唐]刘禹锡《刘宾客文集》。

全诗通过西晋灭吴的故事，借古讽今，感叹天下兴亡，山河依旧，物是人非。史、景、情完美融合，相得益彰，给人以苍凉悲壮，沉郁顿挫之感，被视为“唐人怀古之绝唱”。

据说，刘禹锡在担任和州刺史期间，曾受到和县县令的刁难，本来应该在公务员小区分配一套高档住宅的，县令说没有空房了，连续让他搬了三次家，最后给他安排到了五环以外的郊区，一所没有装修过的破旧不堪的小房子。在那里，刘禹锡写下了千古名篇《陋室铭》。

情况并不是这样的。

刘禹锡虽然是下放官员，但刺史是地方最高行政长官，比县令的级别高好几级，哪个县令敢这样刁难上级领导？

说是“陋室”，看跟什么比，跟原来京城里的深宅大院比是简陋了些，跟一般民宅比，那就是一座独门独院的小别墅。院内小桥流水，绿树成荫，草坪、花园、凉亭、假山、鱼池，一应俱全，何陋之有？

> 山不在高，有仙则名。水不在深，有龙则灵。斯是陋室，惟吾德馨。苔痕上阶绿，草色入帘青。谈笑有鸿儒，往来无白丁。可以调素琴，阅金经。无丝竹之乱耳，无案牍之劳形。南阳诸葛庐，西蜀子云亭。孔子云：何陋之有？①

关于这首《陋室铭》，自宋代开始就存有争议，有学者认为这并非刘禹锡作品，乃是后人假托之作。

至于陋室的地点，除了安徽和州之外，还有在河北定县、河南荥阳、湖南朗州等地的说法，各有根据，因年代久远，已无从判别真伪，

---

① 见《全唐文》卷六百八。

唯一可以确定的是，刘禹锡从京城下放到地方之后，生活待遇，特别是住房条件，确实有所下降。

肆

唐敬宗宝历二年（公元八二六年），刘禹锡终于被调回洛阳，任职于东都尚书省，这一年，刘禹锡五十四岁，从初次被贬到现在，已经过去了整整二十三年。

回乡途中，路过南京秦淮河，眼见昔日热闹繁华的朱雀桥和乌衣巷，如今野草丛生，残败不堪，不由感叹世间沧海桑田，人生无常，一切都是浮云，作《乌衣巷》一首：

朱雀桥边野草花，乌衣巷口夕阳斜。
旧时王谢堂前燕，飞入寻常百姓家。①

一路北上，在扬州，刘禹锡与从苏州回洛的白居易意外相逢。

听说老刘被调回洛阳，白居易也替他高兴，当晚为老刘摆酒贺喜。席间，二人谈起这二十三年的贬谪生涯，唏嘘不已，白居易当场赋诗一首：

为我引杯添酒饮，与君把筋击盘歌。
诗称国手徒为尔，命压人头不奈何。
举眼风光长寂寞，满朝官职独蹉跎。

① 见[唐]刘禹锡《刘宾客文集》。

亦知合被才名折，二十三年折太多。[①]

知道你是因为才学名望遭人嫉恨才落到这步田地的，但是，为此失去了二十三年的大好时光，你这也太倒霉了吧。

刘禹锡听罢，微微一笑，天空飘来六个字儿——这都不算事儿，当即提笔作《酬乐天扬州初逢席上见赠》回应：

巴山楚水凄凉地，二十三年弃置身。
怀旧空吟闻笛赋，到乡翻似烂柯人。
沉舟侧畔千帆过，病树前头万木春。
今日听君歌一曲，暂凭杯酒长精神。[②]

呐，做人嘛，最重要的就是开心。啥也别说了，都在酒里，我干了，你随意。

伍

唐文宗太和二年（公元八二八年），刘禹锡改任主客郎中。三月，刘禹锡故地重游，再次来到长安玄都观，想到十二年前自己因在此作诗而被权贵诽谤，遭到贬谪，不禁感慨万千，又挥笔写下一首《再游玄都观》：

百亩庭中半是苔，桃花净尽菜花开。

① 《醉赠刘二十八使君》，见[唐]白居易《白氏长庆集》。
② 见《全唐诗》卷三百六十。

种桃道士归何处？前度刘郎今又来。[①]

三十年河东，三十年河西，我刘禹锡又回来了！

什么叫江山易改，本性难移？这就是。上次就是因为在这里写诗出的事，一点不长记性。

因为这句“前度刘郎今又来”，再次犯了忌讳，不久，刘禹锡第三次被贬出京，任苏州刺史。

不过，这对刘禹锡来说已经不算什么了，他早已习惯了接连不断的贬谪生涯，也早已习惯了南方的生活，而且，苏州与之前任职的那几个地方不一样，是富庶之地，生性豁达的刘禹锡觉得也挺好。

刚一到任，曾担任过司空一职的扬州节度使、大诗人李绅就热情地为刘禹锡接风洗尘。

李绅跟白居易、元稹都是好朋友，曾跟元、白一起倡导新乐府运动，后来官至宰相。

李绅最著名的诗就是我们从小都会背的那首《悯农[②]》：

锄禾日当午，汗滴禾下土。
谁知盘中餐，粒粒皆辛苦。[③]

寥寥数语，饱含对底层农民的深切同情和悲天悯人的人文情怀，洋溢着满满的正能量。

其实，怎么说是一回事，怎么做是另外一回事。史料记载，李绅生

---

① 见《全唐诗》卷三百六十五。
② 也作“古风”。
③ 见《全唐诗》卷四百八十三。

活腐化堕落，随着官职的不断升迁，“渐次豪奢”，一顿饭动辄花费几千甚至上万。

这次请刘禹锡吃饭，李绅更是下了血本，特邀江南名厨主理，河豚鱼翅炖雪蛤，辽参干鲍大龙虾，山珍海味应有尽有，席间，莺歌燕舞，极尽奢华。

在贫困地区任职多年的刘禹锡哪见过这种场面，一时百感交集，当场赋诗一首：

高髻云鬟宫样妆，春风一曲杜韦娘。
司空见惯浑闲事，断尽苏州刺史肠。①

这种排场李司空想必是见惯了的，我刘禹锡小地方来的，还真有点不适应，你这也太腐败了吧？！

成语“司空见惯”，就是来源于此。

李绅说：“老刘，你这就不对了，我这还不是为了给你接风吗？来，喝酒。”

陆

刘禹锡一生虽历尽坎坷，却个性乐观豁达，体现在诗歌创作上，也是雄浑壮阔、豪迈奔放，故有“诗豪”的美誉。后世评价其以“雄浑老苍，沉着痛快”为诗风之“豪”，以“精华老而不竭”为人品之“豪”。

对于洛阳人来说，刘禹锡在《赏牡丹》一诗中写下的那句“唯有牡丹真国色，花开时节动京城”更是脍炙人口，成为历代歌咏牡丹诗词中

① 《赠李司空妓》，见《全唐诗》卷三百五十五。

的极品。

刘禹锡一生多次被贬南方，江南也是民歌盛行的地方。那些年，他广泛收集民间歌谣，然后仿照民歌的格调，创作了一大批朴素自然、清新可爱，散发着浓郁生活气息的民歌体诗，比如《竹枝词》《杨柳枝词》《堤上行》《踏歌词》《白鹭儿》《浪淘沙词》等，为大唐诗坛吹来一股难得的清新之风。

直到晚年，刘禹锡才被再次调回洛阳，与同样赋闲在家的白居易、裴度、韦应物等诗友终日聚会宴饮，应答酬唱。

远离政治中心，回归诗人本色之后，刘禹锡的日子倒是过得潇洒安逸。

这首《酬乐天咏老见示》，正是刘禹锡晚年生活与心态的真实写照：

人谁不愿老，老去有谁怜。
身瘦带频减，发稀冠自偏。
废书缘惜眼，多炙为随年。
经事还谙事，阅人如阅川。
细思皆幸矣，下此便翛然。
莫道桑榆晚，为霞尚满天。[①]

当时，刘禹锡和白居易同是垂暮之年，并且都患有足疾、眼疾，不免同病相怜。但刘禹锡对生死早已看淡，从容面对，泰然自若，结尾“莫道桑榆晚，为霞尚满天”两句，尤其为人称道，成为千古传诵的名句。

---

① 见《全唐诗》卷三百五十五。

唐武宗会昌二年（公元八四二年），刘禹锡病逝于洛阳，享年七十一岁，葬于河南荥阳。

去世前，刘禹锡自己给自己写了墓志铭：

不夭不贱，天之祺兮。
重屯累厄，数之奇兮。
天与所长，不使施兮。
人或加讪，心无疵兮。
寝于北牖，尽所期兮。
葬近大墓，如生时兮。
魂无不之，庸讵知兮。[①]

什么意思？

简单说就是，我这一辈子啊，过得确实不太顺利。但是，我觉得值了，至少问心无愧，至于说死后的事情，谁知道呢？

① 见《全唐文》卷六百一十。

元稹

见过渣男，
没见过这么理直气壮的渣男

唐德宗贞元十八年（公元八〇二年），二十三岁的元稹科举落榜，正处于人生的低谷。

这并不是他第一次参加科举，事实上，元稹早在十四岁就已明经及第，成了国家后备公务员。

唐代科举名目繁多，最主流、最受用人单位欢迎的是进士科，但录取率极低，特别难考，有些人甚至考几十年都考不上；而有些科目则相对容易，录取分数线低，比如明经科。所以，考场上一直有“三十老明经，五十少进士”的说法。

元稹考上的就是明经科。说起来都是大学，人家是985、211，你这就是个民办三本，等着国家分配工作的话，肯定是遥遥无期，唯一的办法，就是接着考。

尽管科举制度存在各种弊端，但毕竟为平民子弟提供了一个可以改变命运的机会。元稹埋头苦读，继续参加科考，但由于竞争激烈，屡试不第。

正当元稹极为苦闷的时候，突然喜从天降。京兆尹兼太子太保，也就是长安市市长，太子的老师韦夏卿不知怎么看中了元稹，觉得这个洛阳考生一表人才，又有上进心，有心将自己的女儿许配给他，托人上门说媒。

果然是天无绝人之路，上帝关上一扇门，就会为你打开一扇窗，即使门窗都关了，你也不要气馁，那可能是上帝要开空调了。

一个一文不名的落榜生，突然得到这么大领导的青睐，元稹当然清楚这意味着什么。做了京兆尹的女婿，毫无疑问，自己的人生将掀开新的一页。

但是，面对突如其来的喜讯，他却显得心事重重，陷入深深的矛盾纠结之中，思前想后，左右为难。

因为，元稹已经有女朋友了。

壹

元稹是洛阳人，原本出身于官宦人家，但父亲早年去世，家道中落，生活水平直线下降。

大约三年前，别人给元稹介绍了份工作，在蒲州，也就是今天的山西永济县衙里做抄抄写写之类的临时工，元稹起初一口回绝："打工是不可能的，这辈子都不可能打工。"

家里人劝元稹："好赖先干着吧，一边工作，一边复习嘛，你也是二十岁的人了，不能总待在家里吃闲饭啊！"

当时元稹手头也确实有点儿紧，犹豫了一下，就答应了。

就是在蒲州工作期间，元稹认识了自己的初恋女友崔莺莺。

莺莺是大户人家的女儿，生得花容月貌，妩媚动人。

一个偶然的机会，元稹与崔莺莺在普救寺相遇，一见钟情，两人秘密约会，一聊才知道，世界是如此的小，我们注定无处可逃①，两人居

① 歌词，出自中国台湾歌手赵传《我是一只小小鸟》，收录于专辑《我是一只小小鸟》，一九九〇年发行。

然是远房亲戚，论起来莺莺应该叫元稹表哥。

郎才女貌，亲上加亲，两人双双坠入爱河。

恋爱是秘密进行的，因为没有微信，联系起来很不方便，幸好莺莺身边有个叫红娘的小姑娘，是个热心人，为了成全他们的好事，牵线搭桥，望风放哨，忙里忙外，操碎了心。

第一次，崔莺莺让红娘给元稹送去一首诗：

> 待月西厢下，迎风户半开。
> 拂墙花影动，疑是玉人来。[①]

元稹心领神会，当晚顺着一棵杏树爬过围墙，潜入莺莺下榻的西厢房……

从此以后，元稹白天在单位工作，晚上去莺莺房间，“朝隐而出，暮隐而入”，长达数月。

按照正常程序，两人应该各自回家，如实禀报父母，然后由父母找媒人上门提亲，双方家长见面，先订婚，再送彩礼，挑选良辰吉日，商量婚礼细节，订酒店、订婚宴、订婚车、订婚纱、订司仪、订喜酒喜糖、请伴郎伴娘……

可是没有，两人从头到尾，根本没跟家里说。

莺莺不说，是怕家里不同意。崔家是当地有名的富商，家财万贯，怎么能找这么个没落的亲戚做亲家？门不当，户不对。男方家在外地，在蒲州连个正式工作都没有，要钱没钱，要房没房，要事业没事业，光会写诗，长得帅，有用吗？

---

① 见[唐]元稹《莺莺传》。

元稹不说，是没打算现在结婚。元稹对莺莺当然是非常满意的，只是，男子汉大丈夫，当以事业为重，自己现在一事无成，如何谈婚论嫁？要结婚也得等自己考取功名后再说。

科考时间越来越近了，元稹不得不与莺莺告别。莺莺依依不舍，再三叮嘱："不管考得怎样，都记得早点回来啊，我等你。"

当时，两个人都没有想到，这一转身，就是一辈子。

元稹落榜了，自从跟莺莺好了以后，几个月没翻过书，能考上才怪。事后元稹心中不免有些抱怨：都怪那个狐狸精，害得我没时间复习，果然是红颜祸水啊！

元稹干脆不回去了，留在京城专心复读。第二年再考，再次落榜；又复读一年，又考，又落榜。

三连败，就在元稹走投无路之际，京城高官突然抛来了红绣球，你说遇到这种好事，谁能不动心？

贰

人生的道路虽然漫长，但紧要处常常只有几步，特别是当人年轻的时候。没有谁的生活道路是笔直的，或早或晚，或多或少，总会遇到一些岔路口，让人举棋不定，犹豫再三。走对了，或许就是金光大道；走错了，可能从此陷入泥潭。

此时此刻，元稹面临的，就是这样一个艰难的抉择。

每天脑海里好像有两个小人在争吵，一个说：多好的事儿啊，你还犹豫什么？别人羡慕还来不及，你做了京兆尹的女婿，就等着飞黄腾达吧，为了事业，牺牲个莺莺算什么？

另一个说：对啊对啊。

成年人只看利弊，小孩子才分对错。既然这样，好吧，经过一番不怎么激烈的思想斗争，元稹决定，放弃莺莺，娶京兆尹韦夏卿之女韦丛。

婚礼当然要等元稹工作的事儿解决了再说。

第二年，也就是唐德宗贞元十九年（公元八〇三年），元稹以京兆尹未来女婿的身份再次应试科举。

自我感觉考得还不如前几次，交卷以后，跟同考场一个年龄挺大的河南考生对答案，发现错了一大半。完了完了，元稹当时的心拔凉拔凉的。

那个大龄考生名叫白居易，估计考得不错，一副志在必得的样子，还安慰元稹："别难过，大不了明年再考嘛，我的复习资料都给你，准备复读吧。"

可说来也怪，等一发榜，元稹高中"书判拔萃科"第四名，比白居易名次还高。

世界就是这么神奇，万事皆有可能，不到最后一刻，你永远不知道下一秒会发生什么。

顺便说一下，唐代科举试卷考生的姓名是不密封的。

发榜后不久，元稹就被授予秘书省校书郎一职，跟白居易分在了同一个部门，两人自此成为好友。

同年，元稹与韦丛的婚礼在长安大酒店盛大举行，京城文武百官悉数到场，当朝天子也送了红包表示祝贺，婚礼隆重热烈，轰动一时。

几个月后，远在蒲州的崔莺莺才从别人口中听到这个消息，听完呆坐良久，一句话也没有说。

不久，莺莺另嫁他人，开始了自己的新生活。

截至目前，这还是一个老套的故事，男人为了所谓的事业，牺牲爱情，类似的剧情，生活中也不少见。

叁

事情很快有了变化。

元稹成婚之后，事业蒸蒸日上。唐宪宗元和元年（公元八〇六年），他以第一名的成绩，考取了“才识兼茂明于体用”科，由校书郎升任左拾遗，从八品。

生活上呢，元稹这桩带有功利目的的婚姻是否幸福？与妻子韦丛的感情究竟怎样？

元稹当时在京城没有房子，结婚后，元稹一直住在岳父家里。

不久，岳父韦夏卿调任东都洛阳留守。按理说，夫妻终于可以有自己的二人世界了，但奇怪的是，韦丛以方便照顾父亲为由，也随之搬到了洛阳，元稹仍留在长安上班。也就是说，两人很早就处于两地分居的状态。

我就问一句，这是必须的吗？

更不幸的是，结婚仅仅七年，韦丛便因病去世了。当时，三十岁的元稹已升任监察御史，据说十分悲痛，写了一篇催人泪下的祭文，托人在韦丛灵前代读。

没错，请人代读。元稹因公务繁忙，并未出席妻子的葬礼。

什么了不起的工作，连老婆的葬礼都没时间参加？只能有一种解释，夫妻感情不好。

为什么外界一直认为元稹与妻子感情很好呢？

说来好笑，凭的就是元稹写给亡妻的那几首诗，比如《离思五首》，比如《遣悲怀三首》，其中，尤以下面这首影响最大、流传最广：

曾经沧海难为水，除却巫山不是云。
取次花丛懒回顾，半缘修道半缘君。[①]

因为有你，万花丛中走过，我都懒得回头看。深情不深情？专一不专一？感动不感动？

我们衡量一份感情，不是看他怎么说的，而是要看他怎么做的。什么“取次花丛懒回顾”，元稹的生活作风究竟怎样，大家心里都清楚，这些年跟着白居易不学好，青楼可没少去。

妻子还在世的时候，元稹到成都出差，就跟当地著名才女，比他大十一岁的乐妓薛涛好上了，绯闻闹得满城风雨。

后来出任绍兴刺史，又跟红极一时的女歌星刘采春发生恋情。当时元稹与薛涛正处在热恋阶段，薛涛听说元稹移情别恋，备受打击，一气之下出家做了道士。

总之，元稹在生活作风方面一直不够自律，绯闻颇多。

肆

当然，元稹是一个伟大的文学家，一个卓有成就的诗人。他推崇杜诗，对杜甫死后在诗坛的走红，起到了决定性的作用；他与白居易共同倡导新乐府运动，影响巨大，开一代诗风。

但是，一个人在文学方面的成就，并不能掩盖其生活方面的腐化堕落。元稹在男女关系上的滥情，严重影响了他的形象。特别是早年为了事业抛弃女友、攀附权贵这件事被人挖出来以后，对元稹伤害最大，许

① 见《全唐诗》卷四百二十二。

多人粉转黑，甚至有人称元稹是薄情寡义的“超级渣男”。

元稹很苦恼，这不光是名誉问题，而且还影响到自己的仕途了。据《旧唐书》记载，太和初年，吏部准备提拔元稹的时候，就有人反对说：“稹素无检操，人情不厌服。”[①]直接对元稹的人品和生活作风提出质疑。

所以，如何挽回名誉，消除负面影响，就成了元稹亟待解决的问题。

最好的办法，是用强大的正能量，引导受众，改变舆情，用自己的特长，为自己正名。

元稹的特长就是写作，诗词文章样样精通，既然可以用诗营造出夫妻恩爱的假象，为什么不能将自己对崔莺莺始乱终弃这件事反转过来呢？

说干就干，元稹谢绝了一切娱乐活动，推掉了不少饭局，一下班就钻进书房里，熬了好几个晚上，把他跟莺莺的故事写成了小说，当时取名叫《传奇》，后来被称作《莺莺传》。

小说讲述一个叫张生的穷书生，与富家小姐崔莺莺相识、相知、相恋，又最终分手的爱情故事。明眼人一看就知道，写的就是元稹自己，包括张生如何勾引莺莺、如何半夜翻墙幽会、红娘如何穿针引线、张生如何赴京赶考等细节，与元稹的经历完全相符，基本上再现了当年的情景。

关键是后半部分，张生为什么始乱终弃？为什么又对莺莺变心了？

这才是要表达的重点，元稹借张生之口，为自己的行为做了如下辩解：

---

① 见《旧唐书・元稹传》。

大凡天之所命尤物也，不妖其身，必妖于人。使崔氏子遇合富贵，乘宠娇，不为云，不为雨，为蛟为螭，吾不知其所变化矣。昔殷之辛，周之幽，据百万之国，其势甚厚。然而一女子败之，溃其众，屠其身，至今为天下僇笑。予之德不足以胜妖孽，是用忍情。[①]

大概意思是说，莺莺长得实在太漂亮了，属于人间尤物，自古红颜祸水，商纣王、周幽王亡国，都是被美女害的。我这个人啊，德行不够，抵御不了美色的诱惑，如果跟莺莺在一起，早晚得出事儿，所以我才忍痛割爱，跟她提出分手。

这番高论，怎么说呢，头一次听人把分手原因说得这么清新脱俗的。

更神奇的是，在小说里，大家听了张生的这番话后，皆为深叹，“时人多许张为善补过者”，夸张生始乱终弃的做法是善于补过，是悬崖勒马，是亡羊补牢，为时未晚。

说实话，我见过渣男，但从没见过这么理直气壮的渣男！

伍

这篇堪称奇葩的《莺莺传》完成以后，元稹立刻在自己的公众号“元来是你”上推出，不出所料，在社会上引发强烈反响，各大媒体纷纷转载，阅读量不到一个小时就突破了10万+。

是否达到了预期的效果？这个不好说，反正评论区已经吵翻天了，

① 见[唐]元稹《莺莺传》。

说啥的都有。

有人为有情人不能终成眷属感到惋惜；有人为张生匪夷所思的辩解感到惊讶。

有人通过张生的恋爱经历学到了撩妹大法，制定了求爱的整套方案；有人在红娘的身上悟出了巨大的商机，勾画出了早期婚介所的框架。

更多的人对张生的行为义愤填膺，纷纷留言道：人不能无耻到这种地步，张生的所作所为突破了人类的道德底线，让我们对负心汉这个名词有了更深刻的认识。

但也有人为张生撑腰站台，打气叫好：色字头上一把刀，张生悬崖勒马，急流勇退，勇气可嘉，大丈夫何患无妻，放弃美色，投身事业，当为我辈楷模！

这条留言的作者叫白居易。

大约五百年后，一个叫王实甫的人实在看不下去了，动笔将元稹的《莺莺传》改编成了剧本，取名《西厢记》，对故事的结局做了颠覆性的修改，什么伟大事业，爱情才是至高无上的！剧中让张生与莺莺冲破外界阻力走到了一起，天下有情人终成眷属。

《西厢记》推出后，在全国各大剧院巡回演出，好评如潮。

台下观众无不为这对青年男女的故事所感动，泪眼婆娑中，已经没有几个人还能记起，那个为了爱情不惜舍命的张生，原型竟然是当年薄情寡义的诗人元稹。

李贺

天若有情天亦老，
抑郁苦闷死得早

元和四年（公元八〇九年），早春时节，乍暖还寒，洛阳宜阳县一个叫昌谷的小山村里迎来了两位大人物，一个是都官员外郎韩愈，一个是殿中侍御史皇甫湜。

这两位都是大唐文坛的显赫人物，特别是韩愈，素有“文章巨公”和“百代文宗”之名，被后人尊为“唐宋八大家”之首，可谓名满天下。

二人身着官服，骑高头大马，带着一众随从，浩浩荡荡来到村口。

村里人哪里见过这阵势，都跑出来围观。远处一个体形纤瘦、通眉长爪、长相奇特的年轻人也跟着凑了过来。

韩愈勒紧缰绳，问这个年轻人：“小伙子，跟你打听个人，你们村有个叫李贺的吗？”

年轻人仰起头，两条眉毛紧蹙在一起，一脸茫然道：“有什么事吗？我就是李贺。”

壹

李贺，字长吉，别看其貌不扬，却不是一般人。他出身名门望族，祖上据说是唐高祖李渊的叔叔的远房亲戚，虽然并没有因此沾到什么光，但李贺在村里一直以皇室宗亲自居，跟三国时卖草鞋的刘备一样，不管走到哪儿，自我介绍的时候总是把出身挂在嘴上，自称“唐诸王孙李长吉”。

李贺的父亲早年曾做过县令，病故后家境逐渐败落，以致穷困潦倒。

俗话说：穷在闹市无人问，富在深山有远亲。家里有钱的时候，七大姑八大姨四表叔五表舅们三天两头来串亲戚，让李贺不胜其烦，当时还跟邻居抱怨：“我家的表叔数不清，没有大事也登门，虽说是，虽说是亲眷有的都不相认，可他们比亲人还要亲。”①

现在可好，全没影了，为什么？李贺说：“这里的奥妙我也能猜出几分。”

没钱必须勤奋斗，人丑就要多读书。骨瘦如柴、相貌丑陋的李贺自幼才思聪颖，勤奋好学，《新唐书》中说：“李贺七岁能辞章。”尤其擅长“疾书”，就是写东西特别快，什么七步成诗，李贺一步都不用走，眉毛一蹙，提笔就是一首，是远近闻名的神童。

长大以后，李贺读书愈加刻苦，农活儿是不干的，平时除了看书，没事儿喜欢骑着毛驴出去采风，路上想到好的诗句就记纸上，放进随身背的锦囊里，回家立刻整理成诗，经常废寝忘食。母亲看儿子如此刻苦用功，心疼地说：“这孩子是要把心肝呕出来才会停下来吗？”②

后来有个成语叫“呕心沥血”，其中“呕心”说的就是李贺；“沥血”则是指韩愈，因为他写过“刳肝以为纸，沥血以书辞”③两句诗。

酒香不怕巷子深，是金子早晚都会发光。虽然地处偏僻乡村，但李

① 歌词，出自刘长瑜演唱《都有一颗红亮的心》，现代京剧《红灯记》唱段。
② [元]辛文房《唐才子传》卷五：“是儿要呕出心乃已耳。”
③ [唐]韩愈《归彭城》诗，见《全唐诗》卷三百三十七。

贺的诗还是传到了京城。一首《雁门太守行》被长安和洛阳文坛疯狂分享，几乎刷屏：

黑云压城城欲摧，甲光向日金鳞开。
角声满天秋色里，塞上燕脂凝夜紫。
半卷红旗临易水，霜重鼓寒声不起。
报君黄金台上意，提携玉龙为君死。[①]

此诗用浓艳斑驳的色彩，描绘悲壮惨烈的战斗场面，奇异的画面准确地表现了特定时间、特定地点的边塞风光和瞬息万变的战争风云，表达了将士誓死报效国家的决心。全诗意境苍凉，格调悲壮，极具震撼力。

爱才如命的文坛大家韩愈看到这首诗后，不禁拍案叫绝，只是不认识作者，一打听，是个名不见经传的农村青年，家就在洛阳。

韩愈说："若是古人，吾曹或不知，是今人，岂有不识之理？"[②]当即决定跟自己的学生皇甫湜一起，亲自去探访这个少年天才。

贰

见面不如闻名，史料记载，韩愈一行到时，"贺总角荷衣而出"[③]，韩愈一瞧，李贺整个儿一非主流，怎么看也不像是能写出"黑云压城城欲摧"的才子，不由在心里暗暗嘀咕：不会是抄袭或者有人代

① 见《全唐诗》卷三百九十。
② 见[元]辛文房《唐才子传》卷五。
③ 见[宋]胡仔《苕溪渔隐丛话》卷二十。

笔的吧？[①]

毕竟这种事情是发生过的，韩愈有个远房亲戚家的孩子，年少成名文采出众，就被传言有部分作品是父亲代笔；还有四川一个姓郭的文坛新秀，跟李贺一样其貌不扬，后来被发现居然抄袭别人。

所以，韩愈跟皇甫湜一商量，决定现场测试，说你就以我们今天来找你这件事为题，写首诗吧。

李贺慨然应允，提笔写下“韩员外愈、皇甫侍御湜见过，因而命作”一行字后，凝神屏气，思忖片刻，一首洋洋洒洒的《高轩过》便一气呵成：

华裾织翠青如葱，金环压辔摇玲珑。
马蹄隐耳声隆隆，入门下马气如虹。
云是东京才子，文章巨公。
二十八宿罗心胸，九精照耀贯当中。
殿前作赋声摩空，笔补造化天无功。
庞眉书客感秋蓬，谁知死草生华风。
我今垂翅附冥鸿，他日不羞蛇作龙。[②]

全诗结构严谨，跌宕多姿，辞藻华丽，可谓文采飞扬。

不光诗写得好，话说得也极其讨人开心，诗中称韩愈和皇甫二人一个是“东京才子”，一个是“文章巨公”。

韩愈当时看完很激动，拍着李贺的肩膀说：“写得不错嘛！在农村种地太可惜了，国家正需要你这样的人才，去参加科举考试吧，路费食

---

① 见[宋]胡仔《苕溪渔隐丛话》卷二十。
② 见《全唐诗》卷三百九十三。

宿什么的不用担心，到时候开个发票给我就行了。”

李贺说：“先谢谢韩老师，我倒是想考公务员来着，不巧父亲去年刚刚病故，所以，今年去不了。”

依照大唐例律，父亡，子女须服丧守孝三年，不得应试。

韩愈说：“没关系，那就明年再考，正好把功课再巩固一下，基础打扎实一点，明年我在洛阳等你。对了，你手里还有啥写好的诗词文章，回头都微信发给我，我帮你在全国重点刊物上推一下。”

就这样，在韩愈的赏识和力推下，李贺的诗流传愈来愈广，在诗坛的地位也扶摇直上。“天若有情天亦老”“雄鸡一声天下白”等一大批脍炙人口的诗句被人们竞相转发引用。后人将李贺与李白、李商隐并称“唐代三李”。

总之，大唐诗坛又一颗新星冉冉升起。

那一年，李贺刚满二十岁。

叁

第二年初冬，李贺守孝期满，踌躇满志地告别乡亲，赴京赶考。

李贺不负众望，先是参加在洛阳举行的河南府试，以第一名的成绩顺利晋级，获得年底赴长安应进士举资格，可谓春风得意。

当晚，李贺按捺不住兴奋的心情，发朋友圈晒自己的府试成绩单和进士科准考证，配文：我是上清华呢，还是上北大呢？好纠结啊！

人哪，就不能太张扬太得意，越是顺境越要保持低调。

李贺小小年纪就在诗坛声名鹊起，事业上有大文豪一路关照，别人早看他不顺眼了：你炫耀什么啊，第一名成绩怎么来的？自己心里没点儿数吗？谁不知道，河南府试的考题就是韩愈出的！

考试前夕，有关部门收到一封匿名举报信，信中称，李贺的父亲叫李晋肃，“晋”字与“进士”之“进”同音，犯了父讳，作为人子，理应避讳。

高招办负责人对李贺说：“我们很遗憾地通知您，由于您父亲的名字起得不好，所以您终生都不能参加进士考试。”

开玩笑呢吧？居然还有这种规定？李贺赶紧找韩愈想办法，韩愈一听也急了，这还有天理吗？赶紧四处奔走，上下活动，还写了一篇《讳辩》，以“质之于律，稽之于国家之典”[①]为其辩护，说父亲叫李晋肃，他就不能参加进士考试，那他父亲要是叫李仁，儿子是不是就不能做人了？

当时，韩愈刚从都官员外郎调任河南令，也是主政一方的官员，而且在文坛颇有影响力，李贺又是皇室后裔，按理说，找人活动一下，恢复考试资格，也不是什么难事。

然而，居然没办成。

这件事让李贺深受打击，他黯然离开考场，独自返回老家洛阳昌谷，自此郁郁寡欢。

韩愈也觉得很没面子，第二年，托关系在长安给李贺找了份工作——奉礼郎，从九品，虽说职位不高，但总算让李贺踏上了仕途。

可是，依照唐朝规章制度，没有进士学历，也就意味着在事业上没有上升空间，自视甚高的李贺觉得自己被埋没了，工作不顺心，加上妻子又病逝了，当时觉得生活一片灰暗，勉强干了三年就称病辞职了。

回老家宅了一段时间，李贺决定去南方看看有没有什么发展机会，

---

① 见《全唐文》卷五百五十八。

可是，“九州人事皆如此”，云游了一大圈，一无所获，又灰溜溜回到昌谷，终日愁眉苦脸，唉声叹气。

村主任一看，说这孩子这样消沉下去就把自己毁了，就给他出主意：“小李啊，咱可不能在一棵树上吊死啊，多试几棵嘛，求取功名非得考进士吗？文的不行咱可以来武的啊。”

一句话点醒了李贺，对啊，我怎么没想到参军呢？没学历有战功一样可以步入仕途，当年多少学渣因为科举考试无望跑去从军，后来在部队混得风生水起，反而比地方上的同学升迁得快。

元和九年（公元八一四年），李贺经朋友举荐，投笔从戎，在昭义军中做了幕僚，负责文秘工作。

刚去的时候，李贺意气风发，一心想借此建功立业，曾赋诗自勉：

男儿何不带吴钩，收取关山五十州。
请君暂上凌烟阁，若个书生万户侯？[①]

然而，事情并没有沿着预想的轨道发展，因为昭义军这支部队历史上曾参与过安史叛乱，虽然后来又向朝廷投降并得到赦免，但终究不是朝廷嫡系，所以经常受到排挤，内部派系斗争错综复杂。北方藩镇割据，昭义军因讨叛无功，被朝廷多次整编。

李贺在这样一支队伍里干了三年，终于发现，此处也非久留之地，加上自己身体也不太好，便告病辞职，又一次回到老家。

① [唐]李贺《南园十三首》（其一），见《全唐诗》卷三百九十。

肆

长安有男儿，二十心已朽。

…………

人生有穷拙，日暮聊饮酒。

只今道已塞，何必须白首。

…………

礼节乃相去，憔悴如刍狗。①

哀莫大于心死，这次回来，李贺不再追求功名，闭门在家创作并整理诗作。

村里人对此有各种风言风语。

——“出去那么多年，还不是两手空空又回来当农民了，还皇室宗亲呢，我看八成是假的。”

——“会写几首破诗有啥用，没弄个一官半职不说，在长安、洛阳连套房子都没混上。”

李贺听到这些话，面如死灰，半晌不语。

后来，人们经常在夜深人静的时候，看见形容枯槁的李贺一袭白袍，在村西头的乱坟岗一带游荡，有时彻夜不归，面对孤坟喃喃自语，不知所云。

从那以后，人们发现，李贺的创作中出现了大量描写鬼魅的诗歌，有魂魄在阴风中寻梦，有恶鬼点燃忽明忽灭的松花灯，有上坟的纸钱在鬼魂的抢夺中嘶鸣，有幽灵在墓地上空飘忽不定……比如下面这首：

① [唐]李贺《赠陈商》诗，见《全唐诗》卷三百九十二。

南山何其悲，鬼雨洒空草。
长安夜半秋，风前几人老。
低迷黄昏径，袅袅青栎道。
月午树无影，一山唯白晓。
漆炬迎新人，幽圹萤扰扰。①

用词阴森恐怖，悲凉凄苦，“鬼”“泣”“血”“死”成为李贺鬼魅诗的四字真言。

其他还有“鬼灯如漆点松花”“百年老鸮成木魅”“楚魂寻梦风飔然”“回风送客吹阴火”“嗷嗷鬼母秋郊哭”“纸钱窸窣鸣旋风”等等。

空灵诡异、极富想象力的诗风，在诗坛独树一帜，自成一体，李贺因此被后世称为“诗鬼”。

伍

唐宪宗元和十二年（公元八一七年），李贺因长期苦闷抑郁，病逝于洛阳，年仅二十七岁。

李贺英年早逝，大唐文坛无不为之惋惜。后世给予了李贺高度评价，将诗鬼李贺与诗仙李白、诗圣杜甫、诗王白居易、诗佛王维相提并论，称“太白仙才，长吉鬼才”，说李贺是继屈原、李白之后，中国文学史上又一位伟大的浪漫主义诗人。

李贺在九泉之下恨恨地说：“老子活着的时候你们在哪儿？！”

其实，诗人也好，其他艺术家也罢，活着的时候落魄不堪，死后才

---

① [唐]李贺《感讽五首》（其三），见《全唐诗》卷三百九十一。

大红大紫的情况十分常见，比如凡·高，比如杜甫。

相比之下，李贺的情况比他们好多了：少年成名，青年时期就在诗坛崭露头角，且有贵人相助，一只脚实际上已经迈进了成功的大门。就是因为科举考试遇到了一点挫折，从此一蹶不振，最终导致严重抑郁，以致二十七岁就断送了性命。

说到底，还是心理素质不够强大，自视太高，抗挫折能力太弱，对功名的追求过于执着。如果不是这样，以李贺的才华，本可以在文学上有更高的成就，为后世留下更多的佳作。

这正是：

衰兰送客咸阳道，天若有情天亦老。[①]

① [唐]李贺《金铜仙人辞汉歌》，见《全唐诗》卷三百九十一。

杜牧

你所看到的，
不过是我想让你看到的

安史之乱后，藩镇割据，战乱频发，辉煌一时的大唐王朝日渐衰落。曾经群星璀璨，佳作云集的大唐诗歌也随之失去了往日的繁华气象。

晚唐时期，以杜牧、李商隐、温庭筠为代表的新一代诗人，政治上无所建树，创作上也难以超越先贤。有些诗人终日沉迷于绮楼锦槛、红烛芳筵，围着风月场里那些漂亮的小姐姐，写了一大堆淫词艳曲。

其中，尤以杜牧情节最为严重。

落魄江南载酒行，楚腰纤细掌中轻。
十年一觉扬州梦，赢得青楼薄幸名。①

一个原本才华横溢的青年才俊，为何被后世称作风流诗人？到底是什么原因让他堕落到这种地步？是人性的扭曲，还是道德的沦丧？这一切的背后，究竟隐藏着哪些不为人知的秘密？

① [唐]杜牧《遣怀》，见《全唐诗》卷五百二十四。

壹

唐文宗大和二年（公元828年），东都洛阳。

一年一度的科举考试刚刚结束，几篇文章突然在网上蹿红，点击率很快突破了10万+，许多大号都在转载：《震撼！满分作文，轰动全国！》《刚刚！满分作文流出，写得太好了！》《满分作文新鲜出炉，刷爆朋友圈，必看！》《转疯了！满分作文，啥都敢说！不转不是大唐人！》……诸如此类，几乎刷屏。

六王毕，四海一；蜀山兀，阿房出。覆压三百余里，隔离天日。骊山北构而西折，直走咸阳。二川溶溶，流入宫墙。五步一楼，十步一阁；廊腰缦回，檐牙高啄；各抱地势，钩心斗角。盘盘焉，囷囷焉，蜂房水涡，矗不知其几千万落！长桥卧波，未云何龙？复道行空，不霁何虹？高低冥迷，不知西东。歌台暖响，春光融融；舞殿冷袖，风雨凄凄。一日之内，一宫之间，而气候不齐。[①]

…………

这篇叫作《阿房宫赋》的政论文章，洋洋洒洒数百言，骈散结合，观点犀利，气势恢宏，用词工整而不堆砌，富丽而不浮华，确实非同凡响。

作者杜牧，字牧之，男，二十六岁，长安樊川人，正是今年进士科的考生。

但是，很快又有人爆料，这篇文章并不是今年考试中的作文，而是

① 见[唐]杜牧《樊川文集》。

作者三年前的一篇旧文。

但虚构出来的满分作文并不影响文章的广泛传播，短短几天时间之内，杜牧本人连同这篇《阿房宫赋》，在东都文化界尽人皆知，文章被争相传诵，一时洛阳纸贵。

一篇旧文，为什么会在评分阶段突然走红？其中的用意，明眼人一望便知。

贰

即将公布分数的前夜，负责此次科举考试的礼部侍郎崔偃在洛阳大饭店举行晚宴，招待所有评卷老师和考务人员。

“来来来，各位，这段时间大家都辛苦了，我代表礼部，敬大家一杯。”

正在推杯换盏之际，手下来报，已故文学泰斗柳宗元的生前好友，当朝德高望重的太学博士吴武陵老先生突然造访。

崔偃赶忙出门迎接：“哎呀，吴大人好久不见了，今天来得正好，进去咱们好好喝上几杯。”

吴武陵说：“不喝酒，开着车呢，今天过来是有事想请兄弟帮忙。”

崔偃说：“跟我还客气啥，大老远还亲自跑一趟，一个电话不就得了，有啥事儿您尽管吩咐。”

吴武陵说：“听说这次招生你负责，我特意来给你推荐个人才。现在外面传诵的那篇奇文《阿房宫赋》，你听说过吧？”

崔偃说：“太火了，好多人转发，我怎么会不知道呢？写得确实不错。”

吴武陵说：“那就好，我想请你将此人定为今年的状元。”

崔偃一听，面露难色：“您怎么不早说啊？状元早就定了，名单都已经报上去了。”

吴武陵说：“那第二名榜眼也行啊。”

崔偃贴近吴武陵耳边小声说：“跟您说实话吧，前四名都已经内定了。”

吴武陵有点不高兴了：“怎么搞的你们，这么难得的人才，你们居然……好吧，那就把他录为第五名进士。你们接着喝，我先告辞了。”

说完，拂袖而去。

崔偃十分为难：虽然杜牧那篇文章确实写得很好，但这次考得一塌糊涂，分数根本就没过一本线，你让我怎么录取啊？

相关负责人也表示：“咱得讲原则啊，说好的公平公正公开呢？而且，我听说这个考生的生活作风有问题，在长安常年流连于青楼妓馆，腐化堕落，臭名远扬。”

崔偃说：“啥家庭啊天天泡妓院，家里有矿啊？”

仔细一打听，吓了一跳，原来，这个杜牧家世非同一般，祖父杜佑曾任三朝宰相，父亲杜从郁乃当朝驾部员外郎，正六品。也就是说，杜牧是个标准的“官三代”。

杜家在长安不单是名门望族，而且是书香门第，家里藏书丰厚，堪比皇家图书馆。杜牧曾为此专门赋诗一首，在朋友圈炫耀：

…………

旧第开朱门，长安城中央。

第中无一物，万卷书满堂。

家集二百编，上下驰皇王。[①]

…………

崔偃恍然大悟：怪不得最近总有人在我面前夸杜牧，吴武陵还专门跑上门来举荐，说什么是因为那篇文章太好，人才难得，原来是有这层关系啊，直说不就得了。

叁

第二天，科举成绩张榜公布，共有三十三人入选进士，杜牧名列第五。

因为考试发挥失常，已经做好复读准备的杜牧万万没想到，自己不但进士及第，而且名列前茅，大喜过望，当即赋诗一首——《及第后寄长安故人》：

东都放榜未花开，三十三人走马回。
秦地少年多酿酒，却将春色入关来。[②]

金榜题名，太牛了，长安的兄弟们把酒席摆好，等着我回去好好庆祝庆祝。

这些孩子啊，根本就不知道家长在背后为他们工作的事，操了多少心，私下做了多少工作，还真以为是自己的本事呢。

不过，话说回来，平心而论，杜牧确实有才华，这是不争的事实。

---

① [唐]杜牧《冬至日寄小侄阿宜诗》，见《全唐诗》卷五百二十。
② 见《全唐诗》卷五百二十四。

因为家庭的影响，杜牧从小受到良好的教育，博览群书，诗词歌赋样样精通。此外，他对藩镇治乱与军事谋略颇有研究，写过许多策论咨文，十几岁时就为《孙子兵法》注解，二十三岁时写出了著名的政论文章《阿房宫赋》，轰动一时。该文在一千多年后入选高中语文课本，并被要求全文背诵。不太好背，好多同学都在这上面丢过分。

在诗词领域，杜牧是晚唐诗歌的代表人物，尤其擅长七言绝句，与李商隐并称“小李杜”，被看作李白、杜甫之后，重振大唐诗歌的希望。

二十六岁中了进士以后，先后担任过弘文馆校书郎、扬州监察御史、国史馆修撰、膳部员外郎、吏部员外郎、黄州刺史、湖州刺史等职。

有才华，有背景，有平台，好好工作，好好创作，光宗耀祖，建功立业，复兴大唐，不好吗？

肆

杜牧不争气，太让人失望了，没有一点上进心，好不容易走上领导岗位，还是一如既往，终日流连于各大青楼，过着花天酒地的放浪生活。

特别是在扬州任职期间，杜牧是各大青楼的常客。每天一下班就往青楼跑，经常夜不归宿，上班总是迟到，工作时萎靡不振，以至于他的顶头上司、扬州节度使牛僧孺忍无可忍，专门对其进行了诫勉谈话，让他检点行为，注意影响。

但杜牧只略微收敛了几天，本性难改，很快恢复了常态。

当年的扬州是著名的娱乐之都，唐代的于邺在《扬州梦记》中描述道：

> 扬州，胜地也，每重城向夕，倡楼之上，常有绛纱灯万数，辉罗耀列空中。九里三十步街中，珠翠填咽，邈若仙境。

杜牧在扬州的十年，如鱼得水，乐此不疲，在追风逐月的道路上越走越远。

青楼里的小姐姐们都喜欢他，因为这位御史大人不仅出手大方，而且还喜欢给别人写诗，好多地方都挂着他留下的诗词墨宝。

你们看看他都写了些什么：

> 京江水清滑，生女白如脂。
> 其间杜秋者，不劳朱粉施。①
> …………

意思是，一白遮百丑，杜秋娘素颜也比你们好看。

> 娉娉袅袅十三余，豆蔻梢头二月初。
> 春风十里扬州路，卷上珠帘总不如。②
> …………

话说回来，古代十三四岁的女性相对于今天来说比较早熟，所以在当时也有许多开始谈婚论嫁。

---

① [唐]杜牧《杜秋娘诗》，见《全唐诗》卷五百二十。
② [唐]杜牧《赠别二首》（其一），见《全唐诗》卷五百二十三。

银烛秋光冷画屏，轻罗小扇扑流萤。
天阶夜色凉如水，卧看牵牛织女星。[①]

你看，有文化就是不一样，还会一起看星星，多浪漫。

青山隐隐水迢迢，秋尽江南草未凋。
二十四桥明月夜，玉人何处教吹箫。[②]

夜色中，美人沐浴着月光在桥上吹箫，如诗如画，如梦如幻。

伍

每次遇到中意的女孩，杜牧总是在第一时间据为己有。

为什么那么着急？感情的事，慢慢来不好吗？不好！以后遇到喜欢的姑娘就要直接往上冲，先下手为强，稍微一犹豫，就是别人的了。在这方面，杜牧是有过教训的。

在洪州任职期间，杜牧在江西观察使沈传师府上，认识了当地名妓张好好。

张好好当年只有十三岁，色艺双绝，素来仰慕杜牧的才学，才子佳人一见钟情。

当时杜牧刚到洪州不久，尚未娶亲，准备安顿好了就给张好好赎身。没想到，夜长梦多，沈传师的弟弟抢先一步，横刀夺爱，将张好好

① [唐]杜牧《秋夕》，见《全唐诗》卷五百二十四。
② [唐]杜牧《寄扬州韩绰判官》，见《全唐诗》卷五百二十三。

纳为小妾。

杜家与沈家乃是世交，而且沈传师的官职也比杜牧高，杜牧有苦难言。

几天后，杜牧收到了张好好送来的分手诗：

孤灯残月伴闲愁，几度凄然几度秋。
哪得哀情酬旧约，从今而后谢风流。

都怪你，不早点来娶我，以后咱俩就别再见面了。

杜牧悔恨不已，含泪回信："其实我不想对你恋恋不舍，但什么让我辗转反侧？……我是真的为你哭了，你是真的随他走了，就在这一刻，全世界伤心角色又多了我一个，我心如刀割。"①

故事并没有结束。

世界是如此的小，我们注定无处可逃。五年后，在洛阳东城一家酒店里，杜牧突然发现了一个熟悉的身影，没错，就是张好好。

此时，她已被丈夫抛弃，流落在民间以卖酒为生。生活的艰辛，早已让张好好失去了昔日的容颜。

物是人非，杜牧唏嘘不已，感慨万千，回家写下了那首著名的《张好好诗》：

君为豫章姝，十三才有余。
翠茁凤生尾，丹叶莲含跗。
高阁倚天半，章江联碧虚。

---

① 歌词，出自中国香港歌手张学友《心如刀割》，收录于专辑《走过1999》，一九九九年发行。

此地试君唱，特使华筵铺。[1]

…………

这首诗有真迹传世，成了杜牧流传下来的唯一墨宝，价值连城。目前，长卷收藏于故宫博物院内。

陆

类似的故事还有。

杜牧在宣州任职的时候，把城里的青楼逛了个遍，已经有点腻烦了，听说湖州美女如云，于是不惜鞍马劳顿，专程跑去游玩。

湖州刺史专门设宴款待。他知道杜牧的爱好，喝完酒肯定得安排后续活动。刺史一招手，把本地所有名妓叫来，站成一排，供杜牧挑选。

杜牧阅人无数，竟然没有一个满意的。

刺史脸上有点挂不住了："这些可是我们这儿最好的姑娘，别的真没有了。"

杜牧说："美女在民间，不如我们出去转转吧。"

必须承认，杜牧在这方面眼光够毒。人山人海中，他一眼就发现了目标，一个农村老妇人，领着一个小女孩，虽衣衫褴褛，但眉清目秀，俊俏可人。

刺史说："杜哥，人家还是个孩子啊，我们这样不合适吧？"

杜牧说："没说现在就要，我可以等啊，等她长大，十年内再来迎娶。"

老妇人说："真的假的？我读书少，你可别骗我。"

---

① 见《全唐诗》卷五百二十。

杜牧一拍胸脯："十年之内，我肯定会被分到你们这里做刺史。如果十年不来，女孩就随你们嫁给别人吧。"

口说无凭，杜牧当场让湖州刺史代付了重金作为聘礼。分别后，杜牧日思夜想，心里一直惦记着那个女孩。

随后几年，杜牧先后出任黄州刺史、池州刺史、睦州刺史，但没有一次被分到湖州。

在杜牧的再三请求下，唐宣宗大中三年（公元八四九年），已经四十七岁的杜牧终于被安排到湖州担任刺史。此时，距离当年的约定已经过去了整整十四年。

一到任，杜牧马上差人召当年那对母女进府。没想到，老妇人居然抱着外孙过来了。

原来，当年清秀的小女孩早已嫁作人妇，现在已经是三个孩子的母亲。

老妇人说："相见不如怀念，彼此留个美好印象吧。"

杜牧很生气："不是已经答应将女儿许配给我了吗？钱都收了，怎么不守诺言呢？"

老妇人说："原来的约定是十年之内啊，实在等不到大人，我们这才出嫁的。"

杜牧无言以对，只得长叹一声："十年之前，我不认识你，你不属于我，我们还是一样，陪在一个陌生人左右，走过渐渐熟悉的街头；十年之后，我们是朋友，还可以问候，只是那种温柔，再也找不到拥抱的理由……"①

果然是下手得趁早啊，对不起，我来晚了！伤心之余，杜牧赋诗

---

① 歌词，出自中国香港歌手陈奕迅《十年》，收录于专辑《黑·白·灰》，二〇〇三年发行。

一首：

自恨寻芳到已迟，往年曾见未开时。
如今风摆花狼藉，绿叶成阴子满枝。①

此事并非杜撰，详见唐代高彦休的《唐阙史》卷上。

柒

当然，作为晚唐最著名的诗人之一，杜牧除了那些风月诗词之外，也留下了许多脍炙人口的佳作。

比如《清明》：

清明时节雨纷纷，路上行人欲断魂。
借问酒家何处有？牧童遥指杏花村。

比如《赤壁》：

折戟沉沙铁未销，自将磨洗认前朝。
东风不与周郎便，铜雀春深锁二乔。

比如《泊秦淮》：

烟笼寒水月笼沙，夜泊秦淮近酒家。

① [唐]杜牧《叹花》，见《全唐诗》卷五百二十四。

商女不知亡国恨，隔江犹唱后庭花。

比如《江南春》：

千里莺啼绿映红，水村山郭酒旗风。
南朝四百八十寺，多少楼台烟雨中。

比如《过华清宫》：

长安回望绣成堆，山顶千门次第开。
一骑红尘妃子笑，无人知是荔枝来。

这些差不多都是我们上学时学过，并且被要求背诵的。

其实，杜牧留存下来的绝大多数作品，都是很高大上、很正能量的。那些咏妓诗其实也没什么，遣词造句挺含蓄挺文艺的，凭什么说人家是风流诗人？

那是因为你没看见他的其他作品。

唐宣宗大中六年（公元八五二年）冬天，四十九岁的杜牧在长安城南樊川别墅一病不起。

据《新唐书》记载，杜牧自觉大限将至，临死之前，做了一件事，就是把自己一生所写的诗词文章搜集起来，精心挑选分类，仅留下十之二三，其余作品全部付之一炬。

儿子说：“哎呀，烧了太可惜了，这些都是父亲的心血啊！”

杜牧说：“年轻时在风月场写的那些诗，就不要在社会上流传了吧，影响不好啊！”再三叮嘱家人，编纂诗集时，切莫收录。

而且，杜牧还自撰墓志铭。

让别人写，私生活这段他们会怎么写？杜牧不放心。

杜牧死后不久，《樊川文集》二十卷问世，共收录文章四百五十篇，诗歌一百七十八首。

其中，虽然不乏低俗之作，但这已经是删减过的洁本了。至于那些被焚毁的诗是什么尺度，可想而知。

跟现在的朋友圈一样，你所看到的，不过是人家想让你看到的。那些展示给公众的伟岸形象，犹如冰山一角，而隐藏在水下的部分，或许才是它的真实全貌。

正所谓：

> 东风历历红楼下，谁识三生杜牧之。①

---

① [宋]姜夔《鹧鸪天·十六夜出》，见《白石道人歌曲》。

贾岛

别人都是开车，
我撞车

唐宪宗元和六年（公元八一一年）秋，长安城内，一队官家车马浩浩荡荡驶过大街。

车里的官员，是新任尚书省兵部职方员外郎韩愈，刚刚从洛阳调回京城不久。

职方员外郎，不过是个六品官，在京城根本不算什么，按照有关规定，出行不封路，不实行交通管制。但是，该避让还是要避让的。

不料，车队行进到安化门，突然被人挡住去路了。

一个三十多岁的和尚，瘦骨嶙峋，骑着一头瘸腿小毛驴，直冲过来。

只见这位僧人低着头，口中念念有词，左手牵缰绳，右手比比画画，从掌法上一时无法判断是否出自少林派。和尚旁若无人，越过层层警卫，直奔韩大人的座驾而去。

旁边的护卫大喊一声：“有刺客！”说时迟那时快，一群人冲上去，七手八脚将和尚拉下毛驴，按倒在地。

一个不明身份的和尚，因何冲撞官员车队？

壹

经审问，和尚法号无本，系长安青龙寺僧人，俗名贾岛，河北涿州人氏，冲撞车队并非有意，只是因为思考诗歌创作问题走神了。

事情是这样的：和尚昨天晚上去一个朋友家做客，朋友在长安郊外一个僻静的山谷里隐居，院子收拾得特别漂亮，曲径通幽，月光如洗，和尚看了，颇为羡慕，当即赋诗一首：

闲居少邻并，草径入荒园。
鸟宿池边树，僧敲月下门。
过桥分野色，移石动云根。
暂去还来此，幽期不负言。①

第二天，和尚骑着小毛驴返回长安，路上一直在琢磨这首诗：到底是“僧敲月下门”好呢，还是“僧推月下门”好？对“推”“敲”二字拿不定主意，一时沉浸其中，无法自拔，无意间与韩大人的车队相撞，罪过罪过。

韩愈一听，原来是个诗歌爱好者，也算同道中人，当即走过去，拉着和尚的手，亲切地说：“没关系没关系，法师治学严谨，令人钦佩，我们做学问，就要有这种反复推敲的精神，让我来帮你想想，到底用哪个字好。”

无本和尚赶紧说：“对对对，请大人定夺。”

韩愈沉吟片刻，说道：“你看啊，虽然是好朋友，但推门就进，总归不太礼貌吧，我觉得还是应该敲一下门，而且，夜深人静，月朗星

① [唐]贾岛《题李凝幽居》，见《全唐诗》卷五百七十二。

稀，山谷中传来敲门声，也显得特别有意境，对不对？”

和尚恍然大悟，连声说：“对对对，听君一席话，胜读十年书，大人的智慧果然非同凡响。贫僧久仰韩大人的文才，今日能得到一代文宗的当面教导，实在是三生有幸。”

韩愈谦虚地摆摆手道：“哪里哪里，说得也不一定对，一家之言，仅供参考。”

就这样，韩愈不但帮和尚定了诗稿，还与和尚就双方共同关心的话题，进行了亲切友好的交谈，对他的文学才能和执着精神给予了充分肯定和高度评价，勉励他坚持创作，努力为人民写出更多更好的诗歌。

最后，韩愈语重心长地建议无本投身到火热的现实生活中去，用自己的聪明才智，为大唐精神文明建设做出应有的贡献：“年纪轻轻，当什么和尚嘛，仕途的大门随时为你敞开，我看好你！”

第二天，一篇题为“小和尚无意撞车队，韩大人妙语定推敲”的文章在网上被疯狂转发，撞车事件很快传遍了长安，无本和尚也成了网红，每天很多媒体记者来青龙寺采访他。

方丈忍无可忍，找无本谈话：“我们出家人，应该远离尘世，淡泊名利，你这样，还怎么修行啊？”

无本说：“我正想找您呢，我……我想还俗。”

贰

无本和尚，也就是贾岛，系半路出家，当和尚，原本就是为了混口饭吃。

大唐文坛群星闪耀，但凡有点名气的诗人，你随便查，要么是朝廷官员，要么是“官二代”，要么是土豪，要么是“富二代”，最不济也是祖上曾经阔过的，真正的寒门子弟屈指可数。

贾岛就是其中之一。

为了生活，贾岛初中没毕业就辍学了，毕竟还没有实行九年义务教育，穷人家的孩子能上得起学的，不多。

之后，他一面在家务农，一面坚持自学，几年后，参加科举考试，毫无悬念，落榜了。

贾岛并不气馁，一年一年考，一年一年落榜。

当时有个叫孟郊的诗人，就是写过“谁言寸草心，报得三春晖”的那个人，年轻时也是屡试不第，但人家坚持考，终于在四十五岁时考中了进士，欣喜若狂，写出了“春风得意马蹄疾，一日看尽长安花”的名句。

孟郊就是贾岛的人生楷模。

榜样的力量是无穷的，在孟老师的激励下，贾岛地里活儿也不管了，只顾埋头复读，屡败屡战，屡战屡败。

家里人劝他：“岛啊，别考了，咱真不是那块料，还是出去找份工作吧，家里都揭不开锅了。”

生活的压力与生命的尊严哪一个重要？没办法，贾岛只能放弃了科举。

此时，贾岛已经三十岁了，标准的大龄青年，仍孑然一身。

一事无成，一贫如洗，无房无车无存款，长得又不好看，瘦骨嶙峋，猛一看跟猴子差不多，谁家姑娘愿意跟他？

老婆不好找就算了，更可气的是，工作也不好找，因为没有文凭，求职处处碰壁，爱情事业双双受挫，贾岛一气之下，干脆出家做了和尚。

每次到了夜深人静的时候，贾岛总是睡不着，怀疑是不是只有自己的明天没有变得更好，未来会怎样，究竟有谁会知道？幸福是否只是一种传说，我永远都找不到？①

虽然心情很苦闷，但贾岛心中的理想从未熄灭。当一天和尚撞一天钟，那些年，他的诗歌创作一直没有间断，佳作频出，比如这首我们熟悉的《寻隐者不遇》：

松下问童子，言师采药去。
只在此山中，云深不知处。②

全诗通俗清丽，白描无华，被业内评为难得的言简意丰之作，长期入选中学语文课本。

人生就是这样，你永远不知道下一秒会发生什么，谁能想到，有一天，在路上走着走着，竟然与文坛大咖韩愈撞在了一起。

这次交通意外事故，彻底改变了贾岛的一生，在韩老师的激励下，他重新鼓起了生活的勇气。还俗后，他马上投入紧张的复习，全力备战明年的科举考试。

不是已经考过很多次了吗？考不上就是考不上，再努力有用吗？

贾岛觉得有用。唐代的科举试卷是不密封的，所以，那些有关系有背景有名气的考生，通常总是受到考官的特殊关照，这也是像贾岛这样的寒门子弟难以出头的主要原因。

现在就不同了，整个长安都知道，韩愈是贾岛的一字之师，贾岛是韩老师特别看重的人才，韩老师亲自指示让他还俗应试。韩愈虽然职位

① 歌词，出自中国台湾歌手赵传《我是一只小小鸟》，收录于专辑《我是一只小小鸟》，1990年发行。
② 见《全唐诗》卷五百七十四。

不高，但在文坛地位显赫，是公认的一代文宗，韩愈的学生，考官能不照顾一下吗？

所以，贾岛对这次考试充满信心，考前曾赋诗一首：

十年磨一剑，霜刃未曾试。
今日把示君，谁为不平事。[①]

可谓踌躇满志，志在必得。

万万没想到，再次落榜，再次遭受打击的贾岛心灰意冷。

这时候，有高人指点贾岛："光抱韩愈的大腿可不行，毕竟级别不够，你得再往上活动活动。"

贾岛说："我也不认识别人了啊。"

高人说："当初，你不是也不认识韩愈吗？"

一语点醒梦中人，贾岛茅塞顿开。

元和七年（公元八一二年），长安城内，一队官家车马浩浩荡荡驶过大街。这一次，车里坐的官员，是京兆尹刘栖楚。

京兆尹，相当于长安市市长，正三品，职位比韩愈高好几级，车队的排场也更大，所到之处，行人纷纷避让。

就在这时，一个三十多岁的黑瘦书生，骑着一头瘸腿小毛驴，左手牵缰绳，右手比比画画，口中念念有词，旁若无人，越过层层警卫，直奔刘大人的座驾而去。

旁边的护卫大喊一声："有刺客！"说时迟那时快，一群人冲上去，七手八脚将书生按倒在地。

① [唐]贾岛《剑客》，见《全唐诗》卷五百七十一。

刘大人亲自审问："你是何人？为何冲撞车队？"

书生说："回大人，我叫贾岛，刚才只顾埋头思考一句诗，落叶满长安，找不到对应的佳句，一时沉浸其中，无法自拔，无意间与刘大人的车队相撞，罪过罪过。"

一番话把刘栖楚都给气乐了："这么多年了，你的剧本和台词都不改的吗？"

二话不说，依照治安处罚条例，贾岛因妨碍公务，被行政拘留，直到第二天才放出来。

贾岛二次撞车事件载于《唐才子传》：

> 尝跨蹇驴张盖，横截天衢。时秋风正厉，黄叶可扫，遂吟曰："落叶满长安。"方思属联，杳不可得，忽以"秋风吹渭水"为对，喜不自胜，因唐突大京兆刘栖楚，被系一夕，旦释之。

自己选择的路，跪着也要走完。碰瓷失败后，贾岛咬着牙，每年继续参加考试，继续不断落榜。

这期间，他的人生楷模孟郊和人生导师韩愈相继离世，贾岛在长安更是无依无靠，孤身一人，穷困潦倒。

坚持就是胜利，人类的全部智慧就包含在两个词里面：等待和希望。

皇天不负苦心人，贾岛五十岁那年，终于进士及第。

拿到录取通知书的那天，老贾欣喜若狂，兴冲冲跑回自己在寺院的住处。对，虽然早已从青龙寺还俗，但贾岛没有房子，长安的房价别说买，租都租不起，所以，他一直寄居在距离青龙寺不远的法乾寺内。

回到住处后，贾岛把这些年用过的课本辅导书一股脑都翻了出来，准备统统扔掉，都考完了还留着这些东西干吗？

只有那些诗稿，他视若珍宝，每一首都精心保存，并且整理装订成册。

当时，他抱着一堆教辅材料，准备扔掉，一个陌生人从外面走了进来。

在那一刻，贾岛并没有意识到，人生中最重要的一次机遇，正悄悄向他招手。

进来的是一位衣着华丽、温文儒雅的公子，旁若无人地信手拿起桌上的诗集翻阅。

贾岛心说你谁呀，进来就乱动别人东西，过去一把夺过诗集，说道："看什么看，穿这么漂亮也该知足了，这诗歌不是你们这种有钱人能看懂的，出去！"①

年轻人被训斥了一顿，十分尴尬，脸上有点挂不住，悻悻而去。

公子一走，贾岛才觉得有点不对劲，这人看起来好面熟啊，好像在哪儿见过。

贾岛突然想起来了：坏了，这是当朝天子。

没错，来人正是唐文宗②，轻车简从，不打招呼，来法乾寺微服私访，素闻新晋进士贾岛的诗名，专门过来看看，没想到，被劈头盖脸一顿呵斥。

如果当时贾岛能认出是当朝皇帝，趁机表现表现，谈谈诗歌谈谈理想，唱唱颂歌表表忠心，前途岂可限量？青云直上、一步登天也是有可能的，就算没认出来也没关系，起码态度好一点，谁知他竟然敢吼

---

① 见[元]辛文房《唐才子传》卷五："郎君鲜醲自足，何会此耶？"

② 《唐才子传》记载此事，说是唐宣宗（李忱，846—859年在位）；据傅璇琮《唐才子传校笺》考证，当为唐文宗（李昂，826—840年在位）；周绍良《唐才子传笺证》，则考证应为唐穆宗（李纯，820—824年在位）。此处根据上文所述，贾岛考中进士是在五十岁那年（829年），故采信唐文宗一说。

皇帝！

史料记载，贾岛当时“大恐，伏阙待罪”[①]。

还好，天子雅量，没跟他一般见识，但对他的印象彻底变坏了。

所以，贾岛虽然进士及第，但这件事之后，人事部门一直没有给他安排工作，贾岛以进士身份长期在家待岗。

冲撞京兆尹，还呵斥当今皇帝，这种人谁敢用？

直到唐文宗开成二年（公元八三七年），贾岛五十八岁了，才被分配到偏远的四川遂州长江县做了一名小小的主簿，也就是县长秘书，副科级。而同一批进士，人家有的已经混到厅局级了。

三年后，贾岛升任司仓参军；又三年后，改任司户，也就是负责户籍登记的小官。

唐武宗会昌三年（公元八四三年）八月二十七日，贾岛在赴任的途中病逝，享年六十四岁。

据《唐才子传》记载：“临死之日，家无一钱，惟病驴、古琴而已。”

叁

贾岛一生未娶，更无子嗣，曾有热心人说：“给你介绍个女朋友吧。”贾岛连连摆手：“不要不要，养不起，而且，我听说，近女色对身体不好。”

为此，贾岛专门用自己偶像孟郊孟老师的一首诗明志：

利剑不可近，美人不可亲。

---

① 见[元]辛文房《唐才子传》卷五。

利剑近伤手，美人近伤身。
道险不在广，十步能摧轮。
情爱不在多，一夕能伤神。[①]

要老婆干吗？诗歌就是我生活的全部。

贾岛一生创作颇丰，每到年终岁末，他都会把这一年所作的诗歌拿出来，放在几案上，焚香而拜，说："这是我一年的心血啊！"[②]

平心而论，大唐诗坛人才济济，相比之下，贾岛也许只能算二三流的诗人，但是，他对诗歌的那份爱好和执着，少有人能及。

贾岛一生事业不得志，生活更是穷困潦倒，而且不善交际，性格孤僻。史料中说他"所交悉尘外之人，况味萧条，生计龃龉"[③]。唯一的爱好和成就，就是作诗，"虽行坐寝食，苦吟不辍"[④]，尤以五言诗见长。

贾岛写诗跟别人不一样，以"苦吟"著名，反复推敲，对于字雕句琢的追求，几乎达到走火入魔的境界，贾岛也因此被后世称为"诗奴"。

苏轼评价："元轻白俗，郊寒岛瘦。"这个"岛瘦"说的不是贾岛的身材，虽然他确实很瘦，但主要是说他的诗风，"避千门万户之广衢，走羊肠仄径之鸟道，志在独开生面，遂成偏涩一体"[⑤]。

就连贾岛自我总结创作经验时，都说自己作诗是：

二句三年得，一吟双泪流。

---

① [唐]孟郊《偶作》，见《全唐诗》卷三百七十三。
② [元]辛文房《唐才子传》卷五："此吾终年苦心也。"
③ 见[元]辛文房《唐才子传》卷五。
④ 见[元]辛文房《唐才子传》卷五。
⑤ 见[清]许印芳《诗法萃编》。

知音如不赏，归卧故山秋。[①]

大意是，也许三年才写出来两句诗，却是能催人泪下那种。如果这样的诗你还不喜欢，那老子就回家睡觉去了。

① [唐]贾岛《题诗后》，见《全唐诗》卷五百七十四。

温庭筠

原谅我这一生不羁放纵爱自由*

唐宣宗大中九年（公元八五五年）三月，一年一度的进士科全国统一考试拉开了帷幕。

天下举子汇聚长安，人人面色凝重，就连空气中仿佛都弥漫着一股紧张的气氛。

开考前二十分钟，在监考人员的引导下，考生有序进入考场，对号入座。

一位中年考生的出现，引起了监考人员的注意。

不是因为他年龄大，科举考试没有年龄限制，满头白发的考生随处可见。

也不是因为长得丑，毕竟不是选秀。主要是因为，这位考生大家太熟悉了，这几十年来，年年应考，年年落榜，屡战屡败，屡败屡战，江湖上无人不知无人不晓。

他就是著名科举钉子户——温庭筠。

壹

“把这个人的座位给我调换一下。”发卷前，主考官专门让人把温

---

* 歌词，出自中国香港摇滚乐队Beyond演唱的歌曲《海阔天空》，收录于专辑《乐与怒》，一九九三年发行。

庭筠的座位换到自己眼皮底下。

我倒要看看，你这次还怎么作弊！

这些年来，温庭筠频繁参加科举考试。坊间传言，这人考试根本就不是为了自己，而是专门充当枪手，替别人答题。

前几年，大唐曾发生过一起考试作文泄题案，当年的考生成绩被宣布作废，朝廷处理了一大批相关人员，轰动一时。

而那次考试的满分作文，据说就是温庭筠代写的。因为缺乏证据，当时没有追究温庭筠的责任，这次说什么也得盯紧了，敢有一点小动作，立即拿下，老账新账一起算。

被考官当作重点监控对象，温庭筠很生气，众目睽睽之下，无计可施，只得匆匆答完自己的试卷，提前交卷离场。

主考官扬扬得意：傻眼了吧，再怎么高明的作弊手段也逃不过我的火眼金睛。

没想到，第二天，一条可怕的消息在社会上流传：考试的时候，温庭筠居然给八个考生传了答案。

当天晚上，温庭筠还发了一条朋友圈：盯得太紧，我已尽力，没照顾到的兄弟们，对不住了。

朝野上下为之震惊，调监控反复回放，就是查不出问题出在哪儿。这家伙究竟是怎么做到的？难道失传已久的武林绝技“传音入密”又重现江湖了吗？直到今天，这仍是一个未解之谜。

《新唐书·温庭筠传》记录了这次作弊事件的始末：“大中末，试有司，廉视尤谨，廷筠不乐，上书千余言，然私占授者已八人。”

贰

温庭筠既然这么有本事，为啥自己每次考试都落榜？为啥不好好求取功名，偏要替别人当枪手？

别提了，说起来都是泪。

温庭筠本是名门之后，祖上温彦博曾在唐初做过宰相。作为官N代，温庭筠自幼饱读诗书，才思敏捷，是远近闻名的神童。《唐才子传》中称其：“少敏悟，天才雄瞻，能走笔成万言。”

从参加乡试开始，温庭筠一路过关斩将，所向无敌。《北梦琐言》中说温庭筠：“才思艳丽，工于小赋，每入试，押官韵作赋，凡八叉手而八韵成。”

就是说每次参加考试，这货把手往袖子里一叉，闭着眼睛打好腹稿，然后提笔蘸墨，文不加点，一挥而就。每叉一次手，就写成一篇赋，叉八次，八篇不同韵律的小作文完成，交卷，走人。江湖人称“温八叉”。

在诗词创作上，温庭筠与李商隐齐名，时称“温李”。其诗辞藻华丽，秾艳精致，被尊为“花间词派”之鼻祖，个人公众号“温柔似水”拥粉无数，随便一首诗都是爆款，发出去就是10万+。

既然这么牛，为什么一直没有考取功名？吃亏就吃亏在他的行为处事上。

温庭筠平素放浪酒色，恃才自傲，尤其喜欢讥讽权贵，从来不把领导放在眼里，不知道无意间得罪了多少人。

唐文宗开成四年（公元八三九年），二十七岁的温庭筠第一次进京赴考。

当时的温庭筠已是网络大V，诗词文才名满天下，长安城里有头有脸的人物争相与之结交。温庭筠素来“士行尘杂，不修边幅”，进京后，别的考生都抓紧最后时间埋头复习功课，温庭筠则终日与京城纨绔子弟混在一起，纵酒放浪，沉溺于声色犬马之中。其中，包括当朝宰相的儿子令狐滈。

考试在即，如此放纵，自然是胸有成竹，初试成绩揭晓，温庭筠名列第二。

功名富贵就在眼前，谁也没料到，最后礼部复试那一天，温庭筠居然弃考了。

什么情况？别人问起来，温庭筠支支吾吾死活不肯说，因为实在说不出口。

就在考试前一天晚上，他在怡红院喝多了，夜宿青楼，第二天早上没爬起来。

许多人为他感到惋惜，温庭筠却满不在乎，是金子早晚都会发光，大不了明年再考一次呗。

到底还是年轻，那时他还没有意识到，机会只有一次，命运的大门已经关闭。有些人，有些事，一旦错过就不再。

更糟糕的是，当上帝为你关上一扇门的时候，还会顺便用门夹了一下你的头。

叁

当朝宰相令狐绹爱惜温庭筠之才，说你也别回老家了，就留在我府内，跟我儿子一起复读，准备明年再考吧。

就这样，温庭筠留在了宰相府。

别的考生都快羡慕死了，还没被录取就跟领导走得这么近，还住在人家家里，对一般人来说，这等于一只脚已经迈进了成功的大门。

温庭筠可不是一般人，他有一项特殊技能，就是能把一手好牌打得稀烂。

有一次，唐宣宗在宫里搞晚会，需要为《菩萨蛮》乐曲填词，令狐绹为了讨好皇帝，就让温庭筠填了一首，然后拿去进献给唐宣宗，谎称是自己的作品。

事前令狐绹再三告诫温庭筠，这事儿千万不要告诉别人。

皇帝拿到诗词后很是喜欢，交给演员排练，当天晚会的压轴曲目，就是这首《菩萨蛮》：

小山重叠金明灭，鬓云欲度香腮雪。
懒起画蛾眉，弄妆梳洗迟。
照花前后镜，花面交相映。
新帖绣罗襦，双双金鹧鸪。[①]

表演赢得满堂彩，满朝文武和唐宣宗一起，都夸赞宰相诗词功底深厚，文采斐然。令狐绹谦虚地说：“过奖过奖，信手涂鸦之作，让领导和同志们见笑了。”

君臣皆大欢喜，温庭筠听说之后，按捺不住心中的得意，到处跟别人说：“晚会上那首《菩萨蛮》并不是令狐宰相的原创，你们知道吗？真正的作者是我！是我！是我温庭筠！”

还发朋友圈炫耀，弄得天下尽人皆知，把令狐绹给气得七窍生烟，说你这不是成心让我难堪吗。

---

① 见《全唐诗》卷八百九十一。

还有一次，唐宣宗作了一首诗，里面有“金步摇”一词，一时找不到合适的对仗语，请教令狐绹，令狐绹回家就问温庭筠，温庭筠马上对以“玉条脱”。

令狐绹没听懂，问：什么脱？啥意思？出自什么典籍？温庭筠回答说，出自《南华经》第二篇。

第二天，令狐绹把“玉条脱”这词跟唐宣宗一说，唐宣宗说绝妙啊，宰相果然学识过人。

如果到此为止，也能有一个好的结局，但温庭筠偏不，他非要对令狐绹补上两句：“《南华经》并不是什么冷僻的书，大人在处理公事之余，也应该读点古书啊。”

堂堂一国宰相，居然被晚辈如此教训，令狐绹的面子上挂不住了：老子供你吃供你喝，你还这样羞辱本相，实在是不识好歹。

令狐绹面色一沉，拂袖而去。

由此，令狐绹认定此人情商过低，完全不通人情世故，纵有才学也是枉然，这种人即便从政，也是烂泥扶不上墙。

所以，在之后的每一次科举考试中，不论温庭筠成绩如何，令狐绹都从中作梗，坚决不予录取。

那段时间，温庭筠离开了宰相府，一直在长安复读备考，连续多年，屡试不第。他心里怎么也想不通，后来在别人的点拨下，才算明白了事情的起因，不由得一声长叹，作诗感慨道：“因知此恨人多积，悔读《南华》第二篇。”

肆

梦想一旦破灭，随之而来的，就是无边无际的堕落。

生活原本就放荡的温庭筠此后更加沉溺于酒色，终日混迹于青楼妓馆，所写的诗词也大多是一些花间月下、闺情绮怨的淫词艳曲。所谓“花间词派”，也就是在这个时候形成的。

科举考试还是每年参加，但温庭筠已不再对录取抱有任何希望，纯粹是赌气。

而且，为了维持生计，温庭筠开始“以文为货，搅扰科场”，替考代笔传纸条，各种作弊手段无所不用其极，以致恶名远扬，人称“江湖第一枪手”。

这样下去，一个天才不就毁了吗？

温庭筠有个表哥叫姚勖，是唐朝名相姚崇的五世孙，当时在湖州任刺史，不忍心看他这样沉沦下去，就鼓励他振作起来，不要辜负了自己的才华。

温庭筠说我跟你不一样，你是朝廷高官，前途无量，我一介书生，没钱没地位，温饱问题还没解决，哪有心思干别的。

姚勖当即慷慨解囊，资助了温庭筠一大笔钱，以解除他的后顾之忧，让他认真读书，全身心投身文学创作。

温庭筠果然没有辜负表哥的一番好意，拿到钱之后，一头扎进青楼妓院，醉生梦死，花天酒地，不出半个月，就把钱挥霍一空。

姚勖听说后气得几乎吐血，恨铁不成钢，亲自带人把温庭筠从妓院拉了出来，当街一顿胖揍，然后把他赶出了湖州。

此事在《玉泉子》中有记载：“温庭筠有词赋盛名，初从乡里举，客游江淮间。扬子留后姚勖厚遗之，庭筠少年，其所得钱帛，多为狎邪所费。勖大怒，笞且逐之。”

温庭筠受到这番羞辱，也觉得丢人，回家跟姐姐哭诉。温姐是个暴脾气，一听就不干了，敢欺负我兄弟，你不想混了，立刻杀到姚勖府上，大闹一场。

温庭筠的姐姐替他辩护道：“不就是去个青楼吗？谁还没年轻过！你竟然当众殴打他！他好歹也是个读书人，你让他以后还怎么在社会上混？他找不到女朋友你负责啊？找不着工作你养他啊？”拉着姚勖的袖子死活不松手，又哭又闹，鸡飞狗跳。

姚勖前科进士出身，书香门第，温文尔雅，哪见过这等泼妇，加上年纪大了心脏不太好，被这么一折腾，连吓带气，没几天，竟一命呜呼，死后葬于东都洛阳。

《玉泉子》记述了这段让人啼笑皆非的往事：

> （温氏）前执勖袖大哭，勖殊惊异，且持袖牢固，不可脱，不知所为。移时，温氏方曰：“我弟年少宴游，人之常情，奈何笞之？迄今无有成遂，得不由汝致之？”复大哭，久之方得解。勖归愤讶，竟因此得疾而卒。

好心没好报，摊上这样的亲戚，算是倒了八辈子霉了。

2008年11月，在洛阳万安山脚下的伊川县彭婆镇许家营村，姚勖墓志被考古人员发现，目前存放于洛阳新安县千唐志斋博物馆内。

伍

为什么古代的文人都喜欢流连青楼？

比如温庭筠，长得奇丑无比，属于照片贴门上就能辟邪那种，人送外号：温钟馗。要长相没长相，要事业没事业，就会写几首小诗小词，这样的大龄社会底层，在外面的话，谁家姑娘会喜欢？

只有在青楼，他才能找到自己的尊严和价值。

温庭筠唯一一次刻骨铭心的爱情，就发生在青楼。

不是跟某个妓女，而是跟一个叫鱼幼薇的小女孩。小鱼出身贫寒，自幼丧父，跟母亲一起在妓院负责洗衣做饭。温庭筠认识她的时候，她才十一岁。

鱼幼薇不但长得眉清目秀，颇有姿色，而且爱好文学，知道青楼里小姐姐们唱的那些好听的小曲儿，许多都出自这个大胡子叔叔之手，所以，对温庭筠十分仰慕。

温庭筠也喜欢小姑娘的聪明伶俐，乖巧可爱，一来二去，便收她为弟子。二人以师徒相称，在一起度过了一段美好时光。

转眼，鱼幼薇到了十四岁，情窦初开，小萝莉爱上了怪叔叔，主动示爱，一首《冬夜寄温飞卿》，摆在了温庭筠的案前：

苦思搜诗灯下吟，不眠长夜怕寒衾。
满庭木叶愁风起，透幌纱窗惜月沈。
疏散未闲终随愿，盛衰空见本来心。
幽栖莫定梧桐处，暮雀啾啾空绕林。[①]

这首诗如怨如诉，字里行间流露着无尽的孤独、凄凉和哀愁，如果简单翻译一下，就三个字：我想你。

这分明是一封情书啊！温庭筠看罢，当即陷入痛苦的矛盾纠结之中。

温庭筠已年过半百，虽说当时嫁娶并没有年龄限制，但温庭筠总觉得师生之间发生这种事有点不地道，非君子所为。

---

① 见《全唐诗》卷八百〇四。

在这里必须表扬一下温老师，他坚守做人底线，在大是大非面前，立场坚定，抵制住了诱惑，不但拒绝了对方的一时冲动，还主动把她介绍给自己好友的儿子李亿为妾。

可惜鱼幼薇嫁到李家后，被李亿的大老婆百般刁难，一天好日子也没过上，最后竟被赶出了李家大门。

此时，温庭筠早已离开长安，音讯皆无。

在联系不到老师的情况下，万般无奈的鱼幼薇选择了在一座道观出家，道号“玄机”。

羞日遮罗袖，愁春懒起妆。
易求无价宝，难得有情郎。
枕上潜垂泪，花间暗断肠。
自能窥宋玉，何必恨王昌。①

这首《赠邻女》，就是鱼玄机看破红尘、心灰意冷、坠入深渊的标志。

空虚寂寞的她，在咸宜观中收了几个女弟子，然后在门上贴出一张告示：“鱼玄机诗文候教。”

名为研讨诗文，但又特别注明：“然蕙兰弱质，不能自持，复为豪侠所调，乃从游处焉。”

啥意思？读过书的人一看就明白，这就是个披着文化交流外衣的妓院。

那干吗不直接一点，还遮遮掩掩的？因为这是道观，总得顾及一下

① 见《全唐诗》卷八百〇四。

社会影响。

鱼玄机毕竟是个文艺女青年，跟社会上那些失足妇女不一样，讲情调，讲品位，以诗词研讨的形式，针对的都是有身份有地位有文化的高端客户，大家聊得开心，情投意合，那就接着往下进行。

鱼玄机既貌美又有才，自小在青楼长大，耳濡目染，经验颇为丰富，又是文坛大咖温庭筠的绯闻前女友，“于是，风流之士，争修饰以求狎”[①]。咸宜观一时门庭若市，生意十分火爆。

可惜好景不长，乐极生悲，几年后，因为争风吃醋，鱼玄机失手打死了道观里的侍女，被大唐法院以故意伤害致死罪处以极刑。那一年，鱼玄机才二十七岁。

过了很久，温庭筠才在千里之外辗转得到这个消息。当时，年逾花甲的温庭筠呆坐在窗前，凝望远方，长叹一声，半晌不语。

陆

因为恃才自傲，得罪权贵，屡试不第，加上举止放浪，行为不端，温庭筠一生仕途坎坷，穷困潦倒。

虽说在诗词方面有所成就，被视为晚唐诗歌界的一面旗帜，但因学历所限，温庭筠在事业上并无建树，只做过县尉、巡官、检校员外郎这一类的小官。

直到晚年，皇帝、宰相都换了人，唐懿宗时，又有人举荐温庭筠，说既然此人常年混迹于考场，有丰富的考试和作弊经验，何不量才而用，发挥他的特长，让他负责科举考试？

唐懿宗说有道理啊，当即任命温庭筠为国子监助教，从六品，专门

① 见[唐]皇甫枚《三水小牍》。

负责科举考务。

这是温庭筠事业的顶峰。

唐懿宗咸通六年（公元八六五年），温庭筠第一次以主考官的身份出现在科举考场，那一年，他已经六十五岁了。

如鱼得水的温庭筠决心不让自己的悲剧重演，一上任，就大胆改革科举录取制度，本着公开、公平、公正的原则，考生不但可以申请查分查卷，还把准备录取的考生作文试卷张榜贴出，主动接受群众监督。

这下官员们慌了，以宰相为首，各部门纷纷上书弹劾温庭筠不按规矩办事，擅自更改祖制，要求将其调离工作岗位。

调令很快就下来了，温庭筠被贬为方城县尉，即刻到任。

广大考生及家长闻讯，都为温庭筠鸣不平。温庭筠离任之际，他们箪食壶浆，十里相送。

诗曰：

何事明时泣玉频，长安不见杏园春，
凤凰诏下虽霑命，鹦鹉才高却累身。
且饮绿醽销积恨，莫辞黄绶拂行尘，
方城若比长沙远，犹隔千山与万津。①

咸通七年（公元八六六年），温庭筠黯然离开长安。不久，抑郁而终，享年六十六岁。

① [唐] 纪唐夫《送温庭筠尉方城》，见《全唐诗》卷五百四十二。

李商隐

一边是恩情，一边是亲情，
真让我左右为难

晚唐时期，洛阳龙门香山，退休后的白居易与几个朋友一起喝酒，谈及大唐诗坛，人才匮乏，今非昔比，早已没有了当年的辉煌气象，不禁唏嘘不已。

朋友说："不过，最近出了个叫李商隐的，风头正劲，佳作频出，颇有领袖诗坛的气势，白老可曾听说？"

白居易说："有所耳闻，只是不曾读过他的作品。"

那人当即拿出几份诗稿，请白居易过目："您看看，写得确实不错。"

白居易放下酒杯，眯着眼睛一首首看，起初还不太经意，看着看着，表情逐渐凝重起来。

夕阳无限好，只是近黄昏。

春蚕到死丝方尽，蜡炬成灰泪始干。

此情可待成追忆，只是当时已惘然。

身无彩凤双飞翼，心有灵犀一点通。

读着这些才华横溢的佳句，白居易不禁拍案叫绝：“太好了！李白、杜甫当年也不过如此，我大唐诗坛后继有人了！”

兴奋之下，白居易连喝了几杯酒，说了一句让所有人目瞪口呆的话：“我死后，得为尔儿足矣。”①意思是，我死后能托生成你的儿子就知足了。

论年龄，白居易比李商隐足足大四十岁；论地位，白居易是退休官员，公认的诗坛大家，能说出这样的话来，一方面是喝多了，但另一方面，也说明他对李商隐诗歌的极度喜爱。在白居易心目中，李商隐就是晚唐诗坛的王者，无人能及。

没有人否认李商隐的才华，但是，整个文坛对李商隐的人品，评价极低。

《旧唐书》中说李商隐：“俱无持操，恃才诡激，为当涂者所薄。名宦不进，坎壈终身。”②

《旧唐书》中还说：“以商隐背恩，尤恶其无行。”

《唐才子传》中说：“忘家恩，放利偷合。士流嗤谪商隐，以为诡薄无行，共排摈之。”

无论是《旧唐书》还是《唐才子传》，所说的大概意思都是，李商隐忘恩负义，人品极差，一辈子被人看不起。简单说，就是一个小人。

这是继唐初宋之问之后，又一个因品行不端而被文坛讥讽嘲笑的诗人。

对此，李商隐表示很委屈：我跟宋之问那种人可不一样，我是有苦

① 见[元]辛文房《唐才子传》卷七。
② 见《旧唐书·文苑传》。

衷的，一边是恩情，一边是亲情，你让我怎么办？我也是政治斗争的牺牲品啊！

壹

李商隐，字义山，郑州荥阳人，出身官宦世家，书香门第，爷爷是前朝进士，父亲是当朝县令。李商隐则一直对外宣称自己是大唐皇族后裔，虽然最终也没有得到官方认可，但好歹也算是个“官二代”。

这是一个勤奋好学、积极上进的“官二代”。史料记载，李商隐“五岁诵经书，七岁弄笔砚”，写得一手好字和好文章，尤以古文见长，是当地有名的学霸。

可惜的是，天有不测风云，人有旦夕祸福。李商隐九岁那年，父亲突然去世，家道从此没落，生活陷入困境。

穷人的孩子早当家，作为家中的长子，李商隐义不容辞地挑起了家庭生活的重担，少年时期就“佣书贩舂”，就是白天替别人舂米，晚上给别人抄书，同时打两份工，拼命挣钱养家糊口。

日子就这样一天天过去，从小胸怀大志的李商隐在伏案抄书的间隙，四十五度角仰望星空，默默对自己说：难道我就这样度过自己的一生吗？蜗居在郑州这种小地方能有什么发展？

年轻人要想干一番事业，一定要去大城市，比如：洛阳。

唐文宗太和三年（公元八二九年），李商隐全家搬到了东都洛阳。那一年，李商隐十六岁。

尽管洛阳的房价比家乡高出很多，交通也更拥堵，但大城市的社会资源和各种机会也更多。正是在这里，李商隐遇到了生命中的贵人，从此改变了命运。

这个贵人就是兵部尚书、东都留守，后来官至宰相的令狐楚。

令狐楚不但是朝廷高官，同时也是著名文学家，尤善四六骈文。令狐楚的骈文、韩愈的古文、杜甫的诗歌，当时号称“文坛三绝”。

在洛阳，李商隐凭借《才论》和《圣论》两篇文章，在文坛崭露头角，得到令狐楚的赏识和厚爱。

《唐才子传》中说：“令狐楚奇其才，使游门下，授以文法，遇之甚厚。”

就是说，令狐楚老师非常欣赏李商隐的文才，将其招至门下，亲自辅导他写作骈文，对李商隐特别好。好到什么程度？“岁给资装，令随计上都”[①]，全额奖学金，连生活费都给发，走到哪儿带到哪儿。

令狐楚对李商隐如此厚爱，一方面确实是爱惜人才，另一方面，也有自己的一点私心。当时，令狐楚的儿子令狐绹即将参加科举考试，但令狐绹这孩子，学习成绩不太好，长期位居年级倒数第一，别说一本，考大专都费劲。令狐楚有意安排李商隐跟儿子一起学习，两人组成一个学习小组，希望好生带差生，一帮一，一对红。

果然，榜样的力量是无穷的。在学霸的影响和帮助下，短短一年时间，学渣令狐绹的学习成绩突飞猛进，从年级倒数第一很快提高到了倒数第二。

令狐楚十分欣慰，拉着李商隐的手说：“小李啊，这段时间辅导绹绹辛苦你了，考试的时候，也多帮帮他，争取你们两个一起高中。”

唐文宗太和四年（公元八三〇年），李商隐信心满满，带着令狐绹一起，进京参加科考。

---

① 见《旧唐书·文苑传》。

贰

考试前，李商隐担心令狐绹紧张，还不住鼓励他：“别怕，绹绹，先做简单的，不会的也别空着，能答多少算多少，我教你的选择题口诀一定要记牢啊，三长一短选最短，三短一长选最长，长短不一选择B，参差不齐就选D，同长为A，同短为C，以抄为主，以蒙为辅，蒙抄结合，一定及格。”

令狐绹说：“好。”

几天后，考试结果出来了：令狐绹，进士及第；李商隐，名落孙山。

什么情况？没搞错吧？

试卷不允许复查，没关系，这纯属意外。李商隐毫不气馁，令狐绹这样的学渣都能考上，我怎么可能考不上呢？大不了复读一年，明年再考。

李商隐连续考了四次，连续落榜了四次。

问题到底出在哪儿？唐代的科举考试不是糊名制的，阅卷老师拿过卷子一看，这谁呀，字迹潦草，文不对题，狗屁不通，正要扔进纸篓，再一看考生姓名——令狐绹，这不是令狐大人家的公子吗，王老师你再给好好看看，其实文章写得还是蛮不错的，我觉得。

请客送礼的现象在当时非常普遍，寒门子弟如果没有人关照，想要凭借科举改变命运，比登天还难。

这样造成的结果就是，出身决定命运，阶层固化日益严重，底层平民很难出人头地。

对此，群众意见很大。武则天时期，为了彰显公平正义，曾经试行过密封考生姓名的做法，但遇到了巨大阻力，官员集体反对。没办法，最后又恢复了实名制。

直到宋太宗淳化三年（公元九九二年），科举考试初次实行“糊名考校”法，先把考生姓名、籍贯等内容糊起来，决定录取后再拆封。

后来，发现这样也不行，因为有些考官会与考生事先约定，在试卷上做记号，有的考官还通过辨认字体来确定考生。

于是，宋真宗大中祥符八年（公元一〇一五年），大宋专设誊录院，每次由专人将考生试卷抄成副本，考官评卷时只看副本，根本无从辨认字体，从那以后，考场营私舞弊现象才得到遏制。

说远了，我们接着说李商隐。

连续失利之后，李商隐终于悟出了屡试不第的根本原因，写信给已经做了弘文馆校书郎的令狐绹抱怨：“尔来足下仕益达，仆困不动。”①你事业顺畅，官越做越大，可我这么多年还是原地不动，没有一点变化，看在你我多年同窗的面子上，拉兄弟一把好不好？

令狐绹也觉得有点过意不去，就让他父亲令狐楚跟自己的老朋友、当时负责高招录取工作的高锴打了个招呼。

这一打招呼就立竿见影，唐文宗开成二年（公元八三七年），二十四岁的李商隐第五次应试，顺利上榜。

关于令狐楚利用职务之便为李商隐科举打招呼这件事，《唐才子传》中有明确记载：“开成二年，高锴知贡举，楚善于锴，奖誉甚力，遂擢进士。”

叁

一个早已没落的基层官员子弟，与朝廷重臣、文学大家令狐楚非亲

① [唐]李商隐《别令狐拾遗书》，见《全唐文》卷七百七十六。

非故，却在学业上、生活上得到他多年的悉心关照和栽培，这简直就是自己的再生父母，大恩大德无以为报，李商隐专门给令狐楚写下《谢书》一诗，表达自己的感激之情：

微意何曾有一毫，空携笔砚奉龙韬。
自蒙半夜传衣后，不羡王祥得佩刀。①

所有人都知道，李商隐是令狐楚的学生，受令狐一家的恩惠，才有了今天的成就。

本来，凭借令狐楚在官场的地位，接下来，进士及第的李商隐应该是平步青云，升职加薪，当上总经理，出任CEO，迎娶白富美，走上人生巅峰，想想还有点小激动呢。

可是，意外又出现了，就在李商隐中进士不久，令狐楚去世了。

失去了靠山，李商隐的仕途也随之受阻。

按照规定，作为新晋进士，要想入仕，要么再参加下一步的博学宏词科考试，这是科举之外的一种考试，难度极大，录取后直接授予官职；要么就是等待吏部组织的一年一度的授官考试，考试通过后，才会安排工作。

令狐楚的丧事办完，李商隐立刻应试博学宏词科，不出所料，因无人关照，落选了。

社会就是这么现实。

令狐楚去世后，李商隐不但失去了政治靠山，也失去了经济来源，朝廷迟迟不安排工作，没有工作就没有收入，家里还有母亲和年幼的弟

① 见《全唐诗》卷五百三十九。

弟需要照顾，一家老小如何生活？

没办法，第二年，经人介绍，李商隐到甘肃泾州节度使王茂元府上做了一名幕僚，这个岗位不属于朝廷公务员序列的正式编制，许多人在步入仕途之前都曾以此作为过渡。

对李商隐来说，幕僚不仅仅是一份工作，更是自己人生的又一个转折点。王茂元见李商隐相貌英俊而且才气过人，便有意招李商隐为婿，将自己的女儿许配给他。

在唐朝，节度使是正二品的朝廷大员，相当于军区司令员，李商隐只是个没有正式职务的临时工，承蒙领导如此厚爱，受宠若惊，加上王小姐本人知书达理，长得也挺漂亮，李商隐便欣然允诺，就在泾州做了王茂元的上门女婿。

婚后，夫妻二人和睦相处，其乐融融。然而，正是这桩看似美满的婚姻，将李商隐卷入险恶的政治旋涡、朋党之争，让李商隐左右为难，背负了千载骂名。

肆

唐朝后期，朝廷内部派系斗争十分尖锐，一派以牛僧孺为首，一派以李德裕为首，双方针锋相对，争斗长达四十年，史称“牛李党争”。

在这种政治环境下，想保持中立，两面讨好是不大可能的，各级官员必须选择立场站队。

令狐楚一家属于“牛党”一派，而王茂元则属于“李党”一派。

人所共知，令狐楚既是李商隐的伯乐，也是他的老师，多年来，事业上大力栽培，生活上尽心照顾，对李商隐可谓恩重如山。如今，中了进士的李商隐不但不知恩图报，反而在令狐楚刚刚去世、尸骨未寒的时候，转身去投奔“李党”王茂元，还做了人家的上门女婿，竟然如此忘恩负义。

由此，不光是“牛党”派系对李商隐极为厌恶，整个文坛也纷纷质疑李商隐的人品，一时骂声滚滚。

李商隐有苦难言，很快就为自己的行为付出了代价，在吏部授官考试中，本来已经通过，但在审核时，“牛党”官员从中作梗，将李商隐除名，硬是让他在家赋闲了一年。

直到第二年，李商隐再次应考，在岳父的帮助下，总算获得通过，被授予秘书省校书郎职位，正九品，虽然行政级别不高，却是一个容易获得升迁的职位。

李商隐自己对这份工作也很满意，正准备沉下心来好好干一番事业的时候，派系斗争中，“牛党”占据上风，一纸调令，又把他调到了河南弘农（今灵宝县）做县尉，相当于今天的县公安局局长，从九品，不但行政级别比原来低了半格，更主要的是，远离了京城权力中心，对个人仕途发展十分不利。

李商隐因此很有情绪，工作上难免有些懈怠，偏偏顶头上司是“牛党”的人，处处刁难李商隐。那段时间，李局长的日子过得很不舒畅，心情极度灰暗，后来，因为一桩刑事案件的处理分歧，李商隐跟领导彻底闹翻了，一气之下，以请长假的方式辞职。临走时，写下这首《任弘农尉献州刺史乞假还京》：

黄昏封印点刑徒，愧负荆山入座隅。
却羡卞和双刖足，一生无复没阶趋。

爱咋咋的，老子不干了！

李商隐写诗特别喜欢用典，经常在史料堆里查找典故，罗列在一起，有时一首诗用好几个典故，因此被人们戏称为“獭祭鱼”，因为水獭捕鱼后，常将鱼陈列水边，如同陈列供品祭祀。

这首诗同样用了春秋和氏璧的典故，说自己宁愿像卞和那样被砍断双足，这样就不必在官府奉迎趋拜了，以此表达离职的决心。

请假条这么个写法，谁敢不批？

在家闲居了两年，李商隐凭借岳父的关系，再次回到秘书省谋得一个正字的职位，比原来的校书郎地位还低。

岳父王茂元安慰他：“别着急啊，先在基层干着，找机会再给你换个位置。”

结果，没等到升迁，岳父病故。紧接着，母亲病故。

依照惯例，李商隐须“丁忧”三年，也就是离职回家，守孝三年。

“牛李党争”四十年，此起彼伏，李商隐在家闲居的这三年，正是李党得势之时。李德裕在唐武宗的支持下主持朝廷日常工作，提拔任用了一大批自己人，李商隐在家干着急没办法，提前上班是绝对不允许的。

好不容易熬到丁忧期满，兴冲冲回到工作岗位，没想到，唐武宗驾崩，唐宣宗即位，李党瞬间失势，牛党风云再起，李商隐完全踏空，错过了上一轮的机会，仕途变得愈加黯淡，再后来，居然将秘书省正字的低级职位也给搞丢了。

伍

怎么办？失业后的李商隐一筹莫展。

此时，已故恩师令狐楚的儿子，自己昔日的同窗好友令狐绹，深得皇帝信任，如日中天，官越当越大（后来也位居宰相），逐渐成为牛党的核心人物。

一直怀有政治抱负的李商隐经过激烈的思想斗争，决定拉下脸来，死活抱住这条大腿。

于是，连续给令狐绹写信叙旧，随信还给人家写了好几首诗：《酬别令狐补阙》《寄令狐郎中》《酬令狐郎中见寄》《寄令狐学士》《梦令狐学士》《令狐舍人说昨夜西掖玩月因戏赠》等，希望令狐绹念及旧情，与他重归于好，提携提携他。

李商隐之前忘恩负义，投奔李党，令狐绹心里一直不能原谅，加上两人如今的地位越来越悬殊，所以，令狐绹对李商隐的主动示好十分冷淡。李商隐给人家发微信，吧啦吧啦说半天，对方回复就一个字：哦。

没关系，不抛弃，不放弃。李商隐决定去长安，找令狐绹当面求情。

据宋代孙光宪《北梦琐言》所述，李商隐借着重阳节的机会，专程拜访令狐绹，令狐绹避而不见，谎称不在家，把李商隐一个人晾在了客厅。李商隐恼羞成怒，我从洛阳大老远提着礼物过来看你，你连面都不见，太看不起人了，当即拿起笔在墙上给令狐绹写了一首诗：

曾共山翁把酒时，霜天白菊绕阶墀。
十年泉下无人问，九日樽前有所思。
不学汉臣栽苜蓿，空教楚客咏江蓠。

郎君官贵施行马，东阁无因再得窥。[①]

意思是，十年了，十年之前，我不认识你，你不属于我，十年之后，你发达了，对我不理不睬，看不起我了是不是？忘了我们过去一起喝酒的那些日子了吗？

写完把笔一扔，扬长而去。

令狐绹从隔壁过来一看，气坏了，刚装修好的客厅，你就在墙上乱涂乱写，来人，把诗给我铲了！

后来，令狐绹发现诗中有父亲的名讳“楚”字，不敢铲毁，只好将门紧锁，宣布任何人不得进入。

这件事之后，令狐绹害怕李商隐继续纠缠他，为了避免麻烦，就跟有关部门打了个招呼，把李商隐安排到了陕西盩厔，让他当了一名县尉。

十年之前，李商隐就干过县尉，折腾了十年，居然还是一个小小的县尉，而且这个县的名字都不认识：盩厔。

当然，这也不怪李商隐，所谓“南不识盩厔，北不识盱眙”，能准确读出这两个地名的人，不多。

此后，李商隐的工作又经过多次调动，但职位一直没有得到升迁，正九品的秘书省校书郎，也就相当于现在的正科级，竟是李商隐事业的顶峰。

向晚意不适，驱车登古原。

夕阳无限好，只是近黄昏。[②]

---

① [唐]李商隐《九日》，见《全唐诗》卷五百四十一。

② [唐]李商隐《乐游原》，见《全唐诗》卷五百三十九。

李商隐一生追求功名，却一路坎坷，郁郁不得志。其实，回头来看，在他的仕途上，并不缺少贵人相助，不论是牛党的令狐父子，还是李党的王茂元，都是朝廷重臣，以李商隐的才学，如果不是因为站队含糊，左右摇摆，本不至于混成这个样子，绝对属于拿一手好牌却打得稀烂那种。

陆

好在上天总是公平的，失之东隅，收之桑榆，虽然仕途失意，人品也饱受非议，但李商隐在诗歌创作上收获颇丰，流传下来的诗歌多达六百首，尤以七言律绝见长，被认为是杜甫之后唐代七律的第二座丰碑。

《唐诗三百首》中，李商隐的诗被收录了二十二首，数量仅次于杜甫、王维和李白，位列第四。后世将其与杜牧并称“小李杜”，和当年的李白、杜甫相媲美；与李白、李贺合称“三李”；与温庭筠合称“温李”，绝对是晚唐诗坛的领军人物。

业内对李商隐的诗给予高度评价，称“于李、杜、韩后，能别开生路，自成一家者，唯李义山一人”[①]。

诗坛领袖白居易对李商隐更是推崇备至，甚至希望自己死后能投胎成李商隐的儿子。原本已经为自己写好了墓志铭，但认识李商隐之后，坚决要求他为自己撰写墓志铭。

毫无疑问，这是一种莫大的荣耀。李商隐诚惶诚恐，感激涕零。

不久，白居易病逝于洛阳，李商隐的儿子随后出生，他马上给孩子

① 见[清]吴乔《围炉诗话》卷三。

取名为“李白老”。

结果，这孩子却不争气，笨得出奇，长大以后，语文考试从来就没及格过，当时温庭筠还笑话他：“以尔为侍郎后身，不亦忝乎？”难道这就是白居易转世的吗？

李商隐的诗，构思新奇，风格绮丽，意境唯美，特别是那些爱情诗，写得那叫一个缠绵悱恻、荡气回肠，直到现在，还有人在情书里引用他的诗句。

李商隐的感情经历十分丰富，极大地激发了他的创作热情，为我们留下了大量的爱情诗。

二十三岁那年，李商隐在洛阳认识了一个富商的女儿，叫柳枝，两人一见倾心，但这段感情无疾而终，柳枝嫁作他人妇。李商隐伤心之余，曾一口气写下《柳枝五首》，并用长长的序言，详细记录了自己的初恋。

李商隐生命中的第二个女人叫宋华阳。

唐代尊崇道教，公主上山修道，宋华阳作为宫女也随着做了女道士，在玉阳山与李商隐发生恋情，后来还怀了孕。这当然为礼教所不容，李商隐被驱逐下山，留下永远的伤痛，也留下了不朽的诗篇，除了《月夜重寄宋华阳姊妹》《赠华阳宋真人兼寄清都刘先生》《碧城三首》之外，那首广为传诵的“身无彩凤双飞翼，心有灵犀一点通”的《无题》诗，也被认为是写给宋华阳的。

李商隐一生写了很多《无题》诗，《全唐诗》中，李商隐的《无题》诗多达十六首，让人如坠五里雾中。

是因为想不出合适的标题吗？既然能写出那么华美的诗歌，怎么可能写不出来标题？不存在的。我觉得，凡是用《无题》作为标题的，多半是有难言之隐。

比如这首：

相见时难别亦难，东风无力百花残。
春蚕到死丝方尽，蜡炬成灰泪始干。
晓镜但愁云鬓改，夜吟应觉月光寒。
蓬山此去无多路，青鸟殷勤为探看。[①]

关于这首诗的主题，后世研究者众说纷纭，莫衷一是。

即便是有标题，有的也只是取诗中的头两个字，感觉相当随意，比如这首争议最大的《锦瑟》：

锦瑟无端五十弦，一弦一柱思华年。
庄生晓梦迷蝴蝶，望帝春心托杜鹃。
沧海月明珠有泪，蓝田日暖玉生烟。
此情可待成追忆，只是当时已惘然。[②]

这是李商隐的代表作之一，同时也是公认最晦涩难懂的朦胧诗，素有“一篇《锦瑟》解人难”的说法。

有人说，这是李商隐写给令狐楚家一个叫“锦瑟”的侍女的爱情诗；有人说，这是写给已故妻子的悼亡诗；有人说，这是一首咏叹时光流逝生命永恒的感怀诗；还有人说，这是一首暗含讥讽影射的政治诗……

仁者见仁，智者见智，写的究竟是什么？恐怕只有李商隐自己最

① 见《全唐诗》五百三十九。
② 见《全唐诗》五百三十九。

清楚。

初恋情人柳枝和女道士宋华阳，都是李商隐婚前的女人，自从跟王茂元的女儿成婚后，多情的李商隐并没有更多的绯闻，夫妻感情和睦，下面这首《夜雨寄北》，就是他写给妻子王氏的情诗：

君问归期未有期，巴山夜雨涨秋池。
何当共剪西窗烛，却话巴山夜雨时。①

晚唐时期，诗歌在无数前辈的光环笼罩下，已是日暮西山，今非昔比，可以说，正是因为李商隐，唐诗昔日的荣耀才得以延续。

如果不是因为过分追逐功名，如果不是被卷入朋党之争，以李商隐的才学，远离政治，潜心创作的话，应该会有更大的成就。

唐宣宗大中十二年（公元八五八年），李商隐黯然病逝于郑州荥阳，年仅四十五岁。

李商隐去世的时候，大唐诗坛一片寂静，并没有人赋诗撰文吊唁缅怀，只有李商隐的朋友崔珏写了两首《哭李商隐》，这几乎是他死后唯一的纪念：

虚负凌云万丈才，一生襟抱未曾开。
鸟啼花落人何在，竹死桐枯凤不来。②
…………

① 见《全唐诗》卷五百三十九。
② 见《全唐诗》卷五百九十一。

李煜

一个文艺青年的错位人生

北宋元丰五年（公元一〇八二年），五月初五端午节，宋神宗轻车简从下基层，走访慰问节日期间依然坚守在工作岗位的人员。

那天上午，他首先来到秘书省，也就是国家图书档案馆，在馆长的陪同下，视察了秘书省的图书档案管理工作，并与馆员亲切交谈。其间，他还饶有兴趣地观看了位于展厅二楼的“历代君王画像展”。

宋神宗看得很仔细，在其中一幅画像前，被画中人物所吸引，驻足不前。

馆长介绍说：“这位，就是南唐后主李煜。”

宋神宗惊叹道：“这就是人称诗词皇帝的李煜？怪不得能写出那么好的词，果然是儒雅俊朗，一表人才啊！”

在画像前，宋神宗流连忘返，再三感叹，久久不愿离去。

当天，宋神宗回后宫看望即将临产的皇后陈氏，皇后告诉他，自己昨晚做了一个奇怪的梦，梦见南唐后主李煜前来拜访。

宋神宗听罢大惊。当天晚上，皇后便产下一子，这是宋神宗的第十一个儿子，取名赵佶，也就是后来的宋徽宗。

此事详见明代《良斋杂说》：“宋神宗一日幸秘书省，见江南国主像，人物俨雅，再三叹讶。适后宫有娠者，梦李后主来谒，而生端王。”

后世学者在研究中发现，李后主和宋徽宗这两个人有着惊人的相似之处。

首先，都是艺术天才，特别是诗、书、画方面，造诣极深。

其次，都是意外登基，李煜在皇子中排行第六，赵佶排行第十一，继位本来轮不到他们，二人也无此志向，但各种机缘巧合，偏偏让他们都做了皇帝。

最后，都是亡国之君，一个做了宋人的俘虏，一个做了金人的俘虏，结局下场都很凄惨。

所以，坊间一直流传一种说法，说宋徽宗是李煜投胎转世，为了报复当年的亡国被害之恨。

壹

北宋开宝八年（公元九七五年），李煜兵败降宋，南唐灭亡。

宋太祖也算宅心仁厚，并没有对南唐政府赶尽杀绝，而是按照优待俘虏政策，封亡国之君李煜为违命侯，授左千牛卫将军之职，太宗皇帝即位后，改封李煜为陇西公。

当然，没有任何权力，只是挂个虚名，生活上享受同级别待遇，政治上则处于被软禁监视之中。

北宋太平兴国三年（公元九七八年），七夕之夜，银河浩瀚，群星闪烁。

这一天，正好是李煜的四十二岁生日，昔日的嫔妃们闹着要七夕节礼物，手下也来请示，今年的七夕晚会暨生日宴会按什么规格办？要请哪些客人？

李煜叹道：“国破家亡，寄人篱下，苟且偷生，还过什么生日，过什么节，算了吧，没心情。”

手下说：“不可以，越是在这种情况下，咱越要办，不但要办，还要办得热热闹闹，不能让别人看笑话。”

李煜说：“那好吧，就小范围搞一下吧。”

据《大宋娱乐周刊》报道，当晚七时许，《九七八年七夕联欢晚会暨陇西公李煜诞辰四十二周年庆祝晚宴》在李府后花园广场如期举行，李府家眷、工作人员及部分南唐旧臣、首都新闻界代表参加了活动。

春花秋月何时了，往事知多少？小楼昨夜又东风，故国不堪回首月明中。

雕栏玉砌应犹在，只是朱颜改。问君能有几多愁？恰似一江春水向东流。①

席间，这首由李煜亲自作词的女声独唱《虞美人》，因词境优美，情真意切，寓意深远，引起与会来宾的强烈共鸣和极大反响。

活动进行到高潮，大家酒足饭饱，正准备起身同唱一曲结束晚会的时候，主持人激动地上台宣布：“各位领导，各位来宾，刚刚得到的消息，圣上从宫内发来贺电，祝陇西公李煜生日快乐，七夕幸福，阖家安康，并派人送来宫廷玉液美酒一壶。”

全场热烈鼓掌，山呼万岁。

李煜面色凝重，在众目睽睽之下缓缓出席，拜谢圣主隆恩，接过酒杯，沉默半晌，深情回望了一眼南方，然后将酒一饮而尽。

这是一杯毒酒。

① 见《全唐诗》卷八百八十九。

贰

李煜，字重光，是五代十国时期南唐中主李璟的第六个儿子，自幼精书法，工绘画，通音律，善诗文，尤其在填词方面，造诣极深，属于标准的文艺青年，自号“钟峰隐者”，终日沉溺于声色之中，根本无意从政。

可偏偏太子病逝，几个儿子中间，父亲最看好李煜。因为李煜不但为人宽厚仁孝，而且面貌奇特，被认为有帝王之相。

据《新五代史》记载：“煜为人仁孝，善属文，工书画，而丰额骈齿，一目重瞳子。”就是说长了个大脑门，一口龅牙，最神奇的是，一只眼睛里有两个瞳孔。据说造字的仓颉和上古先王舜帝就是一只眼里两个瞳孔，这是圣人才有的相貌。

其实，按照现代医学观点，这就是早期白内障。

李煜因此被立为太子，并于公元九六一年在金陵（今南京）登基继位。

说实话，这个皇帝的位子李煜真不想坐。不是淡泊名利，主要是这个南唐的皇帝，不好当。

当时的国际形势是这样的：唐朝灭亡以后，天下陷入混乱，中原地区相继建立了后梁、后唐、后晋、后汉、后周五个政权，称为五代；南方则分割为包括南唐在内的十个国家，称为十国。

几年前，后周大将赵匡胤陈桥驿兵变，黄袍加身，建立了大宋王朝，统一了北方大部分地区，然后挥师南下，灭掉了十国中的几个小国后，剑指偏安一隅的南唐，意欲吞并。南唐与大宋相比，实力相差悬殊，无力抗衡，政权处于风雨飘摇之中。

李煜就是在这种情况下登上皇位的。

别人当皇帝是享受，李煜是难受，不但要向大宋皇帝俯首称臣纳贡，为了表示归顺的诚意，还主动请求“罢除诏书的不名之礼”。意思就是以后在文件里不用叫我南唐皇帝，直接喊我小李、李煜就行了。

宋太祖说：“这样不合适吧，怎么说也是一国之君，正式场合我们还是要称呼职务的嘛。”

李煜心里清楚，人家这是客气。为表诚意，北宋开宝四年（公元九七一年），李煜主动去除南唐国号和皇帝身份，使用大宋年号，改称自己为“江南国主”，国内机构的名称、王公大臣的官职爵位等一律更名降格，处处避讳宋朝，以示尊崇。

然后，派自己的兄弟李从善作为特使赴京朝贡，向大宋皇帝表明自己的臣服之心，再次请求罢除诏书不直呼姓名的礼遇。

这次太祖皇帝欣然同意，对李从善说：“既然你们诚心归顺大宋，小李啊，你也别回江南了，就留在这里工作吧，朕封你为泰宁军节度使，即刻上任。”

李煜一看，这不是扣押人质吗，再三请求放回李从善。

结果，宋太祖不但没有应允，还以祭天为名，下诏要求李煜也来京城，共商国是。

李煜知道，这是肉包子打狗——有去无回，所以托病不从。

宋太祖终于找到了战争的借口：违抗朕的命令，这是想造反吗？！

于是，调集兵马，水陆并进，直逼南唐。

李煜也急了，回信给宋太祖赵匡胤：“臣事大朝，冀全宗祀，不意如是，今有死而已。”①我对大宋朝如此恭顺谦卑，无非想保住南唐的宗庙社稷，没想到你步步紧逼，欺人太甚，事已至此，我只好跟你拼死

① 见[宋]陆游《南唐书·后主本纪》。

一战了。

公元九七四年，忍无可忍的南唐政府正式宣布与大宋开战，停止使用大宋年号，全国上下紧急动员，一场声势浩大的南唐保卫战，就此拉开了序幕。

叁

俗话说："慈不掌兵，义不掌财，情不立事，善不为官。"这四条李煜差不多占全了。

史料记载，李煜"姿仪风雅，举止儒措，宛若士人"①，生性温和宽厚，善良仁慈，"赏人之善，常若不及；掩人之过，惟恐其闻"②。无论是对待兄弟还是臣子，都十分谦和有礼，而且爱民如子，一上任就减免税收，免除徭役，与民生息。

仁慈到什么程度？

李煜崇尚以德治国，重仁慈，宽刑罚，每次有死刑犯要处决，他都于心不忍，犯人家属还没咋的呢，他先哭了。为了避免对犯人处罚过重，他经常跑到大理寺去审查案件，觉得不太严重的，或者看起来怪可怜的，直接就把人给放了。

中书侍郎韩熙载一看，这成何体统，上书说：审理案件是司法部门的职责，不是一个皇帝该管的事，你这属于利用职权干预司法公正，必须罚款三百万两。

李煜没有交罚款，但也没有生气。

此事在《南唐书》中有记载："宪司章疏有绳纠过讦，皆寝不

---

① 见[宋]龙衮《江南野史》卷三。
② 见[清]吴任臣《十国春秋》。

下。论决死刑，多从末减，有司固争，乃得少正，犹垂泣而后许之。常猎于青山，还如大理寺亲录系囚，多所原释。中书侍郎韩熙载奏，狱讼有司之事，囚圄非车驾所宜临幸，请罚内库钱三百万以资国用。虽不听，亦不怒也。”

另外，李煜信奉佛教，几乎达到痴迷的程度。

《南唐书》中说，李煜在位时，曾“亲削僧徒厕简，试之以颊，少有芒刺，则再加修治”。

厕简，就是古人上厕所用的小竹片，当时虽然已经有纸了，但还没有卫生纸，一般都是用竹简擦屁股。没有竹简，就抱一本竹简书拆开用，就像现在有人喜欢拿张报纸上厕所一样。

李煜堂堂一国之君，竟然亲自替和尚们制作厕简，做好还在自己脸上试试，生怕有毛刺扎到法师的屁股。

李煜就是这样一个皇帝，平易近人，和蔼可亲，仁慈善良，一心向佛，深受百姓爱戴。

宋军兵围金陵，久攻不下，听说李煜痴迷佛法，就派出一位能言善辩、精通佛法的间谍，假装远道而来的得道高僧，混进城中忽悠李煜，说自己可以用佛法退兵，让守城将士齐声诵读《救苦观音菩萨经》，然后他在城头作法，手舞足蹈一通忙活，宋军居然真的退却了。

果然是佛法无边，神通广大，李煜喜出望外，尊称高僧为“小长老”，从此对他言听计从。

这位小长老说，想当年，“南朝四百八十寺，多少楼台烟雨中”，你们后唐的寺庙太少了，佛祖不高兴了才引来刀兵之祸。李煜一听，马上下旨在全国大兴土木，广修寺院，在战争期间，耗费了大量宝贵的财力物力和人力。

在长江边，小长老说，这里应该修建一座佛塔，让佛光照耀长江，泽被苍生。李煜连声称好，立刻下令动工修建佛塔。后来，宋军大举入侵，在采石矶搭建浮桥过江，浮桥的一端就固定在这座佛塔上。

看到宋军兵临城下，李煜这才恍然大悟：老子被这个和尚给骗了！

由于双方实力悬殊，南唐人民在李煜的带领下，苦苦抵抗了近两年，国土沦丧殆尽，最后仅剩下孤零零的一座金陵城被宋军团团围困，弹尽粮绝，实在撑不住了，便派谈判代表团与宋军接洽，表示愿意割地赔款，只要能罢兵，可以答应对方提出的任何条件。

这个时候再说什么都晚了，宋太祖赵匡胤一句话就把南唐使者给怼回来了："不须多言，江南亦有何罪，但天下一家，卧榻之侧，岂容他人鼾睡乎！"①

北宋开宝八年（公元九七五年）十二月，万般无奈的李煜奉表投降，南唐至此灭亡。

次年正月，李煜被押往汴京。大宋皇帝为彰显自己的宽厚仁德，安抚江南百姓，不但赦免了李煜，还将他封为违命候、左千牛卫将军，给予其较高待遇。

李煜从此开始了寄人篱下的生活，每日饮酒填词，聊以度日。

肆

李煜在诗词方面原本就很有造诣，不过，从前在宫里，写的大多是一些淫词艳曲。

比如，描写春宫夜宴的《木兰花》：

晓妆初了明肌雪，春殿嫔娥鱼贯列。凤箫声断水云间，重按霓

① 见[宋]李焘《续资治通鉴长编》卷十六。

裳歌遍彻。

临春谁更飘香屑？醉拍阑干情味切。归时休放烛花红，待踏马蹄清夜月。[①]

宫廷春夜宴乐，嫔娥盛装出席，歌舞悠扬，极尽奢华。

还有，描写男女幽会的《菩萨蛮》：

花明月暗笼轻雾，今宵好向郎边去。
刬袜步香阶，手提金缕鞋。
画堂南畔见，一向偎人颤。
奴为出来难，教君恣意怜。[②]

这首词，是李煜写给小姨子的。

当年，李煜的皇后大周后生病，大周后的妹妹，也就是李煜的小姨子周薇才十五岁，进宫探望姐姐，与姐夫李煜一见钟情。

本来这事儿很好办，封为妃子就可以了，姐妹俩共同陪王伴驾，也算一段佳话。可是，皇后这个人特别爱吃醋，李煜平时又怕老婆，一直不敢说，只能在皇后养病期间与周薇偷偷幽会。"刬袜步香阶，手提金缕鞋"，每次周薇都要脱了鞋，轻手轻脚生怕被发现。

妻不如妾，妾不如偷，这首《菩萨蛮》，描写的就是他们偷情时的场景。

直到皇后病故，李煜才迎娶小姨子入宫，立为新皇后，史称小周后。

如果一直是太平盛世，李煜的创作必然离不开这些宫闱之乐、男女

① 见《全唐诗》卷八百八十九。
② 见《全唐诗》卷八百八十九。

之情，词风绮丽柔靡，难脱花间派习气，终究不能有大的成就。

有道是："文王拘而演《周易》；仲尼厄而作《春秋》；屈原放逐，乃赋《离骚》；左丘失明，厥有《国语》；孙子膑脚，《兵法》修列"[①]。不幸的人生经历，更能造就伟大的词人。亡国之后，李煜词风突变，"眼界始大，感慨遂深"[②]，一改以往的香艳柔媚，有感而发，写下了大量反映亡国之痛，富于家国情怀，读来意境深远的作品，遣词造句兼有刚柔之美，风格由此独树一帜。

可以说，李煜后期的作品，才真正确立了他在词坛无可替代的地位。

比如这首《破阵子》：

四十年来家国，三千里地山河。凤阁龙楼连霄汉，玉树琼枝作烟萝，几曾识干戈？

一旦归为臣虏，沈腰潘鬓消磨。最是仓皇辞庙日，教坊犹奏别离歌，垂泪对宫娥。[③]

南唐开国近四十年，方圆三千里，幅员辽阔，城市繁华。然而，自李煜登基，南唐一直在北方大宋王朝的威慑之下，过着朝不保夕的日子，如今到底还是做了俘虏，终日以泪洗面，一个亡国之君心里的苦，有谁能懂?

比如这首《相见欢》：

无言独上西楼，月如钩。寂寞梧桐深院锁清秋。

---

① [汉]司马迁《报任少卿书》，见《文选》卷四十一。
② 见王国维《人间词话》。
③ 见《全唐诗》卷八百八十九。

剪不断，理还乱，是离愁。别是一般滋味在心头。[①]

这首词表现的是离乡去国之痛，通过缺月、梧桐、深院、清秋，词人难与人言的孤寂凄婉、愁苦悲伤跃然纸上，全篇沉郁哀婉、声情合一，突破了花间词绮丽腻滑的风格，被视为宋初婉约派词的开山之作。

比如这首《浪淘沙》：

帘外雨潺潺，春意阑珊。罗衾不耐五更寒。梦里不知身是客，一晌贪欢。

独自莫凭栏，无限江山，别时容易见时难。流水落花春去也，天上人间。[②]

此词以白描手法诉说内心的极度痛苦，基调低沉悲怆，透露出李煜这个亡国之君绵绵不尽的故土之思，是一首婉转凄苦的哀歌，具有震撼心灵的艺术魅力。

女怕嫁错郎，男怕入错行，李煜根本就是一个干错了职业的词人，明明可以靠才华吃饭，偏偏被推上了皇位。正如后人所说："李重光风流才子，误作人主，至有入宋牵机之恨。其所作之词，一字一珠，非他家所能及也。"[③]

意思是，治国理政咱不行，可要论诗词，我敢说，中国历史上所有的皇帝，跟李煜都没法比！

---

① 见《全唐诗》卷八百八十九。
② 见《全唐诗》卷八百八十九。
③ 见[明]余怀《玉琴斋词序》。

伍

三国末期，蜀汉后主刘禅亡国投降，被封为安乐公。

有一次，司马昭宴请刘禅，故意安排蜀国的歌舞，在场的人都为刘禅的亡国感到悲伤，而刘禅却欢乐嬉笑，无动于衷。司马昭问他：“颇思蜀否？”禅曰：“此间乐，不思蜀。”

有人说刘禅没心没肺，乐不思蜀，其实，这才是刘禅的大智慧，就是靠着装憨卖傻，刘禅才得以自保，安享晚年，六十四岁善终于洛阳。

李煜的情况与当年刘禅的境遇何其相似，起初李煜也是忍字当头，做出一副万念俱灰、安于现状、乐不思蜀的样子，可是后来发现不行，亡国之君寄人篱下的生活并没有想象的那样逍遥自在，而是充满了屈辱。

宋太祖赵匡胤去世之后，他的弟弟赵光义继位，是为宋太宗。这位太宗皇帝不知怎么回事，看中了李煜的老婆小周后周薇，动不动就宣小周后进宫谈工作，每次都是好几天才让回来。

谈啥工作要几天彻夜不归？咱也不懂，咱也不敢问，反正小周后回来就哭。

李煜无言以对，只能唉声叹气，“日夕以泪洗面”。

很快，李煜的老婆经常被大宋皇帝宠幸的事传得朝野皆知，到后来，坊间甚至出现了一幅纪实绘画作品，叫《熙陵幸小周后图》，真实再现了当时的情景，令人目不忍视。

试问，谁受得了这样的羞辱？

李煜羞愤交加，却又束手无策，只得将无限的哀愁与幽怨寄托在诗词里，这才有了后来的“四十年来家国，三千里地山河”，才有了“剪不断，理还乱，是离愁”，才有了“独自莫凭栏，无限江山，别时容易见时难”这样怀念故国的词句。

宋太宗一看，这是不死心啊！特别是七夕生日晚会上那首《虞美人》，什么叫“雕栏玉砌应犹在，只是朱颜改”？什么叫“故国不堪回首月明中”？亡国了不甘心是不是？这样的人不杀了还留着过年吗？！

于是，七夕当天晚上，李煜就被牵机药酒鸩杀于府内，死时年仅四十二岁，死后被宋太宗假惺惺追赠太师，追封吴王，以王侯之礼厚葬于洛阳邙山之巅。

李煜的死讯传到南唐旧地，当地百姓无不垂泪叹息。

作为亡国之君，李煜多遭后人非议。

有人说，李煜“性骄侈，好声色，不恤政事”，所以亡国；有人说，李煜沉迷佛教，轻信奸人，不懂政治，所以亡国；还有人说，李煜醉心于诗词文章书画，治国理政一窍不通，所以亡国。

其实，当时大宋一统天下的势头已不可阻挡，就算换成别人，南唐也一样难逃亡国的命运。

李煜继任后，无力回天，靠着韬光养晦、隐忍退让的外交政策，才勉强把南唐政权又维持了十五年。

李煜死后，宋太宗曾问南唐旧臣：“李煜果真是一个无能之辈吗？”

旧臣答道：“假如他真是无能之辈，何以能守国十余年？”

后人在李煜的墓志铭中这样评价这位亡国之君：“李煜敦厚善良，在兵戈之世，而有厌战之心，虽孔明在世，也难保社稷；既已躬行仁义，虽亡国又有何愧！”[①]

南唐旧梦，随风飘逝。一个王朝覆灭，一代词帝诞生。

这正是：

林花谢了春红，太匆匆。无奈朝来寒雨晚来风。

胭脂泪，相留醉，几时重。自是人生长恨水长东。[②]

---

① [宋] 徐铉《吴王陇西公墓志铭》。

② 见《全唐诗》卷八百八十九。

柳永

何以解忧，
唯有青楼

北宋皇祐五年（公元一〇五三年）冬，襄阳城内，大雪纷飞，万物肃杀。

这一天，城里所有的青楼妓馆都挂出了暂停营业的告示，很多人都在议论：这是怎么了？

其实，对于娱乐圈来说，今天是一个特殊的日子，大宋著名词人、婉约词派杰出代表、金牌词作者柳永先生今日出殡。

据《大宋娱乐周刊》报道，三天前，著名词人柳永在湖北襄阳去世，享年六十九岁。

柳永客死异乡，身边既没有亲人，也没留下什么财物，可以说是身无分文，后事怎么办？

青楼的姐妹们聚在一起商量，说咱唱的歌都是柳老师给写的词，而且人家平时也没少照顾咱的生意，一辈子的钱都花在青楼了，如今人没了，咱可不能不管，情义无价，众筹募捐，说啥也得把柳老师的后事给办了。

欢场无情人有情，人间处处充满爱，襄阳城各大青楼的小姐姐们积极响应，纷纷慷慨解囊，并自发成立了“柳永治丧委员会”，硬是把柳永的后事办得排排场场、风风光光。

柳永出殡当日，襄阳各青楼妓馆停止一切娱乐活动，闭馆默哀，全城青楼的小姐姐们悉数到场。明代冯梦龙在《喻世明言·众名妓春风吊柳七》中描述当时的场景："只见一片缟素，满城妓家，无一不到，哀声震地。"数万群众走上街头，冒雪为柳永送行，场面颇为壮观。

而且，每年清明，青楼的小姐姐们都会结伴到坟前祭拜，逐渐成为行业惯例。

此事详见南宋祝穆所撰《方舆胜览》："柳永卒于襄阳，死之日，家无余财，群妓合资葬于南门外。每春日上冢，谓之吊柳七。"

看到这里，人们不禁要问，一个布衣词人，为何会有如此大的声望，死后受到整个行业的悼念和推崇？

壹

柳永，原名柳三变，因为在家排行老七，也有人叫他柳七。

柳永出身官宦世家，父亲柳宜原本是南唐李后主手下的监察御史，南唐灭亡后归顺大宋，因为是投降过来的人，所以被降级安排，当了一名县令。

作为一个"官二代"，柳永自幼聪颖好学，文采出众，尤其擅长诗词。在老家福建武夷山脚下的崇安，柳三变远近闻名，与哥哥柳三复、柳三接一起，并称"柳氏三绝"。

学而优则仕，到了十八岁，柳永主动跟家里提出，要进京赶考，家里对此当然是全力支持。

从福建崇安到河南开封，路途遥远，交通不便，柳永带足了银子，提前半年出发。

儿行千里母担忧，临行前，母亲拉着他的手说：“孩子，你长这么大第一次单独出远门，我得提醒你几句，到了大城市花花世界，你可能会看到一些乌七八糟的东西，但千万不要沉迷，还是应该以事业为重啊！”

柳永一脸正气地说：“母亲，你放心吧，我对那些乌七八糟的东西不感兴趣，保证两耳不闻窗外事，一心只读圣贤书。”

北宋咸平五年（公元一〇〇二年），柳永离开家乡，带着亲人的期望和重托，赴京赶考。

北宋仁宗年间，国泰民安，经济富足，南方大城市娱乐业发达，酒肆客栈、勾栏瓦舍、青楼妓馆鳞次栉比，而且宋朝是历史上为数不多的没有宵禁制度的朝代，每到夜晚，灯红酒绿，歌舞升平。

一路上，柳永真是长了不少见识，果然见到了许多县里没有的东西。原来城里的月亮就是比家乡的圆，城里的小姐姐也比家乡的妹子好看，而且，她们都好有爱心，不嫌弃你丑，不要你负责，不要任何名分，不要你买礼物，只要每次给她两百元就陪你聊天，三百元就陪你喝酒唱歌弹琴跳舞……简直就是人间天堂。

在北宋的娱乐之都杭州，柳永彻底沦陷了，管他什么考试呢，先玩够了再说。

就这样，柳永以欢场为家，终日沉溺于青楼，乐不思蜀，居然放弃了东京汴梁的礼部考试。

没钱了就找父母要，今天说报了个一对一考前强化辅导班要交学费，明天说要买复习资料，后天又说要请监考老师吃饭，各种理由，一直跟家里连蒙带骗地要钱，大把银子都花在了青楼，在杭州逗留了足足两年时间。

贰

柳永太喜欢杭州了，想干脆在当地找个工作定居下来，毕竟一直骗家里钱有点不好意思，于是沉下心来，连续三天没有去青楼，在住所苦心创作了一首赞美杭州的诗词《望海潮》，准备以此为敲门砖，献给杭州知府，求得一个职位。

这是柳永早期诗词的巅峰之作：

东南形胜，三吴都会，钱塘自古繁华，烟柳画桥，风帘翠幕，参差十万人家。云树绕堤沙，怒涛卷霜雪，天堑无涯。市列珠玑，户盈罗绮，竞豪奢。

重湖叠巘清嘉。有三秋桂子，十里荷花。羌管弄晴，菱歌泛夜，嬉嬉钓叟莲娃。千骑拥高牙。乘醉听箫鼓，吟赏烟霞。异日图将好景，归去凤池夸。[①]

这首词以大开大阖、波澜起伏的笔法，展现了杭州的繁华和西湖的美景，用浓墨重彩，描绘出一幅河清海晏、岁月静好、百姓安居乐业的生活画卷，满满的正能量。

词写好了，却无法递到知府大人手上。知府大人日理万机，岂是一个老百姓想见就能见的？

对此，柳永自有办法。他打听到知府平时最喜欢去一家青楼，就过去把词免费送给那里的歌妓，叫她们排练好，等知府什么时候来了，点歌环节，就唱这首，保准知府大人满意。

果然，知府大人听到了这首词，大为赞赏，问歌妓道：“这歌谁写

---

① 见[宋]柳永《乐章集》。

的词？写得不错嘛，完全可以作为我们杭州的市歌啊。”

歌妓告诉他，这首词出自一个叫柳三变（当时尚未改名为柳永）的人之手。

为此，知府大人在百忙中专门抽时间接见了柳永，对柳永的这首词给予了高度评价，并勉励他继续努力，为人民创作出更多更好的作品。柳永激动地表示，杭州就是自己的第二故乡，一定不辜负领导的期望，争取为杭州这座全国文化娱乐之都的建设做出更大的贡献。

会见在亲切友好的气氛中结束，知府大人对这个年轻人的才学十分欣赏，但是并没有给柳永安排任何职位。

柳永很生气。但值得宽慰的是，虽然求职未成，这首《望海潮》却一炮走红，很快传遍了大江南北，连续数周雄踞大宋十大流行金曲排行榜榜首。柳永名噪一时，也因此奠定了他词坛新秀的地位，各大青楼的当红歌女纷纷找柳永约稿，柳永一时竟应接不暇。

传闻，若干年后，金国皇帝完颜亮读了柳永的这首词，对江南“三秋桂子，十里荷花”的美景和“市列珠玑，户盈罗绮”的富庶繁华十分向往，决心“提兵百万西湖上，立马吴山第一峰”，于是挥师南下，入侵大宋。

叁

柳永在杭州生活了两年，把全城的青楼玩了一个遍，难免心生厌倦，便又到了苏州，后来又到了扬州。果然，每个城市有每个城市的特色，其中的妙处，只可意会，不可言传。柳永那几年，可谓“红尘做伴活得潇潇洒洒，策马奔腾共享人世繁华，对酒当歌唱出心中喜悦，轰轰烈烈把握青春年华……”[1]

直到大中祥符元年（公元一〇〇八年），柳永终于到了京城汴梁。

此时，距离他离开家乡已经过去了整整六年时间，父母非常恼火，问这么多年你都干什么了？

柳永说我也没闲着啊，一直忙于参加各种社会实践活动，今年来不及了，明年科举，“定然魁甲登高第”[2]，等我好消息吧。

柳永在汴京咬牙复习了一年功课，第二年春天，踌躇满志应试，答题如行云流水，一气呵成，全场第一个交卷，走出考场的那一刻，满面春风，志在必得，不少考生家长羡慕：“啧啧，你看人家孩子。”

但是，意外不期而至，柳永初试就落榜了。

什么情况？不应该啊，自己估分起码六百分，怎么可能落榜呢？

柳永要求查卷，主考官告诉他，不是分数问题，是政治思想问题。对于此次考试，上级明确指示：“读非圣之书，及属辞浮靡者，皆严谴之。”

就是说，文章必须弘扬正能量，弘扬优秀传统文化，对作文内容格调低下的考生，就算写得文采飞扬、天花乱坠，也一律不予录取，您写的那个，经鉴定，属于三俗作品，低俗、庸俗、媚俗，懂了吧？

柳永一听，当时就傻了：我酒席都订好了，你跟我说没考上？！主考官的眼睛是什么时候瞎的？你们不录取我，不是我个人的损失，是整个大宋的损失你们知道吗？算了，老子以后再不求取什么功名了。

---

① 歌词，出自中国台湾演唱组合动力火车的《当》，电视剧《还珠格格》片头曲，后收录于专辑《就是红　光辉全记录》，二〇〇四年发行。

② 见[宋]柳永《乐章集》。

愤懑失意的柳永回去就写了一首牢骚满腹的词《鹤冲天》：

黄金榜上，偶失龙头望。明代暂遗贤，如何向。未遂风云便，争不恣狂荡。何须论得丧。才子词人，自是白衣卿相。

烟花巷陌，依约丹青屏障。幸有意中人，堪寻访。且恁偎红倚翠，风流事、平生畅。青春都一饷。忍把浮名，换了浅斟低唱。[①]

这首词道出了广大落榜考生的心声，可谓直击痛点，所以很快在坊间流行开来。

柳永当时并没有想到，自己只顾逞一时口舌之快，正是这首词，断送了他一生的仕途。

肆

柳永说从此不再求取功名，那都是气话。男人嘛，总得在事业上有所成就，有个一官半职才好在社会上混，哪能因为一次失败就放弃理想呢？胜利往往出现在再坚持一下的努力之中。

公元一〇一五年，柳永第二次参加科举，第二次落榜；

公元一〇一八年，柳永第三次参加科举，第三次落榜；

公元一〇二四年，柳永第四次参加科举，第四次落榜。

屡战屡败之后，柳永决定再也不考了。这些年来，柳永沉迷于烟花柳巷，不但耽误了学业，也影响了自己的名声。大家都知道柳永是专门为青楼歌妓写艳词的人，这样一个生活作风有问题的人，怎么能吸收到

① 见《全宋词》。

朝廷里呢?

据说，柳永第四次参加考试的时候，已经晋级到了复试阶段，宋仁宗亲自阅卷。

宋仁宗平素也喜爱诗词，但文风一向儒雅，对柳词的“浮艳虚美”极为反感，特别是读了柳永第一次落榜写的那首《鹤冲天》之后，更是不满：“什么叫‘忍把浮名，换了浅斟低唱’？且去浅斟低唱，何要浮名。”大笔一挥，直接把柳永给淘汰了。

后来，还有人拿着柳永的词专门向宋仁宗推荐，说您看这词写得确实不错，不但在娱乐圈特别流行，在群众中也很有影响，“凡井水处，皆歌柳词”，年度十大流行金曲评选，柳永每年都有好几首上榜，确实是个人才，是不是可以破格录用，给他安排个职位?

宋仁宗一语不发，提笔在上面批了四个大字：“且去填词。”既然如此擅长填词，那就填词去好了，要什么工作?

皇帝这样批示，相当于断了柳永的仕途，从此，柳永不再追求功名，以青楼为家，流连于京城各大欢场。你要找他，他不是在青楼，就是在去青楼的路上，以作词为生，自称“奉旨填词柳三变”。

光靠写词就能维持生活，而且是这种花天酒地的生活吗?

对柳永来说，完全没有问题。当时，柳永在京城娱乐圈极受欢迎，歌妓如果不会几首柳永的词，在这一行根本就混不下去，因为柳永的词点唱率实在太高了。一些三四流歌妓，往往因为拿到了柳永的新词首发，就一炮走红，跻身一线明星行列。

人人都以能得到柳永的青睐为荣，青楼内部甚至有这样的歌谣：“不愿穿绫罗，愿依柳七哥；不愿君王召，愿得柳七叫；不愿千黄金，愿得柳七心；不愿神仙见，愿识柳七面。”

据宋人罗烨《醉翁谈录》所述：“耆卿（柳永）居京华，暇日遍游妓馆，所至，妓者爱其词名，能移宫换羽，一经品题，声价十倍，妓者多以金物资给之。”

也就是说，柳永逛妓院，不但不用花钱，还能挣钱。

伍

伫倚危楼风细细，望极春愁，黯黯生天际。草色烟光残照里，无言谁会凭阑意。

拟把疏狂图一醉，对酒当歌，强乐还无味。衣带渐宽终不悔，为伊消得人憔悴。[①]

这是柳永在失恋苦闷中写下的一首《蝶恋花》。

柳永本来在家乡是有妻子的，但自从十八岁离开故乡后，就再也没有回去过。

在漫长的青楼生涯中，柳永先后谈过数不清的女朋友，每一段感情都是全身心投入。在柳永的内心深处，他从来没有看不起这个职业，工作只有分工不同，哪有高低贵贱之分？所以，柳永的历任女友都是青楼歌妓，包括（排名不分先后）：虫虫、香香、英英、瑶瑶、心心、佳佳、酥酥……

当然，这只是一小部分，是有据可查、曾经写进词里的。

比如，写给香香的《昼夜乐》：“秀香家住桃花径，算神仙才堪并。”

写给英英的《柳腰轻》：“英英妙舞腰肢软，章台柳，昭阳燕。”

写给瑶瑶的《凤衔杯》：“有美瑶卿能染翰，千里寄小诗长简。”

---

① 见[宋]柳永《乐章集》。

写给心心的《木兰花》：“心娘自小能歌舞，举意动容皆济楚。”

写给佳佳的《木兰花》：“佳娘捧板花钿簇，唱出新声群艳伏。”

写给酥酥的《木兰花》：“酥娘一搦腰肢袅，回雪萦尘皆尽妙。”

写给虫虫的《集贤宾》：“就中堪人属意，最是虫虫，有画难描雅态，无花可比芳容。”

这其中，虫虫是柳永最喜欢的一个，两人相爱时间最长，柳永为她写的诗词也最多。

虫虫因此动了真情，缠着柳永让他为自己赎身，要与他厮守终生。柳永虽然喜欢虫虫，但是，谁愿意为了一棵树而放弃整片森林呢？虫虫每每谈及此事，柳永就顾左右而言他，躲躲闪闪，虫虫很生气，两人感情因此陷入低谷。

后来，柳永又有点后悔了，回过头找虫虫，请求她原谅。下面这首《征部乐》，就是柳永写给虫虫的表白词：

雅欢幽会，良辰可惜虚抛掷。每追念，狂踪旧迹。长只恁，愁闷朝夕。凭谁去，花衢觅。细说此中端的。道向我转觉厌厌，役梦劳魂苦相忆。

须知最有，风前月下，心事始终难得。但愿我，虫虫心下，把人看待，长似初相识。况渐逢春色。便是有，举场消息。待这回，好好怜伊，更不轻离拆。[①]

“待这回，好好怜伊，更不轻离拆。”宝宝，这次我一定好好待你，我们再也不分开了好吗？

---

① 见[宋]柳永《乐章集》。

虫虫才不信柳永的这番鬼话，说：“当初是你要分开，分开就分开，现在又要用真爱，把我哄回来，爱情不是你想买，想买就能买。”[1]坚决要跟柳永分手。

“系我一生心，负你千行泪。”柳永因为事业受挫，原本就有些消沉，如今最喜欢的恋人又闹分手，一时万念俱灰，心情差到了极点，感觉人间不值得，一切都没有意义，决定离开京城，南下漂泊。

临行前，柳永与虫虫见了最后一面。

那是一个深秋雨后的傍晚，知了在寒风中凄凉地鸣叫，十里长亭渡口，曾经的一对恋人手拉着手，泪眼相对，千言万语竟不知从何说起。

分别后，柳永在途中写下了那首著名的《雨霖铃》：

寒蝉凄切，对长亭晚，骤雨初歇。都门帐饮无绪，留恋处，兰舟催发。执手相看泪眼，竟无语凝噎。念去去，千里烟波，暮霭沉沉楚天阔。

多情自古伤离别，更那堪冷落清秋节。今宵酒醒何处？杨柳岸，晓风残月。此去经年，应是良辰好景虚设。便纵有千种风情，更与何人说。[2]

陆

柳永离开京城后，仍以填词为生，浪迹天涯。

---

① 歌词，出自歌手慕容晓晓《爱情买卖》，收录于专辑《爱情买卖》，二〇一〇年发行。
② 见[宋]柳永《乐章集》。

这期间，因为空虚寂寞无聊，他曾经偷偷回来过一次，见汴京繁华依旧，但知交零落，物是人非，旧日情人都已有了新的男友、新的生活，不由感慨万千，自己留在这里也是徒增伤感，于是再次离开京城，四处云游。

景祐元年（公元一〇三四年），宋仁宗为彰显朝廷宽厚爱才之心，特开“恩科”，也就是对历届科举考试多次落榜、屡战屡败的大龄考生放宽录取尺度，进行一场照顾性的特殊考试。

柳永闻讯，从外地星夜赶往京师应试，为保险起见，吸取以往教训，特地将自己的名字柳三变更名为柳永。

录取条件放这么宽，再考不上就说不过去了。这一次，柳永终于登上了进士榜，被授予睦州团练推官之职，从八品。

这一年，柳永已经整整五十岁了。

所以，什么无心仕途，什么淡泊名利，什么视功名如粪土，都是没办法才那么说的，真给你个当官的机会，没几个人愿意放弃。

这之后，柳永才算进入体制，有了正经工作，历任睦州团练推官、余杭县令、浙江定海晓峰盐监、泗州判官、著作佐郎、西京灵台山令、太常博士、屯田员外郎等职。

但柳永本性丝毫不改，任职期间，青楼妓馆依然是他最常去的地方。

在宋代，官员逛青楼是允许的，不算是生活作风问题。皇帝本人有时也出入青楼。

柒

柳永一生流连青楼，给他的创作带来了动力。

宋词是可以用来唱的，所谓词牌，既是文字的格式，也是旋律曲调，都是固定的，所以，写词也叫填词。

有宋一朝，一共诞生了八百八十多个词牌，柳永一个人就原创了一百多个，是两宋词坛创用词调最多的人。

在柳永之前，词坛流行的是小令，特别短，一共二三十个字，你一瓶啤酒还没喝完，那边就唱完了，不过瘾。柳永是第一个大量创作慢词的人，上下两阕，动辄一百多字，曲调舒缓，意境深远，回味悠长。可以说，柳永以一己之力，将宋词提升到了一个全新的高度。

柳永的词不但极大地丰富了大宋娱乐行业的文化内涵，丰富了广大人民群众的业余文化生活，也对后世许多诗词名家的创作产生了深远的影响。

宋代另一位大词人苏轼，每有新作，都忍不住问别人：“我写得怎样？跟柳永相比如何？”

别人回答得也很巧妙：“柳永的词，适合十七八岁的青楼女子，执红牙板，歌唱杨柳岸晓风残月；学士的词，则须关西大汉，用铜琵琶铁绰板，歌唱大江东去。”

一个是婉约派的代表，一个是豪放派的掌门，双峰对峙，实在难分高下。

但苏轼本人对柳永的评价却十分矛盾，既欣赏他的文采，又看不起他的风格。

学生秦观词中曾有“销魂，当此际，香囊暗解，罗带轻分”的句子，苏轼看了很不高兴：“你这孩子咋不学好呢？这不就是柳永的画风吗？”

秦观赶紧辩解：“我咋能学他呢？老师你看，我这不，到关键时候就掐了吗。”居然以跟柳永词风相近为耻。

柳永在京城求职期间，曾求见当朝宰相晏殊，也就是晏几道的父亲。因为晏殊也喜欢写词，柳永就想拉拉关系走个捷径。

晏殊问他：“你都会干什么啊？”

柳永也是不会说话：“跟您一样，喜欢作词。”

晏殊当时就不高兴了：“谁跟你一样，我虽然也作词，可写不出‘针线闲拈伴伊坐’那样的三俗句子。”说罢，拂袖而去。

柳永心里不服气啊，“针线闲拈伴伊坐”咋了？什么叫三俗，这是贴近生活好吗？就你们写的那些高雅？喝咖啡高雅，吃大蒜低俗？我觉得，群众喜欢的才是最好的，你们拼命贬低我，打压我，其实就是嫉妒。听听外面的歌声，你管得了我，还管得了群众爱听谁吗？

柳永流传下来的词共有两百多首，虽然描写青楼歌妓与男女情爱的作品占了大部分，但据此就说人家低俗、庸俗、媚俗，确实有失公允。下面这首《菊花新》，大概就是柳词中尺度最大的了：

欲掩香帏论缱绻。先敛双蛾愁夜短。催促少年郎，先去睡，鸳衾图暖。

须臾放了残针线。脱罗裳，恣情无限。留取帐前灯，时时待，看伊娇面。[①]

你看，用词非常含蓄，非常克制。

---

① 见[宋]柳永《乐章集》。

什么叫淫词艳曲？什么叫三俗？一直打压柳永、以词风儒雅著称的仁宗皇帝没具体解释，不过他的后代出了一个叫赵佶的，史称宋徽宗，据说曾为情人李师师写过一首《醉春风》，虽不为正统词集所收录，却在民间广为流传，那样的，才叫三俗。

苏轼

业余写诗，专业做菜

宋神宗元丰三年（公元一〇八〇年），早春二月，乍暖还寒，湖北黄州（今黄冈）迎来了一代文豪苏东坡。

由于乌台诗案，苏轼由湖州知州贬为黄州团练副使，相当于从湖州市市长降职为黄冈县武装部副部长，且“本州安置，不得签书公事”，不但没有签字权，还要接受地方行政长官的约束，不得擅自离境。其实就是作为一个犯了错误的领导干部，下放到基层，挂个虚职，接受监督，以观后效。

有些诗人，一旦由于某种原因被降职或者退居二线，政治待遇、生活待遇全变了，今非昔比，物是人非，人走茶凉，各种不适应。反观苏轼，宠辱不惊，坦然面对，从不唉声叹气，怨天尤人，趁着工作清闲，积极投身户外旅游活动，足迹遍布黄州各地，在城外的赤壁山，苏轼有感而发，写出了不朽名篇《念奴娇·赤壁怀古》。

被降职后，苏轼收入锐减，一家人生活水平急剧下降（日以困匮）。

没关系，自己动手，丰衣足食，反正上班也没啥事，他就在黄州城外东郊开了一片地，种了好多萝卜、白菜、冬瓜之类，从此自号“东坡居士”。

菜的问题解决了，肉呢？

当时，猪肉不像现在这么贵，“价贱如泥土”，有钱人都吃牛羊肉，穷人才吃猪肉，但是又不懂得怎么做，基本上就是白水煮肉，寡淡无味。

这种事儿难不倒苏东坡，作为一名资深吃货，苏轼做菜的水平一点不次于作词。早在三年前，在徐州任知州的时候，他就研究出一种猪肉的新做法，在黄州，他将这道菜的制作工艺又做了进一步提升。

具体做法如下：选上好五花肉，用冷水加料酒煮四五分钟后捞出，切成四五厘米的方块，再放入砂锅中，加香葱、生姜、八角、花椒、桂皮、丁香、生抽、老抽、冰糖、料酒等，文火焖煮两小时，入盐调味，翻面再煮半小时即可。

这样做成的焖肉，方方正正，色泽红亮，软而不烂，肥而不腻，香糯味醇，入口即化，可谓色香味俱全，苏东坡拿它当早饭，一口气能吃两大碗。

为此，他还专门写了一首《猪肉颂》：

净洗铛，少著水，柴头罨烟焰不起。
待他自熟莫催他，火候足时他自美。
黄州好猪肉，价贱如泥土。
贵人不肯吃，贫人不解煮。
早晨起来打两碗，饱得自家君莫管。[①]

从刷锅开始，加多少水，用多大火候，煮多长时间，都做了详细的

① 见[宋]苏轼《苏轼文集》卷二十。

说明。

苏轼焖肉一经问世，就受到当地群众的喜爱，南方各大餐馆酒店纷纷引进为特色招牌菜。后来，苏轼又在杭州任职，在他的大力推广下，这道菜从江南走向全国，成为流传至今的中华美食，后世以发明人的名字将其命名为“东坡肉”。

壹

苏菜、浙菜、川菜、鄂菜等菜系里都有这道菜，虽然做法各不相同，但都叫东坡肉，以至于全国好几个地方争，到底哪里才是东坡肉的故乡？

东坡肉历史悠久，形成于徐州，发展于黄州，光大于杭州，在全国各地厨师的不断完善下，成为中华美食大家庭中一道名菜。

除了东坡肉，还有东坡肘子，也是苏轼的最爱，用来下酒的话，他一顿能吃一只。

早晨两碗东坡肉，晚上一只东坡肘子，这么吃谁受得了？

很快，苏东坡上火了，两眼赤红，疼痛难忍，跑去看大夫，大夫一见就埋怨：“你怎么现在才来啊？”

苏轼听了大夫这话吓了一跳，赶紧问大夫：“怎么了？很严重吗？我的眼睛是不是保不住了？”

大夫说：“不是，我是说，你再晚来一会儿，我就下班了。”

苏轼说：“好吧，我这种情况，您看应该怎么办？”

大夫龙飞凤舞给开了几服药，再三叮嘱苏轼：“要忌口，不能再吃肉了。”

苏轼一听就急了，不让吃肉，生活还有什么意义？

当天回去，他在黄州日记中写道：“余患赤目，或言不可食脍。余欲听之，而口不可，曰：‘我与子为口，彼与子为眼，彼何厚，我何薄？以彼患而废我食，不可。’”[①]我眼睛疼，又不是嘴巴疼，凭啥不让我吃肉？

照吃不误。

苏东坡一直跟别人说自己信仰佛教，平时佛珠手串不离手，也有几个大师朋友，没事儿喜欢跑到庙里，喝个茶，参个禅，打个坐，拜个佛，念个经。

据《东坡志林》记载：“东坡食肉诵经，或云：‘不可诵。’坡取水漱口，或云：‘一盌水如何漱得！’”

和尚说：“饮酒吃肉，这是犯了大戒，吃肉了就不能诵经，漱口管什么用？”

苏东坡说：“惭愧，看来要那些高僧大德才可以。”[②]

贰

苏轼因言获罪，被贬异乡，换作旁人，多半意志消沉，一蹶不振。但苏轼不同，他是一个特别乐观的人，善于苦中作乐。

到了黄州，他发现，这个地方紧临长江，鱼和竹笋特别美味，十分欣喜，作《初到黄州》诗一首：

自笑平生为口忙，老来事业转荒唐。

长江绕郭知鱼美，好竹连山觉笋香。

---

① 见[宋]苏轼《东坡志林》卷一。

② [宋]苏轼《东坡志林》卷二：“惭愧，阇黎会得。”

逐客不妨员外置，诗人例作水曹郎。
只惭无补丝毫事，尚费官家压酒囊。[①]

什么地位，什么金钱，什么名誉，除了吃喝，都是小事。

苏轼不光会做肉，做鱼也是一把好手，“在黄州，好自煮鱼”，“尝亲执鎗匕，煮鱼羹以设客”[②]，亲自下厨烹饪。

他在《煮鱼法》一文中，详细介绍了鱼的做法：“以鲜鲫鱼或鲤治斫，冷水下。入盐如常法，以菘菜心芼之，仍入浑葱白数茎，不得搅，半熟，入生姜、萝卜汁及酒各少许，三物相等，调匀，乃下。临熟，入橘皮线，乃食之。”[③]

味道咋样？“客未尝不称善”，“其珍食者自知，不尽谈也”[④]。客人吃了没有不夸好的，苏轼出品，风味独特，谁吃谁知道，不多说了。

一个真正的吃货，就是不光会吃，还会做；不光自己一个人吃，还要时不时请别人一起吃，对别人的邀请，更是来者不拒，有求必应。

你请我帮忙写个诗填个词，对不起，没时间。你要请我吃饭？好的，没问题。

没人请也没关系，看谁家做好吃的，咱主动点，自己去。

隔壁老刘家做米粉饼子，香气四溢，苏轼闻着了，一定会上门蹭饭，顺便再喝两杯，酒足饭饱之后，赋诗二首：

一杯连坐两髯棋，数片深红入座飞。

---

① 见[宋]苏轼《苏轼诗集》卷二十。
② 见[宋]苏轼《苏轼文集》佚文汇编。
③ 见[宋]苏轼《苏轼文集》卷七十三。
④ 见[宋]苏轼《苏轼文集》。

十分潋滟君休诉，且看桃花好面皮。

野饮花间百物无，杖头惟挂一葫芦。
已倾潘子错著水，更觅君家为甚酥。[①]

这首诗没听过吧？酒后戏作，不值一提，比不了“但愿人长久，千里共婵娟”那么有名。

但这首诗的题目请大家一定要记住，因为这可能是宋代诗词中，标题最长的一首，一共五十五个字——“刘监仓家煎米粉作饼子余云为甚酥潘邠老家造逡巡酒余饮之云莫作醋错著水来否后数日余携家饮郊外因作小诗戏刘公求之二首”。

为了蹭人家顿饭，苏轼也是拼了。

叁

苏轼一生仕途坎坷，宦海浮沉，数次被贬。宋哲宗绍圣元年（公元一〇九四年），五十八岁的苏东坡又被贬到了更偏远的广东惠州。

宋代的广东可不比现在，那是一个穷乡僻壤、全国最贫困的地区，食物极度匮乏，根本没有猪肉可吃，“市井寥落，然犹日杀一羊”，整个集市一天只杀一只羊，价钱贵得离谱。

怎么办？在这个世界上，没有任何困难能难倒一个吃货，买不起羊肉，就买便宜的羊脊椎骨，俗称羊蝎子。买回来以后，苏东坡一头扎进厨房，经过反复研究实验，发明了苏轼牌烤羊蝎子。

在给弟弟的信中，苏轼不厌其烦地讲述烤羊蝎子的美味：“骨间亦

---

① 见[清]吴之振、吕留良、吴自牧《宋诗钞初集》。

有微肉，熟煮热漉出，渍酒中，点薄盐炙微燋食之。终日抉剔，得铢两于肯綮之间，意甚喜之。如食蟹螯，率数日辄一食，甚觉有补。”①外焦里嫩，香气扑鼻，吃法就像吃螃蟹，几天吃一次，感觉还大补呢。

“子由三年食堂庖，所食刍豢，没齿而不得骨，岂复知此味乎？戏书此纸遗之，虽戏语，实可施用也。然此说行，则众狗不悦矣。”②兄弟你这三年一直在吃单位食堂，是没吃过这么好吃的东西，不是开玩笑，确实好吃，唯一不好的是，每次骨头都被啃得太干净，家里的狗都有点不高兴了。

吃完羊蝎子，再上一道餐后水果，广东这个地方，啥都缺，就是不缺水果，特别是荔枝，“厚味高格两绝，果中无比，惟江瑶柱、河豚鱼近之耳”③。只有干贝与河豚可以媲美。

怪不得“一骑红尘妃子笑”呢，苏轼吃荔枝不要命，一天能吃三百个，大快朵颐之后，作《食荔枝》诗一首：

罗浮山下四时春，卢橘杨梅次第新。
日啖荔枝三百颗，不辞长作岭南人。④

哪怕为了荔枝，做个广东人，也挺好。

没想到，没过几年，广东人也不让做了，朝廷又将苏轼调到了更偏远的地方——海南儋州。

别说在宋代，就是现在，那里也是天涯海角。那一年，苏轼已六十二岁高龄，到岛上一看，“食无肉，病无药，居无室，出无友，冬

① 见[宋]苏轼《苏轼文集》卷六十。
② 见[宋]苏轼《苏轼文集》卷六十。
③ [宋]苏轼《四月十一日初食荔枝》诗，见《苏轼诗集》卷三十九。
④ 见[宋]苏轼《苏轼诗集》卷四十。

无炭，夏无寒泉”[①]。蛮荒之地，要啥没啥，苏轼不由感叹：“一把年纪来这种地方，估计是回不去了，到了海南，第一件事就是给自己做口棺材，第二件事就是找墓地，死了就埋葬在这里。”[②]

既来之，则安之，青山处处埋忠骨，哪里都有好吃的。在儋州，苏东坡的饮食结构又有了新的拓展，这么说吧，在海南，天上飞的，地上跑的，水里游的，万物皆可食。

刚开始苏轼也不适应，看到闻到就想吐，可入乡随俗是吃货的基本功，苏东坡慢慢也就习惯了这些杂七杂八的野味。

除此之外，苏轼在海南最大的收获，是发现了一种特别好吃的海鲜：生蚝。

在《食蚝》一文中，苏轼介绍了他做生蚝的方法：“剖之，得数升。肉与浆入水，与酒并煮，食之甚美，未始有也。又取其大者，炙熟，正尔啖嚼。”[③]

简直太好吃了，忍不住写信告诉儿子：“无令中朝士大夫知，恐争谋南徙，以分此味。”[④]千万别告诉朝中的叔叔们，万一他们知道了，都争着来海南，那就糟了。

肆

宋徽宗元符三年（公元一一〇〇年），朝廷大赦天下，苏轼终于被调回京城，返乡途中，经过常州，有人请他吃河豚。

河豚，号称“扬子江中第一鲜”，是鱼中的王者、苏轼的最爱。早

① 见[宋]苏轼《苏轼文集》卷五十五。
② [宋]苏轼《与王仲敏书》：“某垂老投荒，无复生还之望……今到海南，首当做棺，次便做墓……死则葬于海外。”见《全宋文》卷一九一零。
③ 见[宋]苏轼《苏轼文集》佚文汇编。
④ 见[明]陆树声《清暑笔谈》。

年苏轼曾有诗云：

> 竹外桃花三两枝，春江水暖鸭先知。
> 蒌蒿满地芦芽短，正是河豚欲上时。[①]

不吃河豚，焉知鱼味？虽说做不好的话容易中毒，但这样的人间极品，岂能错过？苏轼欣然赴宴。

席间，主家小心翼翼地问："苏老师，味道咋样啊？"

人家为啥要请你吃饭？就是想让你给点评一下，毕竟以苏轼在餐饮界的名望，美言几句的话，名人效应是显而易见的。

可苏东坡呢，根本不理人家，埋头猛吃，一言不发，直到把盘子里的鱼吃得一干二净，才放下筷子，长出一口气，说了一句："也值得一死。"

一语成谶。几天后，苏轼病逝于常州，享年六十五岁。

作为一代文学巨匠，提起苏东坡，人们总是先想到那些脍炙人口的诗词。其实，苏轼自己心里最清楚，他真正喜欢和看重的，并不是"大江东去浪淘尽"，而是——吃。

苏东坡爱吃，懂吃，会吃，在他流传下来的众多诗词中，有五十多首与吃有关，猪肉、羊蝎子、兔肉、河豚、鲫鱼、鲈鱼、螃蟹、竹笋、荔枝、龙眼、桃、梨、枣、蒲桃、石榴、黄柑……凡美味皆可入诗。

以他的名字命名的美食，更是数不胜数：东坡肉、东坡肘子、东坡墨鱼、东坡豆腐、东坡羹、东坡虾……

苏轼的一生，是在美食的道路上不断探索的一生。林语堂曾评价

---

① [宋]苏轼《惠崇春江晚景二首》（其一），见《苏轼诗集》卷二十六。

说："苏东坡是一个不可救药的乐天派，一个伟大的人道主义者，一个百姓的朋友，一个大文豪，大书法家，创新的画家，造酒实验家，一个工程师，一个假道学的憎恨者，一位瑜伽术修行者，佛教徒，巨儒政治家，一个皇帝的秘书，酒仙，心肠慈悲的法官，一个政治上的坚持己见者，一个月夜的漫步者，一个诗人，一个生性诙谐爱开玩笑的人。"①

林语堂少说了一句，苏轼还是一个非常专业的美食家。

① 林语堂《苏东坡传》。

晏几道

我和我的小姐姐们

晏几道又上热搜榜了。

据《大宋娱乐周刊》报道，号称“国民老公”的京城四少之一，当朝宰相晏殊之子晏几道已连续数周雄踞热搜榜榜首，至于上榜的原因，当然还是那些花边新闻。

这位晏公子是京城娱乐圈出了名的情场浪子，换女友的频率奇高，一直以来，《晏几道究竟有几个女朋友？》《晏几道新恋情曝光》《晏几道历任女友盘点》等八卦新闻总是被大家津津乐道，是饭桌上永不过时的话题。

晏几道，自号小山，平素行事高调张扬，对个人感情问题从不遮遮掩掩，每次不管是恋爱了，分手了，思念现任了，还是回忆前任了，都会提笔作词抒发情感，并在微博上发布，久而久之，居然积攒下了几百首作品，后来集结成册出版，命名为《小山词》。

对此，评论界给予了高度评价，称：“北宋晏小山工于言情，出元献、文忠之右……而措辞婉妙，则一时独步。”①意思是比他父亲晏殊和文坛领袖欧阳修写得还好。

---

① 见[清]陈廷焯《白雨斋词话》卷一。

壹

总有人说，不要让孩子输在起跑线上。然后，家长就给孩子报各种学习班，各种兴趣班，各种特长班，各种补习班，各种一对一辅导。

可是人生的起跑线，难道不是由父母的位置决定的吗？何苦为难孩子呢？

是的，世界就是这么不公平，有些人的起点，可能是你奋斗一生都无法到达的终点。

比如晏几道，一出生就是锦衣玉食，众星捧月。父亲晏殊，官居相位，德高望重，权倾朝野，而且是文坛大家，红遍天下的那句“无可奈何花落去，似曾相识燕归来”就出自父亲晏殊之手。

晏殊身居要职多年，门下弟子众多，范仲淹、王安石、欧阳修等一大批赫赫有名的人物都是晏殊一手栽培提拔起来的，晏家在朝中的根基十分深厚。

在这样的家庭背景下，晏几道从小上的是最好的学校，请的是最好的家教，吃的穿的用的玩的，都是顶级名牌，“金鞍美少年，去跃青骢马。牵系玉楼人，绣被春寒夜”①，极尽奢华。

家家有本难念的经，晏殊对儿子晏几道，可以说是又爱又恨。

晏几道是晏殊的第七个儿子，生他那年，晏殊已经四十七岁了，也算是老来得子。

小晏自幼聪颖好学，尤其在诗词创作方面，极具天赋，语言清丽，遣词婉约，完全继承了父亲的衣钵，所以晏殊对他十分宠爱。

但也有让老晏特别生气的地方。

这孩子啊，跟贾宝玉一样，从小在脂粉堆里长大，胸无大志，不思

---

① [宋]晏几道《生查子·闺思》。

进取，终日沉迷于儿女情长，小小年纪就出入青楼妓馆，与娱乐圈里那些网红歌女打得火热，绯闻不断。他的六个哥哥都已先后步入仕途，只有晏几道每天还过着花天酒地的生活。

贰

好景不长，晏几道十七岁那年，父亲晏殊病故了。

举国哀悼，宋仁宗亲自致悼词，对晏殊伟大光辉的一生给予了高度评价，加封晏殊临淄公爵位，赐谥号“元献”，罢朝两日。

晏几道当时并没有意识到，父亲的去世，对他今后的人生意味着什么。

服丧期满后，晏几道很快恢复了声色犬马的生活，夜夜笙歌，依旧与那些小姐姐厮混在一起。

当时，晏公子的绯闻女友有四个：小莲、小鸿、小苹、小云。

当然，实际肯定还要多，这几个只是有据可查的。晏几道的情诗，很多是写给这四个人的。

晏几道对此并不讳言，他在《小山词》序中直言：“始时沈十二廉叔、陈十君龙家，有莲、鸿、苹、云，品清讴娱客。每得一解，即以草授诸儿。吾三人持酒听之，为一笑乐而已。”

就是说，当时经常跟京城四少里的沈廉叔、陈君龙一起喝酒聚会，小莲、小鸿、小苹、小云四个姑娘陪酒助兴，席间晏几道喝高兴了，就即兴作词，让姑娘们现场演唱，他们三个人边喝边听，其乐融融。

那是多么快活的一段日子啊，多年以后，晏几道与姑娘重逢，回忆起当时的场景，仍历历在目，感慨万千：

彩袖殷勤捧玉钟，当年拚却醉颜红。舞低杨柳楼心月，歌尽桃花扇影[①]风。

从别后，忆相逢，几回魂梦与君同。今宵剩把银釭照，犹恐相逢是梦中。[②]

日子就这样一天天过去，时间长了，家里的哥哥嫂子们看不下去了，劝小晏道："兄弟啊，你也老大不小了，总不能一直这么混下去吧？还是得找个正经工作，家里虽然有点积蓄，也不能这么坐吃山空啊。"

小晏起初不理会，后来被唠叨烦了，就说好吧好吧，我去找个工作。

前宰相的儿子，不可能去当个小官，当然得有个差不多的官职。可是，想做官就要有学历，学而优则仕，科举差不多是走仕途的唯一途径。小晏不想走这条路，太辛苦，而且这几年光顾着玩，功课早忘得差不多了，考也考不上，于是，就想利用父亲的关系走一条终南捷径。

叁

当今朝廷，有一半官员是父亲当年的老部下，许多是晏殊一手提拔的。父亲在世的时候，逢年过节大小官吏都排着队往家里送东西，现在给上司的儿子安排个职位应该不是什么难事吧？

晏几道首先找父亲的学生、颍昌知府韩维，递上个人简历和这几年发表的作品。

---

① 一作"底"。
② 见《全宋词》。

韩维收到作品后很快回复，说你的那些词作我都看了，怎么说呢，写得挺好，但是，叔得说你几句啊，你这个人很有才，但品德不行，希望你能好好发挥自己的才能，增强个人道德修养[①]，别整天在娱乐圈瞎混，不要辜负了你父亲和我这个“门下老吏”对你的殷切期望啊！

不愿意帮忙就算了，还训一顿，把晏几道给气得脸都紫了，真是今非昔比啊，人一走茶就凉，当年我父亲活着的时候，你见了我又搂又抱，这孩子真聪明啊，真乖啊，真好看啊，那时候你咋不说我缺德呢？

再换个人试试？算了吧，小晏心里也清楚，这几年，自己仗着父亲的地位飞扬跋扈，谁都不放在眼里，得罪了不少人，如今为了找工作再向那些人低头说软话，实在拉不下这个脸。

晏几道平时待人接物是什么作风？

当年苏轼初到京城，有心结识这位官二代，托黄庭坚引荐，想请晏公子吃顿饭。没想到，晏几道根本不给面子：“今日政事堂中半吾家旧客，亦未暇见也。”[②]当今朝堂之上有一半都是我家的旧日门客，我都没工夫见，你苏轼算老几？

这事儿让苏轼很没面子，十分恼火。

还有一次，蔡京还没当宰相的时候过生日，听说小晏的词写得不亚于晏殊，就让他给整两首。领导既然开了口，你写点“福如东海”“寿比南山”之类的吉祥词让对方高兴高兴得了，晏几道不肯，实在推托不过，就拿出两首完全不相干的作品应付，词中只字不提蔡京。老蔡每次想起这事都一肚子气。

通过这两件事就能看出来，这位晏公子根本不是当官的材料，一点

---

① 丁傳靖《宋人轶事汇编》卷七：“盖才有余，而德不足者……捐有余之才，补不足之德。”

② 见[元]陆友《研北杂志》。

不会利用父亲的地位和声望经营自己的人脉，他那点儿心思，基本都花在风花雪月上了。

既然下面的路走不通，那就走上层路线，当今圣上也是喜欢词的，晏几道熬了一个晚上，创作了一首歌功颂德的《鹧鸪天》，通过父亲老部下的关系，递到了宋仁宗的手上：

碧藕花开水殿凉，万年枝上转红阳。升平歌管随天仗，祥瑞封章满御床。

金掌露，玉炉香，岁华方共圣恩长。皇州又奏寰扉静，十样宫眉捧寿觞。①

宋仁宗看了忍不住夸赞：“果然是虎父无犬子，小晏文采飞扬，颇有乃父遗风。好，收藏了。”

大臣趁着皇帝高兴，马上提议给晏几道安排个位置，没想到，宋仁宗一脸严肃：“这样不合适吧，违反规章制度啊，越是朝廷高官的子女，越应该带头遵章守纪，因为词写得好就破格提拔安排职务，让百姓怎么看？连个像样的学历都没有，能干好工作吗？”硬是给拒了。

父亲生前是一人之下万人之上的宰相，位高权重，门下弟子占据半个朝堂。六个哥哥全是朝廷大臣，两个姐夫一个礼部尚书，一个官至宰相。晏几道本人的词作又受到当今天子的充分肯定。这样的家庭出身，这样的政治背景，天下恐怕无人能及，但因为没有经过科举考试，学历太低，晏几道一生只担任过颍昌府许田镇监、乾宁军通判、开封府判官这样的低微官职，最高做到正八品，仅相当于现在的副县级。

---

① 见《全宋词》。

肆

什么叫成功？不就是当个官或者挣点钱吗，都是身外之物，老子不稀罕。

古来多被虚名误，宁负虚名身莫负。
劝君频入醉乡来，此是无愁无恨处。①

仕途不顺，晏几道索性自暴自弃，回到他所热爱的娱乐圈，继续与青楼歌女为伴，纵酒填词，夜夜笙歌，这里是小晏永不枯竭的创作源泉和精神动力，只有在这里，他才能找到自己存在的价值。

在与众多女友的交往过程中，晏几道创作热情空前高涨，写下大量感人至深的言情诗词，他融合了晏殊词的典雅和柳永词的旖旎，逐渐形成了自己“清新凄婉，高华绮丽”的艺术风格，后世将其与晏殊并称“二晏”，视为宋词婉约派的代表人物。

这是爱情的力量。

鲁迅先生说过：“有至情之人，才能有至情之文。”在晏几道的词中，你能强烈地感受到那种绝非逢场作戏的真情流露。

比如，写给小苹的《临江仙》：

梦后楼台高锁，酒醒帘幕低垂。去年春恨却来时，落花人独立，微雨燕双飞。

记得小苹初见，两重心字罗衣。琵琶弦上说相思，当时明月

① [宋]晏几道《玉楼春》，见《全宋词》。

在，曾照彩云归。[①]

比如，写给玉箫的《鹧鸪天》：

小令尊前见玉箫，银灯一曲太妖娆。歌中醉倒谁能恨，唱罢归来酒未消。

春悄悄，夜迢迢，碧云天共楚宫遥。梦魂惯得无拘检，又踏杨花过谢桥。[②]

比如，写给小莲的《破阵子》：

柳下笙歌庭院，花间姊妹秋千。记得春楼当日事，写向红窗夜月前。凭谁寄小莲。

绛蜡等闲陪泪，吴蚕到了缠绵。绿鬓能供多少恨，未肯无情比断弦。今年老去年。[③]

晏几道常年纵情声色，父亲积攒的那点家底很快被他挥霍一空，毕竟风花雪月是很费钱的，但他从小养成的挥金如土的习惯一直没有改变，家庭经济逐渐陷入困境。

三十七岁那年，晏几道摊上了一场官司。

起因是王安石变法，朝内新旧党争，晏几道的一个朋友因反对变法被拘押，办案人员在案犯家中搜出一首晏几道写的诗：

① 见《全宋词》。
② 见《全宋词》。
③ 见《全宋词》。

小白长红又满枝，筑球场外独支颐。
春风自是人间客，主张繁华得几时？[①]

有人认为这首诗是在讥讽新政，反对改革，便以同党之罪将晏几道逮捕下狱。

亲戚朋友一看，赶紧找关系救人，上下疏通，最后花了不少钱，总算把人给捞出来了。

经过这场变故，晏几道本来就已经捉襟见肘的家境雪上加霜，自此以后，晏几道彻底落魄，几乎到了穷困潦倒的程度。

说来也奇怪，晏几道出狱之后，他的那些女朋友一个个都联系不上了，让他备受打击，一蹶不振。京城风月场中从此缺少了晏公子的身影，颜色顿失。

“落花人独立，微雨燕双飞。”晏几道后期的诗词，基本上都是对从前美好生活的回忆和对昔日女友的相思。学者郑骞在《成府谈词》中说：“小山词境，清新凄婉，高华绮丽之外表，不能掩其苍凉寂寞之内心。”

晏几道常常陷入沉思，当年那些围着自己飞来飞去的小蜜蜂，你们如今都去哪儿了？

伍

好友黄庭坚这样总结晏几道的一生：

仕宦连蹇，而不能一傍贵人之门，是一痴也；论文自有体，不

① 见[宋]赵令畤《侯鲭录》卷四。

肯作一新进士语，此又一痴也；费资千百万，家人寒饥，而面有孺子之色，此又一痴也；人百负之而不恨，己信人，终不疑其欺己，此又一痴也。[1]

就是说小晏这个人啊，家里那么深厚的背景，他都不知道利用，这是第一痴；诗词文章写得那么好，却不去参加科举考试，这是第二痴；风月场上挥金如土，花费千百万，导致家人最后饥寒交迫、穷困潦倒，这是第三痴；得意时那些女人都在骗他的钱，他自己还不知道，觉得那就是爱情，这是第四痴。

总之一句话，这就是个超级大傻瓜。

多年以后，晏几道辗转收到昔日女友小莲的一封信，激动不已，到底还是有人想着我呢，捧着信笺反反复复看了好几遍，当年两人恩爱的场景在眼前一一浮现，不由感慨万千：

手捻香笺忆小莲，欲将遗恨倩谁传。归来独卧逍遥夜，梦里相逢酩酊天。

花易落，月难圆，只应花月似欢缘。秦筝算有心情在，试写离声入旧弦。[2]

小莲，对你的思念是一天又一天，孤单的我还是没有改变，美丽的梦何时才能出现，亲爱的你好想再见你一面。你在他乡还好吗，是否还会想起从前？你在他乡还好吗，是否已经有了太多改变？谁娶了多愁善

---

① [宋]黄庭坚《小山集序》。
② 见《全宋词》。

感的你，谁看了你的日记，谁将你的长发盘起，谁给你做的嫁衣？[①]

此刻，月朗星稀，万籁俱寂，长夜难眠，我是如此想念你，还有们。

晚年，晏几道整理编辑《小山词》，在序言中写道："追惟往昔过从饮酒之人，或垅木已长，或病不偶，考其篇中所记悲欢合离之事，如幻如电，如昨梦前尘，但能掩卷怃然，感光阴之易迁，叹境缘之无实也。"

宋徽宗大观四年（公元一一一〇年），晏几道病逝，享年七十三岁。

许多人为晏几道感到惋惜，觉得他的一生从春风得意到落魄潦倒，充满了悲剧色彩，但晏几道似乎并不在意别人怎么评价自己。每个人有每个人的活法，你并不是我，又怎能了解我的快乐，我就是要执着地面对，任性地沉醉，我并不在乎这是错还是对，就算是深陷，我不顾一切；就算是执迷，我也执迷不悔[②]。

功名利禄在我眼里只不过是过眼云烟，就算获得了世俗眼中的成功又能怎样？人生如梦，世事无常，谁又能保证一生一世荣华富贵？眼见他起朱楼，眼见他宴宾朋，眼见他楼塌了，待繁华散尽，尘归尘，土归土，能被后人记住的，恐怕只有那些诗词。

正所谓："功名如粪土，文章千古事。"

这，才是真正的不朽。

---

① 歌词串烧，分别出自中国台湾歌手黄品源《你怎么舍得我难过》（收录于专辑《男配角心声》，一九九〇年发行），中国大陆歌手李进《你在他乡还好吗》（收录于专辑《你在他乡还好吗》，一九九四年发行），中国大陆歌手老狼《同桌的你》（收录于《恋恋风尘》，一九九五年发行）。

② 歌词，出自歌手王菲《执迷不悔》，收录于专辑《执迷不悔》，一九九三年发行。

秦观

宋朝好声音兴亡史

宋神宗元丰二年（公元一〇七九年）岁末，万众瞩目的“元丰音乐十大风云人物暨MTV年度十大金曲评选”在东京汴梁拉开了帷幕。

这是娱乐圈一年一度的超级盛典，群星闪耀，大咖云集。

三十岁的秦观早早从江南赶到京城，在酒店安顿好之后，洗个澡，吹个头，换上正装，准备出席当晚的颁奖盛典。

壹

秦观，字少游，江苏高邮人。作为婉约派的作词新秀，近年来，秦观的作品风靡全国各大青楼，深受小姐姐们的欢迎，风头直逼当年奉旨填词的词界天王柳永。

盛典前夕，《大宋娱乐周刊》《宋朝好声音》《金曲榜中榜》等权威媒体纷纷在头版头条以“婉约派风云再起，十大金曲榜首花落谁家”为题，发表预测文章，一致看好秦观的《满庭芳·山抹微云》。

这差不多是今年最流行的词，客人去青楼必点曲目：

山抹微云，天连衰草，画角声断谯门。暂停征棹，聊共引离尊。多少蓬莱旧事，空回首，烟霭纷纷。斜阳外，寒鸦万点，流水绕孤村。

销魂，当此际，香囊暗解，罗带轻分。谩赢得青楼，薄幸名存。此去何时见也，襟袖上，空惹啼痕。伤情处，高城望断，灯火已黄昏。①

这是秦观的得意之作，开篇一句“山抹微云，天连衰草”，意境高远，尤其一个“抹”字，出语新奇，别有意趣。有人说，就凭这一句，便足以流芳词史。秦观也因此被戏称为“山抹微云君”。

这里说明一下，宋词最初就是歌词，是可以唱的，每个词牌都有固定的曲调，作者“倚声填词”，供青楼的文艺工作者演唱，这也是宋词的主要传播途径。

《满庭芳·山抹微云》入选“年度十大金曲”几乎毫无悬念，人们唯一关心的是，秦观会有几首曲目入选？《满庭芳》会不会荣登榜首？

面对记者的提问，秦观的表现很得体：“得不得奖不重要，重在参与，能为歌迷朋友们创作出更多更好的作品，能为大宋歌坛做一点力所能及的贡献，是我最大的心愿。”

任何评奖只要不是现场公开唱票，那各大奖项肯定早就提前定好了，颁奖嘉宾装模作样现场公布，获奖选手装模作样紧张万分然后惊呼狂喜，都是为了收视效果。

事实上，活动主办方在两天前就已经把结果告诉秦观了，不但是第一名，而且晚会安排的开场歌舞，就是《满庭芳·山抹微云》。

送走记者，秦观拿出昨晚写好的获奖感言，对着镜子做最后一次演

① 见《全宋词》。

练：“谢谢！谢谢！很激动，没想到会拿到这个奖。在这里，我要感谢大宋TV，感谢元丰音乐，感谢大赛组委会，感谢我的父母、我的家人。另外，还要特别要感谢我的歌迷，没有你们一直以来的支持，就没有我的今天，谢谢大家！再次感谢！我会继续努力！”

贰

任何事情都别高兴得太早，不到最后一刻，你永远不知道下面会发生什么。

就在晚会开始前一个小时，主办方突然宣布，原定盛典开场演出曲目《满庭芳·山抹微云》由于技术原因取消，作品同时退出本次评奖。

什么情况？秦观当时就蒙了，问了一圈人，没一个能告诉他到底是怎么回事。

事后，秦观听到坊间传言说，有人指出他的作品有严重的政治问题，表面看是描写男女恋情，其实是感叹自己仕途不遇，宣泄对社会的不满情绪。

还有人说，是因为作品内容庸俗，格调低下，“销魂，当此际，香囊暗解，罗带轻分”等赤裸裸的描写，十分不雅，所以被紧急叫停。

对于民间的种种猜测，主办方并未给予证实。

让人意想不到的是，《满庭芳》退出评奖，反而使作品得到更广泛的传播，因为大家都很好奇：词里到底写了些什么才被禁？秦观本人，也因此名噪一时。

尽管如此，但没有得到官方的认可，对秦观的打击依然很大。他开始终日辗转流连于各大青楼，花天酒地，夜夜笙歌，没钱结账便作词冲抵，比如这首《浣溪沙》：

漠漠轻寒上小楼，晓阴无赖似穷秋。淡烟流水画屏幽。
自在飞花轻似梦，无边丝雨细如愁。宝帘闲挂小银钩。[①]

名气大了就是不一样，即兴之作也颇受欢迎，很快便成为KTV必点歌曲。可以毫不夸张地说，当时没有任何一家青楼的小姐姐不会唱秦观写的歌，也只有在这里，秦观才能找到自己的价值。

但是这样下去怎么行啊？他的老师苏轼实在看不下去了，在青楼找到他，语重心长地劝道："小秦啊，你这是准备学柳永在青楼混一辈子吗？现在这个社会，光靠写词养活不了自己的，还是应该找份正经工作啊，去参加科举考试吧。"

在苏老师的再三劝说下，秦观忍痛跟青楼的小姐姐们一一告别，回家闭门苦读备考。

到底是家学渊源，文学功底深厚，再加上临阵磨枪，秦观果然不负众望，两次参加科举，两次落榜。

叁

一个人只有在失意的时候，才能看清谁是真正的朋友。

人生的至暗时刻，还是苏轼老师过来安慰他："没关系，小秦，要相信自己，不是你学习成绩不好，主要是考试内容不适合你，如果考填词，大宋谁能考得过你？不录取你是他们的损失。这样，你再复读一年，我也给你找找人，打打招呼，下次一定可以的，我看好你。"

秦观与苏轼相比，年龄差了整整一轮。苏轼在北宋词坛如日中天的

① 见《全宋词》。

时候，秦观还是个名不见经传的新人。

二人词风迥异，一个是豪放派的掌门，一个是婉约派的新秀，但秦观却是苏轼最得意的学生，与黄庭坚、晁补之、张耒并称“苏门四学士”。

苏轼经常笑话秦观的词写得像柳永，阴柔有余，阳刚不足，女里女气，唱出来简直就是靡靡之音。但同时又十分欣赏他的才华，称其“有屈（原）宋（玉）之才”，所以总是利用自己在文坛的声望，对秦观极力提携。

秦观对苏轼更是仰慕已久，两人原本并不相识，苏轼在徐州任职时，秦观专程拜谒，写诗求见：“我独不愿万户侯，惟愿一识苏徐州。”可谓惺惺相惜。

二人亦师亦友，交往甚密。为了秦观科举考试的事，苏轼真没少下功夫，四处活动。在秦观第三次考试前，苏轼甚至专程跑到江宁，向王安石力荐秦观，极力称赞他的才学：“愿公少借齿牙，使增重于世。”[①]无论如何请您帮忙跟朝廷打打招呼，以增加一点录取的希望。

王安石官职地位高于苏轼，说话自然比苏轼管用，但王安石是变法派，苏轼是保守派，两人一向政见不合，这次苏轼为了秦观，竟然不惜拉下面子，足见他对秦观的赏识。

在两位文坛前辈的极力推荐下，宋神宗元丰八年（公元一〇八五年），三十六岁的秦观终于进士及第，从一个民间词人进入了朝廷，历任定海主簿、蔡州教授、太学博士、秘书省正字兼国史院编修官等职。起初的几年，仕途还算顺畅。

---

① 见[宋]苏轼《苏诗文集》卷五十。

肆

以前在娱乐圈混，靠的是才华和银子；如今在官场上混，拼的是人脉和靠山。

苏轼就是秦观的靠山，可以说，从踏入政坛的第一天起，秦观的命运就跟苏轼紧紧连在了一起，这也成为困扰他一生的症结所在。

二人的特殊关系引来社会上不少非议，秦观在工作上干出点成绩，别人会说，还不是凭借苏轼的关照；创作上写了篇爆款，别人又说，还不是靠着苏轼的指点。

还有人说，秦观经常去苏府拜访，与苏轼形影不离，其实是因为秦观一直暗恋苏轼的小妾王朝云，为此秦观还专门写过一首《南歌子·赠东坡侍妾朝云》：

霭霭凝春态，溶溶媚晓光。何期容易下巫阳，只恐使君前世是襄王。

暂为清歌驻，还因暮雨忙。瞥然归去断人肠，空使兰台公子赋高唐。[①]

什么意思？不重要，反正就是一首撩妹的情诗。

明代有一个叫冯梦龙的更过分，在自己的公众号“醒世恒言”上，居然编了个《苏小妹三难秦少游》的故事，说苏轼有个妹妹叫苏小妹，跟秦观一见钟情，不久两人成婚。洞房花烛之夜，苏小妹连出三道题测试秦观的才学，答不上来就不让进屋，秦观被第三道题难住了，在洞房外急得抓耳挠腮，幸亏大舅哥苏轼仗义相助，才让秦观圆了房。也就是

① 见[明]陈耀文《花草粹编》。

说，秦观其实是苏轼的妹夫。

说得有鼻子有眼，文章被各大平台转发，“醒世恒言”从一个不为人知的小号，一跃成为坐拥粉丝数百万的大V。

把秦观和苏轼给气得，这都哪儿跟哪儿？苏轼说，我只有姐姐和弟弟，哪儿冒出来的妹妹？你们这些自媒体啊，就这么喜欢造谣吗？不好好整治一下怎么得了？！

总之，秦观不仅在生活中与苏轼交往甚密，在政治上更是始终与苏轼保持一致，荣辱与共。

宋哲宗元祐九年（公元一〇九四年），朝廷新旧党争再起，新党再次得势，秦观和苏轼等人一起被贬出京。苏轼被贬到了广东，秦观被贬到杭州，后来又改任湖南郴州监酒税一职，也就是税务局一个科级干部。

伍

背井离乡，事业受挫，秦观日渐消沉。

人一旦在事业上没有了追求，生活上的低级趣味就会乘虚而入。很快，纵情声色的青楼生活再次成为秦观的日常。

长沙，鹊仙楼，秦观微服私访，在这里遇到了一个叫小丽的妹子，千娇百媚，风情万种，秦观沉迷于美色不能自拔，从此便经常往返于郴州、长沙之间。

小丽一开始只知道这位出手阔绰的大叔是附近县里的小领导，后来才了解到，大叔竟是名满天下的词坛大咖秦观秦老师，店里很多小姐姐都在唱他写的歌。小丽不由心生敬佩，更加尽心服侍，一来二去，竟然对秦观动了真感情。

人的欲望永远没有止境，起初秦观每个星期来一次，小丽就很开心，后来不行了，天天都想见，最后竟然提要求："你把我赎出去吧，我以后跟着你，给你做妾。"

秦观虽然也喜欢小丽，但小丽到底是风尘女子，娶回家别人不笑话吗？所以总是敷衍应付："不求天长地久，但求曾经拥有，只要我们心里想着对方，人在不在一起又有什么关系呢？"

小丽说："你可拉倒吧，别拿这套滥词忽悠我了，我可听多了跟你说。"

三天两头逼着秦观为她赎身，逼急了秦观就说："好吧好吧，既然你这么在意名分，那我下个星期天就来接你，带你一起走。"

小丽很开心，兴奋得一夜没睡。好不容易等到了约定的日子，小丽早早起来收拾好行李，一边等着秦观，一边在脑海里憧憬着婚后的幸福生活，连孩子的名字都想好了。

结果，人没等来，等来一封信，打开一看，是一首词，叫《鹊桥仙》：

纤云弄巧，飞星传恨，银汉迢迢暗度。金风玉露一相逢，便胜却人间无数。

柔情似水，佳期如梦，忍顾鹊桥归路。两情若是久长时，又岂在朝朝暮暮。[①]

小丽说："骗子！全是骗人的，男人果然没一个好东西！"

---

① 见[宋]秦观《淮海词》。

陆

这首《鹊桥仙》后来经过小丽的演唱，很快红遍了大江南北，特别是那句“两情若是久长时，又岂在朝朝暮暮”更是成为异地恋男女经常引用的金句。

秦观也因这首词奠定了他在北宋文坛的地位，被尊为婉约派“一代词宗”。

宋哲宗元符三年（公元一一〇〇年），秦观又被安置到广东雷州任职，距离家乡越来越远，距离苏轼却越来越近。

当时苏轼早已从广东惠州贬到了海南儋州，不久又从海南调到广西廉州，六月赴任途中，刚好经过秦观所在的雷州。

分别多年的一对师徒终于在异乡见面。

岁月如刀，彼此一看对方的样子，不免心酸，都老了。特别是秦观，才五十出头，就已两鬓斑白，老态龙钟。

同是天涯沦落人，默默无语两眼泪，什么也别说了，喝酒吧。

这是秦观与苏轼的最后一次见面，分别后，秦观写下了那首沉郁悲凉的《江城子》：

南来飞燕北归鸿，偶相逢，惨愁容。绿鬓朱颜，重见两衰翁。别后悠悠君莫问，无限事，不言中。

小槽春酒滴珠红，莫匆匆，满金钟。饮散落花，流水各西东。后会不知何处是，烟浪远，暮云重。[①]

三个月后的九月十七日，秦观病逝于广西滕州，时年五十一岁。

---

① 见[宋]秦观《淮海词》。

噩耗传来，苏轼不禁老泪纵横，长叹一声道："少游已矣，虽万人何赎。"这是北宋文坛的巨大损失啊，他的才华一万个人也换不来。

秦观一生创作的词只有一百多首，却写过四百三十多首诗、二百五十多篇散文，诗文数量远远超过词作。

那又怎样呢？艺术这种事，比的不是数量，秦观被世人铭记于心的，恰恰是他那些淡雅含蓄、婉转柔美的词作，后世评价秦词："首首珠玑，为宋一代词人之冠。"

秦观去世一年后，苏轼也客死他乡。

秦观的后人在整理他的遗物时，发现了他写给苏轼的一首《千秋岁》，细细读来，竟似绝笔之作：

水边沙外，城郭春寒退。花影乱，莺声碎。飘零疏酒盏，离别宽衣带。人不见，碧云暮合空相对。

忆昔西池会，鹓鹭同飞盖。携手处，今谁在？日边清梦断，镜里朱颜改。春去也，飞红万点愁如海。[①]

---

① 见[宋]秦观《淮海词》。

周邦彦

跟皇帝抢女人，是一种怎样的体验

这几年，李师师实在是太火了。

自从进入娱乐圈，不满十五岁的李师师就以“人风流、歌婉转”，在汴梁各教坊中崭露头角，见过的人都说，这女子将来必成大器，前途不可限量。

果然，随着年龄的不断增长，工作经验的日益丰富，成年后的李师师色艺双绝，艳压群芳，号称“歌舞神仙女，风流花月魁”，在业内独领风骚，圈粉无数，一跃成为东京汴梁的头牌名妓。

李师师工作的地方叫矾楼，别看名字土气，却是东京汴梁最豪华的娱乐场所。

矾楼里面都有什么？餐饮住宿、歌舞演艺、休闲娱乐……凡所应有，无所不有。

自从李师师入职以来，矾楼的生意火得一塌糊涂，许多客人都是冲着李师师去的，尽管李师师的出场费价格不菲，但为了一睹芳容，客人仍需要至少提前一周预约。

有诗为证：

梁园歌舞足风流，美酒如刀解断愁。

忆得少年多乐事，夜深灯火上矾楼。①

市场就是这样，价格越贵，越不好预约；越不好预约，人们就越好奇，越想体验一下到底好在哪里。慕名而来的客人中，既有一掷千金的超级富豪，也不乏朝廷高官和文化名流，比如著名词人秦观、晏几道、周邦彦等。甚至包括一些江湖人物，比如浪子燕青，都是矾楼的常客。

最令人感动的是，已经八十五岁高龄的词界前辈张先，不顾年老体弱，也被人搀扶着赶来，在领略了师师的风采之后，欣然提笔，写下了那首著名的《师师令》：

香钿宝珥，拂菱花如水。学妆皆道称时宜，粉色有，天然春意。蜀彩衣长胜未起，纵乱云垂地。

都城池苑夸桃李，问东风何似。不须回扇障清歌，唇一点，小於珠子。正是残英和月坠，寄此情千里。②

壹

在社会各界的推波助澜下，李师师的名气越来越大，一时艳名远播。

终于有一天，《大宋娱乐周刊》一篇题为“矾楼门庭若市，师师一票难求，青楼一姐究竟魅力何在？”的报道引起了宋徽宗的注意。

文章在描述“师师现象”火爆京城的同时，还援引了秦观为李师师

① 见《大宋宣和遗事》。
② 见[宋]张先《安陆集》。

写的一首《生查子》：

远山眉黛长，细柳腰肢袅。妆罢立春风，一笑千金少。
归去凤城时，说与青楼道：遍看颖川花，不似师师好。[1]

宋徽宗看罢，沉默良久，轻轻叹了一口气，自此，神情恍惚，茶饭不思。

下属一看，官家这是有心事啊，再一瞅桌上的那首词，立刻就明白了。

这位善于察言观色的下属，是宋徽宗新近提拔的年轻官员，原本是翰林学士苏东坡的秘书，后来在都尉王诜府上工作，业余爱好足球，是都尉府足球队的前锋兼队长，名叫高俅。由于在一次内部足球比赛中的出色表现，被宋徽宗抽调到身边，破格提拔做了殿帅府太尉，掌管禁军，是宋徽宗最信赖的班子成员之一。

高俅俯身上前，低声建议道："官家既然有兴趣，何不微服私访，一探究竟？"

宋徽宗面色一沉，严肃地说："这怎么行呢？身为国君，出入青楼，一旦传出去，你让大臣怎么说？百姓怎么看？不合适！不合适！"连连摆手。

既然领导都说了不去，那就算了吧。如果你是这么想的，这就是你跟人家高太尉之间的差距。

高俅当时就直言相谏："官家操劳国事，日理万机，但因为身居庙堂之高，全然不知这太平盛世，百姓何等安居乐业。官家理应体察

① 见丁傅靖《宋人轶事汇编》卷十四。

民情，了解民意，想百姓之所想，乐百姓之所乐，怎么能一直深居宫中呢？”

宋徽宗听了这话，当时就动心了，发话道：“有理有理，既然如此，那朕就去看一看。注意，轻车简从，千万不要扰民。”

贰

宋徽宗秘密出宫，微服私访，终于见到了魂牵梦绕的李师师，一见之下，惊为天人。

中间到底发生了什么故事，因属个人隐私已无可考证，不过宋徽宗事后倒是留下了一首词，从以下几句中就可见一斑：

浅酒人前共，软玉灯边拥，回眸入抱总含情……

据明代梅鼎祚编撰的《青泥莲花记》所述：“徽宗自政和后，多微行，乘小轿子，数内臣导从往来师师家。”

世上没有不透风的墙，何况是这种事。宋徽宗与李师师的关系很快就成了公开的秘密，就连远在山东的梁山起义军都知道了，一个叫宋江的起义军领袖为了得到招安，夜入矾楼，重金行贿李师师，求她牵线搭桥。

在这种情况下，皇帝的安保问题变得越来越严峻。

直接把李师师接入皇宫不好吗？尽管宋徽宗对师师情有独钟，但迎娶一个青楼女子入宫，是万万行不通的。

关键时刻，还是高俅高太尉会动歪脑筋，创造性地提出了“爱情隧道”计划，从皇宫挖一条地道，直通矾楼。

这就是爱情的力量。

宋徽宗频繁出宫幽会，日子一长，嫔妃们难免嫉妒，后宫三千粉黛闲置，偏要跑出去打野食，为什么？

韦贤妃就曾当面问宋徽宗："这个狐狸精到底有什么本领，让官家如此神魂颠倒？"①

宋徽宗说："没什么，如果你们一百个人全部卸妆素颜，让她混在你们中间，我一眼就能看到她，不是漂亮不漂亮的问题，是气质。"②

一个女人能否吸引男人，容貌自然重要，但更重要的，是这个女人身上与众不同的气质。这里面藏着她读过的书，走过的路，经历过的人，是她的性格，她的品位，她的情趣，她的风韵，她的才艺，明白吗？

众妃听罢，皆默然，一时竟无言以对。

叁

自从宋徽宗与李师师相好以后，矾楼便有了一个明显的变化，顾客明显变少了，特别是李师师那里，几乎门可罗雀，就连秦观、晏几道这些半个月来八回的常客也没了踪影。

这也难怪，你长了几个脑袋，敢跟当今皇帝争女人？

只有一个人例外，李师师的前男友，著名词人周邦彦。

生命诚可贵，爱情价更高，皇帝有啥了不起，只要你们还没结婚，我就有机会，于是，周邦彦继续与李师师保持密切联系。

周邦彦，字美成，号清真居士。《宋史》说他年少时"疏隽少

---

① [清]钱涛《百花弹词·李师师外传》："何物李家儿，陛下悦之如此？"

② [清]钱涛《百花弹词·李师师外传》："无他，但令尔等百人，改艳妆，服玄素，令此娃杂处其中，迥然自别，其一种幽姿逸韵，要在色容之外耳。"

检”，生活放浪，不守礼节，“不为州里推重，而博涉百家之书”。虽然调皮捣蛋不听话，但特别喜欢看书，二十四岁考上了全国最高学府：太学。

但周邦彦最终步入仕途并不是通过科举，而是走了一条捷径。

什么捷径？宋神宗时期，周邦彦在汴京做太学生，模仿汉代《两都赋》写了一篇《汴都赋》，写完后并没有急于发表，而是通过关系，直接献给了当今天子。

《汴都赋》洋洋洒洒七千字，用华丽铺张的笔法描述了当时汴京的盛况，宋神宗一看文章密密麻麻那么长，就让一个大臣读给自己听，结果，赋中好多古文奇字，大臣都不认识，磕磕绊绊竟然读不下来。

宋神宗说真是人才啊，于是破格提拔周邦彦为太学正，也就是留校任职，周邦彦从此步入仕途。

周邦彦诗词文赋无所不能，且精通音律，在词的创作上，他在继承婉约派柳永、秦观词风的基础上，开格律词派先河，与苏轼、柳永三足鼎立，世称“柳俗，苏豪，周律”，被看作宋词发展的第三个里程碑，后世评价：“北宋婉约作家，周最晚出，熏沐往哲，涵泳时贤，集其大成。”[①]将其与杜甫相提并论，称他为“词中老杜”。

周邦彦的词在当时颇受欢迎[②]，歌妓们都喜欢周邦彦写的歌，也就是在那个时候，周邦彦与李师师相识，并开始了一段恋情。

这首《玉兰儿》，就是周邦彦给李师师写的一首情歌：

铅华淡伫新妆束，好风韵，天然异俗。彼此知名，虽然初见，

① 唐圭璋《宋词鉴赏词典》。
② 陈思《清真居士年谱》：“以乐府独步，贵人、学士、市侩、伎女皆知其词为可爱。”

情分先熟。

炉烟淡淡云屏曲，睡半醒，生香透玉。赖得相逢，若还虚度，生世不足。[①]

周邦彦深谙女人心理，知道女人都喜欢听赞美的话，一上来先夸李师师长得好看，虽然是第一次见面，但久仰大名，“虽然初见，情分先熟”；如果上天能让我跟你在一起，“生世不足”，下辈子都爱不够。

这样的甜言蜜语谁听了不高兴？郎才女貌，才子佳人，本来挺好的一段恋情，却突然出现个第三者，让她还不敢拒绝。

这个情敌，偏偏不是一般人，而是个皇帝，简直太讨厌了。

肆

周邦彦每次与李师师约会，都冒着巨大的风险，始终提心吊胆，自然也影响到了约会的质量。

师师劝他：“彦彦，要不算了吧，以后别来了，万一被皇上撞见怎么办？”

周邦彦说：“我不。”依旧如故。

常在河边走，哪有不湿鞋？这一天终于来了。

一天晚上，两人正在房内卿卿我我，宋徽宗忽然驾到，情急之下，周邦彦便躲到了床底下。

宋徽宗带来了江南新进贡的鲜橙，李师师亲手剥开，两人你一口我

① 见《全宋词》。

一口。①

春宵苦短，转眼到了三更时分，宋徽宗要起床回宫，李师师假意挽留："都三更天了，路滑霜浓，行人稀少，不如今晚就别走了吧。"

宋徽宗说："不行啊，明天早上还有个会，必须赶回去。"

宋徽宗走后，周邦彦才从床下爬了出来，一板之隔，亲耳听到的那一幕，让周邦彦心如刀割："我应该在车里，不应该在床底，看到你们有多甜蜜，这样一来，我也比较容易死心，给我离开的勇气。他一定很爱你，也把我比下去，他一定很爱你，比我会讨好你，不会像我这样孩子气，为难着你。"②

李师师说："我能怎么办？不如我们分手吧。"

周邦彦说："其实我不想对你恋恋不舍，但什么让我辗转反侧，不觉我说着说着天就亮了，我的唇角尝到一种苦涩，我是真的为你哭了，你是真的随他走了，就在这一刻，全世界伤心角色，又多了我一个，我是真的为你爱了，你是真的跟他走了，能给的我全都给了，我都舍得，除了让你知道，我心如刀割。"③

周邦彦怀着无比复杂的心情，写下了那首著名的《少年游》，再现了宋徽宗与李师师那一夜的情景，甚至包括两人的对话。④

并刀如水，吴盐胜雪，纤手破新橙。锦幄初温，兽烟不断，相对坐调笙。

低声问：向谁行宿？城上已三更，马滑霜浓，不如休去，直是

① [宋]张端义《贵耳集》："道君（即宋徽宗）幸李师师家，偶周邦彦先在焉。知道君至，遂匿床下。道君自携新橙一颗，云江南初进来。遂与师师谑语。"
② 歌词，化用新加坡歌手阿杜《他一定很爱你》，收录于专辑《天黑》，二〇〇二年发行。
③ 歌词，出自中国香港歌手张学友《心如刀割》，收录于专辑《走过1999》，一九九九年发行。
④ [宋]张端义《贵耳集》："邦彦悉闻之，隐括成《少年游》云。"

少人行。[1]

伍

这首词后来传遍了汴京城的大街小巷，宋徽宗这才知道，那天晚上房间里还有一个人，不由恼羞成怒：居然敢跟朕抢女人！跟朕抢女人也就算了，还在床下偷听；偷听也就算了，还写出来到处宣扬，是可忍孰不可忍？！

换作别的皇帝，直接杀了周邦彦，诛灭九族都有可能。

但是，宋徽宗并没有这样做，生了几天闷气，只是借着官职调整的机会，把情敌降职调离了京城。

更难得的是，对于李师师的用情不专，宋徽宗并没有丝毫责怪。没几天，他就去找李师师，结果正碰见李师师才从外面回来，两眼哭得通红。

宋徽宗问："去哪儿了？"

李师师说："去送个朋友。"

宋徽宗立刻就明白了："是去送周邦彦了吧？"

李师师坦然承认："是。"

宋徽宗醋意大发，问："郎情妾意，十里相送，周邦彦是不是又写了什么新词？"

李师师说："还真写了一首，我这就唱给你听。"

柳阴直，烟里丝丝弄碧。隋堤上，曾见几番，拂水飘绵送行

① 见《全宋词》。

色。登临望故国。谁识，京华倦客？长亭路，年去岁来，应折柔条过千尺。

闲寻旧踪迹。又酒趁哀弦，灯照离席。梨花榆火催寒食。愁一箭风快，半篙波暖，回头迢递便数驿，望人在天北。

凄恻，恨堆积。渐别浦萦回，津堠岑寂。斜阳冉冉春无极。念月榭携手，露桥闻笛。沉思前事，似梦里，泪暗滴。①

这首《兰陵王·柳》，以柳为题，写离愁别绪，萦回曲折，荡气回肠，经李师师的演唱，更是情深意切，催人泪下。

宋徽宗是历史上著名的文艺皇帝，诗词音律造诣颇深，听罢不由感叹："这个周邦彦还真是个音乐方面的人才！算了，你也别再伤心了，我这就召他回京。"不但不追究周邦彦的责任，还任命他为大晟府提举，也就是皇家歌舞团团长兼东京音乐学院院长。

我就问你，这样的好老板，上哪儿去找？

作为皇帝的情敌，周邦彦此后也并未受到任何打击报复。

宋徽宗宣和三年（公元一一二一年），周邦彦病逝于河南商丘，享年六十四岁，临终之时，仍对李师师念念不忘。

六年后，也就是宋徽宗靖康二年（公元一一二七年），金兵攻下汴京，徽、钦二帝与众嫔妃朝臣等共计三千余人被俘北上，史称"靖康之耻"。

汴京城生灵涂炭，被洗劫一空，李师师生死未知，下落不明。

有人说她将多年积蓄捐为宋军军饷，在慈云观出家做了道士；有人说她乔装南渡，在江南重操旧业，靠卖唱为生；还有人说她被金人所

① 见《全宋词》。

虏，不甘受辱，拔下头发上别着的金簪自刺喉咙，不死，又折断金簪吞下去，自尽而亡。

被囚禁在金国三姓城（也叫五国城，今黑龙江依兰）的宋徽宗曾派人多方打探李师师的下落，听到李师师自杀的传言后，悲伤不已，作诗悼念：

苦雨西风叹楚囚，香销玉碎动人愁。
红颜竟为奴颜耻，千古青楼第一流。

欧阳修

有些事，
你永远无法解释

宋仁宗庆历五年（公元一〇四五年），京城发生了一起通奸案：人妻张氏与府中的仆人偷情，被丈夫抓了个现行，丈夫一怒之下，将这对奸夫淫妇告上了法庭。

这本是一桩平常的民事案件，但当事双方的身份却颇为引人关注。

被戴了绿帽子的男子叫欧阳晟，是当朝官员、文坛领袖欧阳修的侄子。

而偷情的张氏，是欧阳修妹妹的前夫的前妻的女儿，也就是欧阳修的外甥女。虽然没有血缘关系，但张氏自幼丧父，欧阳修一手将其抚养长大。等张氏成年后，欧阳修又做主将她许配给了自己的侄子，这种近亲联姻在过去并不少见。

亲戚家里出了这种丑事，对欧阳修自然会有些影响，如何处理？吃瓜群众早早搬出小板凳坐好，拭目以待。

那个时候，所有人都没有预料到，更大的瓜还在后面。

开封府负责审理此案，随着庭审的逐步深入，张氏不但承认与家中仆人有奸情，还供述出自己婚前曾与舅舅欧阳修有染。①

---

① 《续资治通鉴》卷第四十七："初，修有妹适张龟正，卒而无子，有女实前妻所生，甫四岁，无所归，其母携养于外氏，及笄，修以嫁族兄之子晟。会张氏在晟所与奴奸，事下开封府。权知府事杨日严前守益州，修尝论其贪恣，因使狱吏附致其言以及修。谏官钱明逸遂劾修私于张氏，且欺其财。"

社会舆论一下子就炸了：舅舅跟外甥女，这可是乱伦！而且还是大名鼎鼎的写过《醉翁亭记》和《卖油翁》等名篇的欧阳修！

欧阳修是谁？“唐宋八大家”之一，与韩愈、柳宗元、苏轼合称“千古文章四大家”，宋代文学史上最早开创一代文风的文坛领袖，苏轼、苏辙、苏洵、曾巩、王安石、司马光等名家均出自其门下，可谓德高望重，桃李满天下。

所以，欧阳老师乱伦？不可能的，一定是诬陷，我就问你，有证据吗？

法庭上，张氏出示了欧阳修早年写给她的一首词《望江南·江南柳》：

江南柳，叶小未成阴。人为丝轻那忍折，莺嫌枝嫩不胜吟。留著待春深。

十四五，闲抱琵琶寻。阶上簸钱阶下走，恁时相见早留心。何况到如今。[①]

什么意思？多读几遍，自己慢慢体会。总之，这首艳词成了欧阳修勾搭外甥女的罪证。

一石激起千层浪，这件事立刻成为社会舆论的焦点，连续数周占据热搜榜榜首，各大媒体连篇累牍报道，《大宋日报》更是在头版头条发出一连串的诘问：文坛巨匠身陷“盗甥门”，是人性的泯灭，还是道德的沦丧？背后的真相究竟如何？

---

① 见《全宋词》。

壹

欧阳修，字永叔，号醉翁，生于四川绵阳，父亲是当地一名小官吏，五十六岁老来得子，生下欧阳修。

欧阳修三岁那年，父亲病故，孤儿寡母投奔叔叔生活。母亲郑氏，出身书香门第，亲自辅导欧阳修学习，买不起笔墨，就用芦苇秆当笔，在地上教他写字，史称“画荻教子”。

据《文忠集·欧阳修年谱》中说，欧阳修少年时期“家益贫，借书抄诵”，后来得到韩愈的《昌黎先生文集》六卷，爱不释手，“为诗赋，下笔如成人”。当地人都说：“奇童也，他日必有重名。”

欧阳修自己也是信心十足，踌躇满志，十六岁参加科举考试，意外落榜，复读三年后再考，再次落榜。

什么情况？当地学霸啊，为什么屡战屡败？欧阳修想不通。

在当地做小官吏的叔叔毕竟见多识广，说：“瓜娃子，你在绵阳这个小地方学习成绩好算个锤子，全县每年才有几个考上985、211的？要想出人头地，你必须到大城市去。”

首都的师资力量果然不一样，欧阳修告别家乡，到东京汴梁仅仅补习了一年，参加开封府国子监考试，便获得广文馆试第一名，称“监元”；接着参加国学解试，依旧是第一名，称“解元”；第二年参加礼部省试，再次蝉联第一名，称“省元”。

连中三元之后，欧阳修一时意气风发，颇有傲视天下举子之意。

宋仁宗天圣八年（公元一〇三〇年），二十三岁的欧阳修参加由当今皇帝宋仁宗亲自主持的殿试，发挥依然出色。

据当时担任主考官的晏殊后来回忆，欧阳修交卷出考场时扬扬自得、颇为自负，晏老师担心他再次夺魁会骄傲自满、目中无人，本着对年轻人的关爱之心，有意给他打了低分作为警示，以挫其锐气，但欧阳修仍以第十四名的成绩，位列二甲进士及第。

榜下择婿是宋代高层的传统，尚未婚配的新科进士在京城婚恋市场历来十分抢手，年轻有为的欧阳修被朝廷官员胥偃选为女婿。成亲之后，欧阳修很快被授予官职，出任将仕郎、秘书省校书郎。

金榜题名，洞房花烛，步入仕途，欧阳修三喜临门，妥妥的人生赢家。

贰

宋仁宗天圣九年（公元一〇三一年）三月，欧阳修调任西京推官。

北宋时期，西京洛阳是仅次于东京汴梁的全国第二大城市，热闹繁华。新工作很清闲，欧阳修在洛阳结交了不少新朋友，比如后来被称为宋诗开山鼻祖的诗人梅尧臣等，每天饮酒赋诗，红尘做伴，日子过得潇潇洒洒，就像这首诗里写的那样：

> 我昔初官便伊洛，当时意气尤骄矜。
> 主人乐士喜文学，幕府最盛多交朋。①

顶头上司钱惟演是重度文学爱好者，也是北宋“西昆体”骨干诗人，对欧阳修的文才十分欣赏，虽然两人的年龄相差了三十岁，但志趣相投，都喜欢玩，下班没事儿，钱惟演就叫上欧阳修等一帮年轻人聚会，喝个酒，K个歌，其乐融融。

这种上下级关系到底有多融洽？说两件小事。

---

① [宋]欧阳修《送徐生之渑池》见《全宋诗》卷二百六十五。

有一次，钱惟演设家宴请欧阳修等属下喝酒，说好七点，所有人都到了，只有欧阳修不见人影，这当然是很不礼貌的，但钱惟演并不生气，知道那段时间，欧阳修正在热恋阶段。①

七点半，欧阳修带着一名青楼女子，衣衫不整、气喘吁吁地赶到了。大家都埋怨他不守时，问两人干啥了这么晚才过来。欧阳修说临出门发现姑娘的金钗找不到了，翻遍了角角落落也没有，所以来晚了，没啥说的，自罚三杯。

那只金钗大概是名牌，席间，歌妓一直长吁短叹，惋惜不已。钱惟演也是有点喝高了，借着酒劲说："你让欧阳修以金钗为题，现场作首词，若是写得好，我赔你个金钗。"

歌妓一听，喜出望外，马上央求欧阳修，欧阳修放下酒杯，思忖片刻，一首《临江仙·柳外轻雷池上雨》便脱口而出：

柳外轻雷池上雨，雨声滴碎荷声。小楼西角断虹明。阑干倚处，待得月华生。

燕子飞来窥画栋，玉钩垂下帘旌。凉波不动簟纹平。水精双枕，傍有堕钗横。②

这首词写的是夏季傍晚阵雨过后一时之情状，轻雷疏雨，雨滴荷叶，小楼彩虹，月华初生，小楼绣阁，帷帘低垂，美女仍在鼾睡，双人枕头旁，横放着一只金钗。

词风清丽，画面感十足，一时满堂喝彩。

---

① [明]蒋一葵《尧山堂外纪》卷四十八："欧阳公登第后，授洛阳节推。时钱惟演守西都，欧与一官妓荏苒。"

② 见《全宋词》。

此事载于明代蒋一葵的《尧山堂外纪》，当时，钱惟演说到做到，真赔了人家一个金钗。①

还有一次，欧阳修在上班时间跟朋友一起游嵩山，返回途中，经过龙门香山，天降大雪，一时饥寒交迫，忽然见远处有车马赶到，原来是钱惟演专门派厨师送来热乎乎的饭菜，这还不算，居然还有歌妓！

此事参见明人余怀的《东山谈苑》，原文如下：

钱文僖惟演守西都，谢绛、欧阳修俱在幕下。一日游嵩山，自颖阳归。将暮，抵龙门香山，雪作，登石楼望都城，各有所怀。忽于烟霭中有车马渡伊水来者，既至，则文僖遣厨传歌妓至。吏传语曰："山行良劳，少留龙门赏雪，府事简，无遽归也。"

你们爬山辛苦了，在龙门歇歇脚，顺便欣赏下雪景，工作上没啥事儿，不用着急赶回来。

遇到这么关心体贴下属的上司，真是羡煞旁人。

"月上柳梢头，人约黄昏后。"也就是在那段时间里，年少轻狂的欧阳修纵情声色，创作了大量写给青楼女子的艳词，也为后来被政敌用生活作风问题做文章留下了口实。

比如这首《少年游》：

绿云双亸插金翘。年纪正妖娆。汉妃束素，小蛮垂柳，都占洛城腰。

锦屏春过衣初减，香雪暖凝消。试问当筵眼波恨，滴滴为

① [明]蒋一葵《尧山堂外纪》卷四十八："坐皆称善，遂命妓满酌赏欧，而令公库偿钗。"

谁娇。[①]

那是一段多么令人难忘的岁月啊，晚年欧阳修曾作诗感叹：

曾是洛阳花下客，野芳虽晚不须嗟。[②]

叁

美好的时光总是短暂的，这种声色犬马的日子终于走到了尽头，钱惟演被降职调离。

河南府来了新领导，名叫王曙，是前宰相寇准的女婿，年近七旬，对属下十分严格。

很多人特别看不惯欧阳修等人的自由散漫，迟到、早退、旷工、工作时间喝酒，这还像个朝廷衙门吗？

据《宋史》记载，有一天，欧阳修等人中午在外面吃饭，又喝了不少酒，下午开中层会，满屋子酒气，把王曙给气坏了："你们这样喝酒，知不知道我岳父寇准，晚年就是因为纵酒享乐被贬官的？你们还不吸取教训吗？"[③]

欧阳修到底是年轻气盛，加上喝了点酒，一句话就给将回去了："我听说，寇丞相是因为一把年纪还赖着不退休才倒霉的。"[④]直接把王曙给噎得半天说不出话来。

宋仁宗景祐元年（公元一〇三四年），欧阳修被调回京城任职，逐

---

① 见《全宋词》。
② [宋]欧阳修《戏答元珍》，见《全宋诗》卷二百六十五。
③ 《宋史・王曙传》："诸君纵酒过度，独不知寇莱公晚年之祸邪！"
④ 《宋史・王曙传》："以修闻之，莱公正坐老而不知止尔！"

渐走入政治中心。不久，因为支持范仲淹革新遭到牵连，被贬为夷陵县令。

这是欧阳修首度被贬，让他第一次尝到了政治斗争的残酷无情。

宋仁宗康定元年（公元一〇四〇年），欧阳修又被调回京城，因为性格直率，敢于谏言，被朝廷任命为谏院主管，专门负责收集官员和民间的各种意见建议，并评价百官施政得失，供皇帝决策参考。谏官的行政级别虽然不高，但直属皇帝领导，权限极大。

当时，以范仲淹为代表的改革派再次推行变革，史称“庆历新政”。欧阳修坚决站在范仲淹一边，积极参与改革，支持整顿吏治，被守旧派视为眼中钉肉中刺。加上担任谏官期间，得罪了不少人，所以，许多人都想除掉欧阳修。

宋仁宗庆历五年（公元一〇四五年），庆历新政失败，范仲淹等人被贬出京，欧阳修也随之失势。

恰在此时，发生了那起震惊朝野的乱伦“盗甥案”，守旧派趁机落井下石，要求欧阳修辞职谢罪。

事情真假难辨，男女关系这种事，历来是越描越黑。当时，欧阳修被搞得焦头烂额，几乎身败名裂。

为此，朝廷成立了专案组调查此事，经过认真细致的走访调查，最后宣布：欧阳修与外甥女张氏乱伦一案，证据不足，罪名不成立。

但是，事情并未就此结束。在调查过程中，专案组意外发现，欧阳修存在侵吞他人财产的经济问题：曾经用外甥女张氏的私房钱购买地产，但地契上写的却是他自己的名字。[①]

欧阳修因此二次被贬出京，任滁州太守。

---

① [宋]欧阳修《文忠集· 附录二·先公事迹》：“乃坐用张氏奁中物买田立欧阳氏券，左迁知制诰、知滁州。”

虽然名义上是因为经济问题，但大家都觉得，是因为生活作风问题，只有欧阳修自己心里清楚，政治问题才是被贬的真正原因。

这件事对欧阳修打击很大，在滁州，他终日借酒浇愁，并在酒后写下千古名篇《醉翁亭记》。

此文长期入选初中语文课本，且要求背诵。说实话，不太好背，不明白欧阳修为什么要写那么长，至今只记得一句："醉翁之意不在酒，而在乎山水之间也。"

肆

时间可以医治一切创伤，几年后，这桩丑闻终于被人们淡忘，欧阳修又被调回京城，先后出任翰林学士、史馆修撰、枢密副使、参知政事、刑部尚书、兵部尚书等职，官越做越大。

然而，树欲静而风不止。宋英宗治平二年（公元一〇六五年），五十八岁的欧阳修又遭遇人生一道坎，依然是生活作风问题。这一次更加劲爆，有人举报称：欧阳修与大儿媳吴春燕有染。

不会吧？！大家都被惊呆了，但举报人是欧阳修老婆的堂弟蒋宗孺，自己家亲戚说的还能有假？所谓无风不起浪，苍蝇不叮无缝的蛋，为什么每次都是欧阳修？为什么每次都是男女关系？欧阳修的私生活会不会真的就是这么混乱？

一时满城风雨，众说纷纭。

政敌纷纷以此弹劾欧阳修，司马光在《涑水纪闻》中说："士大夫以濮议不正，咸疾欧阳修，有谤其私于子妇者。"说的就是这件事。

尽管"爬灰门"跟多年前的"盗甥门"一样，最后也是因为证据不足不了了之，但不管真的假的，因为这种事闹得满城风雨，谁受得了？

有些事情，你永远无法解释。

欧阳修自此无心朝政，多次提出辞职，但均未获批准。

毕竟欧阳修如今已是位高权重，社会影响力巨大，出这种事情，朝廷的面子上也不好看。

所以，朝廷专门发文辟谣，以正视听，宋神宗还亲自安抚欧阳修："身正不怕影子斜，不要理会社会上那些流言蜚语，也不要有什么心理负担，朝廷还是相信你的。"

欧阳修长叹一声，默然不语。

宋神宗熙宁五年（公元一〇七二年），六十五岁的欧阳修背负着这两件说不清道不明的绯闻病逝，死后被追赠太师、楚国公，谥号"文忠"，葬于河南新郑。

伍

仅就文学成就而言，三百年大宋王朝，无人能出欧阳修其右。

欧阳修领导了北宋诗文革新运动，继承并发展了韩愈的古文理论，开创了一代文风，他参加修订《新唐书》，自撰《新五代史》，撰写的《集古录跋尾》是今存最早的金石学著作。

欧阳修涉猎广泛，在洛阳工作期间，甚至对洛阳牡丹的栽培历史、种植技术、品种花期等进行了详尽的考察和总结，撰写了《洛阳牡丹记》一书，这是历史上第一部具有学术价值的牡丹专著。其中那句"洛阳地脉花最宜，牡丹尤为天下奇"，至今为人传诵。

尽管欧阳修只在洛阳生活过三年，但那却是他一生中最难忘的一段日子，青春的岁月，放浪的生涯，就任这时光，奔腾如流水，体会这狂野，体会孤独，体会这欢乐，爱恨离别。

多年以后，欧阳修与当年的好友梅尧臣在洛阳重逢，曾作《浪淘沙》一词，追忆已经逝去和正在逝去的青春岁月：

把酒祝东风。且共从容。垂杨紫陌洛城东。总是当时携手处，游遍芳丛。

聚散苦匆匆。此恨无穷。今年花胜去年红。可惜明年花更好，知与谁同。①

为什么政敌总爱拿生活作风问题说事？应该说，与欧阳修自己年轻时私生活有失检点不无关系。

欧阳修在晚年曾自我反省说："三十年前，尚好文华，嗜酒歌呼，知以为乐而不知其非也。"②那时候就知道玩得高兴，哪里知道什么是非呢？

是啊，谁还没年轻过，风流倜傥，放荡不羁，无所顾忌，尽情挥洒青春的热血和激情，这些或许都是文人品格、才子本色，可一旦处于庙堂之上、权力中心，个人生活作风问题就很容易授人以柄，成为自己政治上的软肋。

比如欧阳修年轻时所写的那些所谓艳词，有些不过是随手应景之作，后来竟成为政敌用来攻击他的借口。

后世评价："欧阳公一代儒宗，风流自命。词章窈眇，世所矜式。"③

近代学者王国维更是一语中的："永叔（欧阳修）、少游（秦观）虽作艳语，终有品格。"④

---

① 见《全宋词》。
② [宋]欧阳修《文忠集·居士外集》。
③ [宋]曾慥《乐府雅词》序。
④ 见《人间词话》。

离开洛阳的那一年，欧阳修曾作《玉楼春》一首抒怀：

尊前拟把归期说，未语春容先惨咽。
人生自是有情痴，此恨不关风与月。
离歌且莫翻新阕，一曲能教肠寸结。
直须看尽洛城花，始共春风容易别。[①]

---

① 见《全宋词》。

李清照

我酗酒嗜赌离婚坐牢，
但我是个好女孩

宋徽宗建中靖国元年（公元一一〇一年），一天早晨，十八岁的李清照从睡梦中醒来。

大概是因为昨晚的酒喝太多了，睡了一夜，仍感觉昏昏沉沉，丫鬟小丽见小姐醒了，便卷起窗帘，一缕晨光顷刻洒满闺房。

想起昨夜那场风雨，李清照问小丽："院子里的海棠怎么样了？"

小丽漫不经心地说："还那样啊。"

李清照当时就恼了："什么叫还那样？你知不知道，昨晚那场雨下来，花儿肯定已经不成样子，还不赶紧去看看。"

两人出门一看，果然，院中的海棠绿肥红瘦，一片狼藉。

触景生情，一种莫名的感伤瞬间涌上心头，李清照回房提笔便写了一首《如梦令》：

昨夜雨疏风骤，浓睡不消残酒。
试问卷帘人，却道海棠依旧。
知否，知否？应是绿肥红瘦。[①]

---

① 见[宋]李清照《漱玉词》。

写完到院子里拍照，晨光、庭院、落花，各一张；然后自拍，嘟嘟嘴、剪刀手，不同角度，共六张。写词五分钟，修图两小时，九宫格配《如梦令》，发朋友圈。

没想到，信手拈来之作，竟轰动京城，不到一天时间，不但收获无数点赞和评论，而且被许多知名大V分享，几乎刷屏。

据传：“当时文士莫不击节称赏，未有能道之者。”[①]整个京城汴梁都在问：李清照是谁？一个尚未出阁的少女，为什么能随手写出这样文采飞扬的绝妙好词？

壹

任何人的成功都不是偶然的，你必须非常努力，才能看起来毫不费力。

李清照出生于山东济南，书香门第，家学渊博，藏书甚富。父亲李格非，“苦心工于词章”[②]。虽然名气一般，但他的老师不同凡响，是大宋文坛响当当的一号人物，名叫苏轼。

李清照自幼生活在这样的家庭氛围中，耳濡目染，加上聪慧颖悟，勤奋好学，所以，“自少年便有诗名，才力华赡，逼近前辈”[③]。

父亲做了礼部员外郎后，李清照一家就搬到了京城汴梁。大城市的学术环境和艺术氛围自然非章丘可比，李清照因一首《如梦令》在首都诗词界崭露头角后，不但收获了无数粉丝，也收获到了令人羡慕的爱情。

朝廷三品大员吏部侍郎赵挺之一家看中了李清照的容貌和才情，上

---

① 见[明]蒋一葵《尧山堂外纪》卷五十四。
② 见《宋史·文苑传》。
③ 见[宋]王灼《碧鸡漫志》卷二。

门为还在太学学习的儿子赵明诚求亲。

那年赵明诚二十一岁，仪表堂堂，毫无某些“官二代”的飞扬跋扈和不思进取，平时除了读书，最大的爱好就是研究并收藏金石古玩字画，少年时就曾立志：“宁愿饭蔬衣简，亦当穷遇方绝域，尽天下古文奇字。”[①]宁愿粗茶淡饭，也要遍搜天下金石字画。

这样的优质男李清照当然不会错过，这首《点绛唇》，描写的就是李清照见到赵家人上门提亲时的情景：

蹴罢秋千，起来慵整纤纤手。露浓花瘦，薄汗轻衣透。

见有人来，袜铲金钗溜，和羞走。倚门回首，却把青梅嗅。[②]

二人一见钟情，很快成婚。金童玉女，郎才女貌，在当时被传为一段佳话。

婚后，两人一起看书，一起写词，一起逛街，在古玩市场，赵明诚见到有价值的名人字画就想买，有时候钱没带够，不惜当场脱下名牌衣服典当[③]。对老公的这种狂热，李清照不但从无二话，而且还主动帮助赵明诚整理《金石录》文稿，相亲相爱，举案齐眉，度过了一段难忘的幸福时光。

有才学，有名气，有地位，出门有宝马香车，京城二环以内有豪华别墅，还嫁了个好人家。可以说，李清照的前半生过得顺风顺水。

---

① 见[宋]李清照《金石录后序》。
② 见[宋]李清照《漱玉词》。
③ [宋]李清照《金石录后序》：“后或见古今名人书画，一代奇器，亦复脱衣市易。”

贰

可是，世事难料，这种养尊处优、人人羡慕的生活并没有持续多久，崇宁元年（公元一一〇二年），宋徽宗变法，朝廷新旧党争再起，李清照的父亲李格非因反对变法，被列为奸党，发配广西。而公公赵挺之作为新党的得力干将，则被提拔做了宰相。也就是说，公公和父亲成了政敌，李清照的处境就尴尬了。

紧接着，朝廷又下一道命令，各级官员不得与奸党联姻，所有奸党及其家属一律清理出京。

李清照被迫离京，只身投奔娘家，直到崇宁五年（公元一一〇六年），朝廷大赦天下，解除党人之禁，李清照才得以重返汴梁，与丈夫团聚。

然而，政坛风云变幻，世事反复无常，仅仅隔了一年时间，公公赵挺之和丈夫赵明诚又被革职查办，公公一气之下暴病身亡。

全家因此入狱，虽然不久就被释放，但已不能在京城居留，李清照与赵明诚一起移居山东青州。那一年，李清照二十四岁。

无官一身轻，二人屏居青州乡里十三年，度过了一段平静的日子。其间，夫妇二人干了两件事，一是倾尽家财，继续大量收藏金石古玩字画，二是撰写我国第一部金石研究专著《金石录》。

在《金石录后序》中，李清照对这段生活有详尽的叙述：

> 后屏居乡里十年，仰取俯拾，衣食有余。连守两郡，竭其俸入，以事铅椠。每获一书，即同共勘校，整集签题。得书、画、彝、鼎，亦摩玩舒卷，指摘疵病，夜尽一烛为率。故能纸札精致，字画完整，冠诸收书家。

十几年下来，李清照家里的文物堆积如山，价值连城，藏品之富，在当时无人可比。

后来，赵明诚又被朝廷重新起用，出任莱州知府，赵明诚决定只身赴任。

李清照有点不高兴："为什么不带人家一起去？"

赵明诚说："咱俩都过去了，青州这边咋办？带这么多文物上任影响多不好，等我那边安顿好了，再过来接你。"

李清照一想也对，就同意留下来看家。

没想到，丈夫一走，如出笼之鸟，从此杳无音信。李清照寂寞无聊之际，写下了著名的《一剪梅》：

红藕香残玉簟秋，轻解罗裳，独上兰舟。云中谁寄锦书来？雁字回时，月满西楼。

花自飘零水自流，一种相思，两处闲愁。此情无计可消除，才下眉头，却上心头。[①]

出了这种情况，不会是外边有人了吧？

李清照满腹狐疑，派管家偷偷去莱州打探。果然，赵明诚过去没多久，就在那边找了小妾，而且还找了两个。

这下可把李清照给气坏了，闹了半天不让我跟着，原来是为了金屋藏娇啊。

李清照大吵大闹，赵明诚却并不害怕，反而理直气壮："这事儿能

① 见[宋]李清照《漱玉词》。

怨我吗？圣人云‘不孝有三，无后为大’，这么多年了，你也没给我生个一儿半女，没把你休了就不错了，再说，你到外面看看，现在像我这个级别的，谁还没个三妻四妾的？”

李清照自知理亏，只得默认。

一年过去了，两个小妾的肚子也没动静，赵明诚才意识到可能是自己的原因，李清照听说后很得意：“种子不行，怨地不好。”

叁

在跟丈夫两地分居的那段日子里，为了排遣寂寞，李清照迷上了喝酒和赌博。

待字闺中的时候，李清照就喜欢喝酒，其成名作《如梦令》里就有“浓睡不消残酒”的记录。婚后为了维护贤妻良母的形象，一度有所收敛，如今独居没人管了，经常彻夜纵酒。

据考证，李清照一生流传下来的诗词仅五十八首，其中有二十八首写到喝酒，而且，经常喝醉，有时醉得连家都找不着。

有词为证：

常记溪亭日暮，沉醉不知归路。兴尽晚回舟，误入藕花深处。争渡，争渡，惊起一滩鸥鹭。①

这种生动的描述，这种呼之欲出的画面感，没有亲身体验是断然写不出来的。

毕竟喝酒伤身，后来，李清照又迷上了赌博。

---

① 见[宋]李清照《漱玉词》。

不是一般的爱好，基本上已经达到了非常专业的水准，号称“青州赌神”。不但逢赌必赢，而且上升到了理论的高度，为此还专门写过一本书，叫《打马图经》，打马，也就是现在的麻将，翻译过来就是《麻将技巧》。

在书的序言中，李清照写道：“予性喜博，凡所谓博者皆耽之，昼夜每忘寝食。但平生随多寡未尝不进者何？精而已。”[①]意思是，我就是喜欢赌博，不光是麻将，还有牌九、掷骰子、斗地主、斗蛐蛐、斗鸡，凡是跟赌有关的我都喜欢，赌起来经常废寝忘食通宵达旦，平生少有败绩，为啥？因为技术好。

这个爱好几乎伴随了李清照的一生，即便是与老公团聚后，仍经常外出赌博。有一次半夜回来，怕吵醒老公，就在客厅脱了衣服，悄悄溜进卧室，不料还是把赵明诚给吵醒了，一看李清照这样进来，气得大骂：“打多大啊，输成这样回来？！”

肆

宋徽宗靖康二年（公元一一二七年），金人大举南侵，俘获宋徽宗、宋钦宗父子北去，史称“靖康之变”，那一年，李清照四十四岁。

局势越来越紧张，山东是待不下去了，李清照准备南下，投奔在南京任知府的丈夫。

这是一个无比巨大的工程，因为家里的藏品实在是太多了，没办法，只得忍痛舍弃了一部分，就这样，还是装了满满十五车。

金兵长驱直入，一路烧杀抢掠，南方也非清净之地。李清照与赵明诚带着这些文物，从此开始了颠沛流离的逃亡生活。

---

① 见[宋]李清照《打马图序》。

几年时间里，二人先后辗转江南十几个城市，其间，老公赵明诚因病去世，十几车珍贵的字画文物也散失大半。

宋高宗绍兴二年（公元一一三二年），四十九岁的李清照定居杭州。

老公病逝和文物散失造成的巨大痛苦，使李清照陷入几乎崩溃的边缘，孤独无助之时，一个叫张汝舟的男人走进了李清照的生活。

宁愿相信世上有鬼，也别信男人那张破嘴。婚前张汝舟说："我养你啊，我来照顾你啊，我会好好爱你的。"婚后立刻变了一副嘴脸，不但经常对李清照恶语相加，而且三天两头拿李清照仅剩的一点文物出去卖钱，如果阻拦，就对她拳打脚踢，实施家暴。

李清照哪里受得了这个？坚决要求离婚，张汝舟耍无赖，说把你剩下那几件文物都给我就答应你离婚。李清照一气之下，跑到官府告发张汝舟曾经在科举考试时营私舞弊。虽然最终打赢官司离了婚，但按照大宋刑律，妻告夫要判处三年徒刑，导致李清照身陷囹圄，后经父亲生前好友多方营救，关押九日之后获释。

这段失败的婚姻仅维系了三个多月时间，但对李清照的打击却是巨大的。经过这一番折腾，李清照的心绪坏到了极点，这首《声声慢》，就是李清照当时凄惨孤苦生活的真实写照：

寻寻觅觅，冷冷清清，凄凄惨惨戚戚。乍暖还寒时候，最难将息。三杯两盏淡酒，怎敌他，晚来风急。雁过也，正伤心，却是旧时相识。

满地黄花堆积，憔悴损，如今有谁堪摘？守着窗儿，独自怎生得黑。梧桐更兼细雨，到黄昏，点点滴滴。这次第，怎一个愁字了得。[①]

这首词起句便不同寻常，连用七组叠词，相当大胆，这在以往的诗词中是绝无仅有的。宋词是用来演唱的，因此音调和谐很重要，这七组叠词吟唱起来，有一种大珠小珠落玉盘的感觉，婉转凄楚，余味无穷。

全篇紧扣悲秋之意，以朴素清新的语言描述难以排解的愁绪，深得六朝抒情小赋之精髓，是李清照最具特色的代表作。

回顾李清照的一生，一半是海水，一半是火焰。二十岁之前，可谓顺风顺水，家境殷实，年少成名，婚姻美满，人人羡慕。

可是，世事无常，人生难料，明天和意外，你永远不知道哪个先来。谁又能想到，李清照的后半生竟会经受国破家亡，中年丧夫，家财尽失，颠沛流离之苦。她有过两次婚姻，但一生无子，孤苦终老。

南宋绍兴二十五年（公元一一五五年），孤苦伶仃的李清照在杭州病逝，享年七十三岁。

这正是：

红雨飞愁千秋绝唱销魂句

黄花比瘦一卷高歌漱玉词[②]

---

① 见[宋]李清照《漱玉词》。

② 山东青州李清照纪念馆“归来堂”前的对联，近代书法家萧劳题写。

陆游

跟谁结婚可以商量，
国家大事绝不退让

宋徽宗宣和七年（公元一一二五年）秋天，淮河一条大船上，京西路转运副使陆宰携家眷进京述职。

官员进京述职，为什么还要带着家眷？

京西路转运副使，大致相当于今天的河南省副省长，因为工作的关系，陆宰经常出差，东京汴梁更是常来常往，一点不稀奇。家属就不一样了，老婆唐氏，虽说也是大户人家出身，可京城一次都还没去过，听说老公又要进京，闹着也要去。

陆宰说：“我是去工作，又不是去旅游，你跟着干啥？”

老婆说：“我不！”

陆宰说：“让人看见影响不好。”

老婆说：“我不！”

陆宰说：“你怀着孩子都快生了，一路奔波，万一出了事怎么办？在家乖乖等我，回来给你带好吃的。”

老婆说：“我不！”

没办法，陆宰只好携已身怀六甲的老婆一起进京，为避免鞍马劳顿，一行人改走水路，一路小心照顾，可还是动了胎气，十月十七日，唐氏在途中产下一名男婴。

船上随行人员都来贺喜，说陆夫人水上生产，又在京城天子脚下，是吉兆。

老婆说："给孩子起个名吧。"

陆宰仔细端详襁褓中的婴儿，沉吟半晌："我陆家水上生子，当善游，就叫陆游吧。"

壹

陆游，字务观，号放翁，出生之时，正值乱世。

宋徽宗靖康二年（公元一一二七年），金兵大举南下，一举攻克东京汴梁，将徽宗、钦宗两位皇帝抓走，北宋至此灭亡，史称"靖康之耻"。

那一年，陆游两岁。一家人在战乱中逃回老家绍兴。两年后，金兵再次渡江南侵，陆游又随家人逃到浙江东阳，才算安定下来。

"少小遇丧乱，妄意忧元元。"[①]国破家亡，生灵涂炭，百姓流离失所，眼前的一切，在陆游幼小的心灵上留下了深深的烙印。

陆游出身高官家庭：父亲是京西路转运副使；祖父是王安石的学生，官至尚书右丞；太爷爷是进士，曾任吏部郎中，三代都是五品以上的朝廷大员。

陆游自幼饱读诗书，十二岁就能为诗作文，成年以后，直接被朝廷任命为登仕郎，相当于县政府办公室主任，正九品。

直接任命，难道不需要参加科举考试吗？

在过去，如果祖上是高官，且有功于朝廷，经上级审核批准，其后代可以直接授予相应官职，称"门荫入仕"。这并不违反政策。

---

① [宋]陆游《感兴》诗，见《剑南诗稿》。

但人家最终也是要参加科举考试的，不过是特殊考场、特殊试卷、特殊评分标准、特殊录取政策，称作“锁厅试”。

史料记载：“宋现任官应进士试曰锁厅，言锁其官厅而往应试也。虽中，止迁官而不与科第，不中则停现任。”①

也就是说，先当官后补考，考试合格不算正规学历，但考试不合格的话，就要停职。

看起来挺严格，其实，内部人都知道，就是走个形式，省得老百姓说闲话。

陆游不小心考了个第一。

有人当时就不高兴了。当朝宰相秦桧的孙子秦埙也是同场考试，本来已经打好招呼内定第一了，可主考官看秦埙的试卷跟陆游实在没法比，好几道大题都没做，根本就不及格，就把秦埙的成绩排在了第二，结果把秦桧给得罪了。

第一、第二其实没什么区别，主要是个面子问题，我堂堂宰相交代这么点儿事都办不好，眼里还有没有领导？这个陆游是谁家孩子啊，非得排在我们前面？

第二年，礼部考试，这是关系到职务升迁的，陆游的成绩又是名列前茅，但秦桧专门指示主考官，不得录取陆游。

一个小小的科级干部，被当朝宰相忌恨，能有什么好结果？！陆游因此仕途受阻，连续数年没有晋升。

此事载于《宋史》：“锁厅荐送第一，秦桧孙埙适居其次，桧怒，至罪主司。明年，试礼部，主司复置游前列，桧显黜之，由是为所嫉。”

---

① 见[清]袁枚《随园随笔》。

贰

直到秦桧病逝，陆游才算有了出头之日，从县主簿干起，一路升迁，官至大理寺司直兼宗正簿，后来又任枢密院编修官，宋孝宗时，赐进士出身。

对，这个进士不是实打实考来的，是钦赐的。官当到一定级别，学历就得跟上。

这期间，陆游在事业上可谓一帆风顺，只是，福无双至，生活上不太顺利。

事情是这样的。

陆游二十岁的时候与表妹唐婉成亲。唐婉不但人长得漂亮，还颇有才学，诗词歌赋、琴棋书画样样精通，夫妻志趣相投，感情甚笃，每日卿卿我我，形影不离。

夫妻和睦，本来是件好事，可婆婆不知道为什么，死活看不中唐婉，对儿媳百般挑剔。一会儿说媳妇太懒太笨，家里活儿啥也不会干；一会儿说媳妇太贪玩，影响儿子学习，反正是看什么都不顺眼。

更糟糕的是，结婚快三年了，唐婉的肚子却一点动静都没有。

陆游也很着急，带着唐婉去看医生跑了好几趟，各种偏方吃了个遍，各种寺庙道观送子观音拜了个遍，都不管用。

不孝有三，无后为大。母亲死活逼着陆游写休书，得不到父母祝福的婚姻注定是不会幸福的，陆母十分强势，陆游不敢违抗母命，只能忍痛休妻。

二人分手后，陆母安排陆游另娶王氏为妻，一口气生了六个儿子、一个女儿，总算遂了陆母的心愿。

唐婉被休后，终日以泪洗面，为什么自己不孕不育就该被休？前些年京城有个叫李清照的，也是不孕不育，人家两口子怎么就过得好好的？

生活就是这样，你抛弃的，正是别人梦寐以求的。陆游有个朋友叫赵士程，是宋太祖赵匡胤的五世孙，正宗的皇室后裔，青年才俊，对唐婉爱慕已久。无奈相识时唐婉已是人妻，赵士程只得将这份爱深深地埋在心底。

如今听说二人已经分手，赵士程喜出望外，不顾世俗压力，当即向唐婉求婚。已被陆游伤透了心的唐婉一赌气，立刻答应，从此与陆游一别两宽，开始了各自的新生活。

光阴如水，日子一天天过去。十年后的一个春天，陆游独自在绍兴沈园赏花游玩，竟与唐婉夫妇不期而遇，四目相对，一时百感交集。

赵士程一看这种情况，再次表现出了一个男人的胸怀和气度，说：“陆兄好久不见，中午小弟做东，大家一起吃个饭吧。”

就在沈园安排好酒菜，落座之后，赵士程突然说：“哎呀，差点忘了，下午衙门还有个会，我得回去主持，不能陪陆哥了。婉儿啊，你陪陆哥好好喝几杯，我先走了。”

留下陆唐二人无言对坐，千言万语不知从何说起，呆坐了半晌，陆游问：“最近好吗？”一句话就哽住了喉。

唐婉说：“当初不是说好不分开的吗？不是说一起老去看细水长流吗？不是说分开了也要做朋友的吗？在分岔的路口，你向左我向右，这么多年，你一点都不关心人家。”

陆游说：“我们说好决不放开相互牵的手，可现实说过有爱还不够，我们说好就算分开一样做朋友，时间说我们从此不可能再问候，人群中再次邂逅，你变得那么瘦，我还是沦陷在你的眼眸。”[①]

回想往事，陆游悔恨交加，提笔在沈园墙上写下了那首著名的《钗头凤》：

红酥手，黄縢酒，满城春色宫墙柳。东风恶，欢情薄，一怀愁绪，几年离索，错，错，错。

春如旧，人空瘦，泪痕红浥鲛绡透。桃花落，闲池阁，山盟虽在，锦书难托，莫，莫，莫。[②]

写罢掷笔长叹，不禁潸然泪下。

唐婉读了此词，悲恸欲绝，也提笔附和：

世情薄，人情恶，雨送黄昏花易落。晓风干，泪痕残，欲笺心事，独语斜阑，难，难，难。

人成各，今非昨，病魂常似秋千索。角声寒，夜阑珊，怕人寻问，咽泪装欢，瞒，瞒，瞒。[③]

此次相遇不久，唐婉便一病不起，最后竟抑郁而终。

沈园由此成为陆游的伤心之地，他一生多次以此为题赋诗怀旧，直到七十五岁，还写了《沈园二首》：

城上斜阳画角哀，沈园非复旧池台。

---

① 歌词，出自歌手张靓颖《我们说好的》，收录于专辑《Update》，二〇〇七年发行。
② 见[清]王弈清《历代词话》。
③ 见[清]王弈清《历代词话》。

伤心桥下春波绿，曾是惊鸿照影来。

梦断香消四十年，沈园柳老不吹绵。
此身行作稽山土，犹吊遗踪一泫然。[①]

叁

一个成年人，终身大事被父母左右，自己的婚姻自己不能做主，能有什么出息？应该说，陆游当初的懦弱，是造成二人感情悲剧的主要原因。

那么，陆游果真是一个性格软弱没有主见的人吗？

这要看是什么事，恋爱结婚毕竟是第一次，经验不足，加上当时年幼无知，才酿成了追悔一生的错误。

可是，在重大原则问题上，在关系国家民族前途命运的大是大非面前，陆游却立场坚定，从未动摇。他一生以抗金北伐，收复国土为己任，是朝中最坚决的主战派。

在陆游看来，金人侵占我领土，杀害我军民，抢夺我财物，奸淫我妇女，掠走我二帝，罪恶滔天，罄竹难书，是可忍孰不可忍？！“楚虽三户能亡秦，岂有堂堂中国空无人”[②]。对金人不用说那些没用的，就是一个字：干！

宋孝宗乾道七年（公元一一七一年），四十六岁的陆游在王炎北伐军幕府任职，亲自制定了驱逐金人、收复中原的战略计划《平戎策》，明确指出：“以为经略中原必自长安始，取长安必自陇右始。当积粟练兵，有衅则攻，无则守。”[③]

---

① 见[宋]陆游《剑南诗稿》。
② 见[宋]陆游《剑南诗稿》。
③ 见《宋史·陆游传》。

就是说，要想收复中原，必须先攻占长安，取长安必须先取陇右；深挖洞广积粮，努力提高部队军事素质，有能力咱就进攻，没能力咱就固守，打持久战。

《平戎策》是陆游军事思想的重要体现，文中论述高屋建瓴，全面分析了敌我双方的力量对比，从战略和战术两个方面制定了详尽的作战计划，为大宋收复中原取得抗金战争的最终胜利指明了前进的方向。

可惜的是，被主和派把持的南宋朝廷否决了陆游的作战计划，北伐指挥官王炎被调回京城，幕府原地解散，陆游为期八个月的军旅生涯也就此终结。

在那段难忘的岁月里，陆游“上马击狂胡，下马草军书”[①]，亲临抗金一线，不但实践了自己的抗金主张，也留下了大量充满爱国情怀、慷慨激昂的诗词。

比如这首《书愤》：

早岁那知世事艰，中原北望气如山。
楼船夜雪瓜洲渡，铁马秋风大散关。
塞上长城空自许，镜中衰鬓已先斑。
出师一表真名世，千载谁堪伯仲间。[②]

比如这首《诉衷情》：

当年万里觅封侯，匹马戍梁州。关河梦断何处？尘暗旧貂裘。胡未灭，鬓先秋，泪空流。此生谁料，心在天山，身老

① 见[宋]陆游《剑南诗稿》。
② 见[宋]陆游《剑南诗稿》。

沧洲。[①]

肆

短暂的军旅生涯之后，陆游后半生一直担任文职干部，期间被主和派排挤，数次被贬，甚至被罢官，又数次被重新起用。宦海波折，几经沉浮，但“位卑未敢忘忧国”[②]。几十年来，他收复中原的心愿从未放弃，只是，随着时间的推移，这个愿望越发显得遥不可及。由此，陆游写下《秋夜将晓出篱门迎凉有感》：

三万里河东入海，五千仞岳上摩天。
遗民泪尽胡尘里，南望王师又一年。[③]

宋宁宗嘉泰三年（公元一二〇三年），陆游以七十九岁高龄告老还乡，正式退休。

浙东安抚使兼绍兴知府辛弃疾专程前往探望，两人志趣相投，词风相近，而且都是坚定的主战派，共论国是，言语十分投机。

其间，辛弃疾见陆老师在绍兴的宅院老旧不堪，主动提出为陆游购置房产。辛弃疾时任绍兴知府，是陆游的父母官，此举也是分内之事。

对此，陆游婉言谢绝。

辛弃疾说：“我个人埋单，至少把房子重新装修一下嘛。”

陆游说：“将来打仗需要花钱的地方多着呢，省着点花，我大宋收复国土就靠你们了。”

---

① 见《全宋词》。
② 出自《病起书怀》，见[宋]陆游《剑南诗稿》。
③ 见[宋]陆游《剑南诗稿》。

陆游在《草堂》诗中有“幸有湖边旧草堂，敢烦地主筑林塘？”[①]之句，自注：“辛幼安每欲为筑舍，予辞之，遂止。”[②]说的就是这件事。

陆游在绍兴蛰居期间，最牵挂的就是祖国统一大业，垂暮之年，仍不忘初心，十一月四日，风雨大作，陆游从梦中醒来，写下千古名句：

僵卧孤村不自哀，尚思为国戍轮台。
夜阑卧听风吹雨，铁马冰河入梦来。[③]

宋宁宗嘉定三年（公元一二一〇年）正月二十六日，陆游与世长辞，享年八十五岁。临终之时，他仍念念不忘收复国土，统一祖国，作绝笔诗《示儿》为遗嘱：

死去元知万事空，但悲不见九州同。
王师北定中原日，家祭无忘告乃翁。[④]

伍

陆游一生勤勉，创作颇丰，自言“六十年间万首诗”[⑤]，现存诗词多达九千三百余首，是中国历史上写诗数量最多的文人。

这个创作纪录一直无人打破，直到几百年后，一个特别喜爱汉族文化的满人后来居上，一生写了四万多首诗，平均一天三首，以一己之力，几乎超过唐朝近三百年诗歌数量的总和，令人瞠目结舌。

① 见[宋]陆游《剑南诗稿》。
② 见[宋]陆游《剑南诗稿》。
③ [宋]陆游《十一月四日风雨大作》，见《剑南诗稿》。
④ 见[宋]陆游《剑南诗稿》。
⑤ [宋]陆游《小饮梅花下作》，见《剑南诗稿》。

这个人名叫爱新觉罗·弘历，我们一般叫他乾隆皇帝。

乾隆的诗大部分被收录在《御制诗》中，当时看过的人都夸写得好，包罗万象，气势恢宏，前无古人，后无来者，伟大的天才诗人，中国诗歌史上无法逾越的巅峰等，各种吹捧。乾隆皇帝自己也很得意，称："予以望九之年，所积篇什几与全唐一代诗人篇什相埒，可不谓艺林佳话乎？"①

遗憾的是，他这四万多首诗中，并没有一首能拿得出手的传世之作，就连《中国诗词大会》的冠军选手也背不出几句。应该说，在诗词鉴赏方面，群众的眼睛是雪亮的。

南宋初年，朝廷偏安一隅，不思复国，诗坛乃至整个社会风气都是萎靡不振，从上到下，儿女情长，吟风弄月的淫词艳曲大行其道。

陆游对此痛心疾首，说你们敢不敢有点阳刚之气，挺身而出，高扬爱国主题的黄钟大吕，创作了一大批气势奔放、境界壮阔的诗歌，一扫诗坛萎靡之风，对南宋后期诗歌创作产生了巨大影响。后世将其与杨万里、范成大、尤袤一起，合称"南宋四大家""中兴四大诗人"。

作为一个诗人，陆游的名字前面有一个响亮的定语——爱国诗人，这是一个超越了文学范畴的称号，是对他一生主张抗金、以慷慨报国为己任、心系国家民族命运的最高褒奖。

陆游不但自己以身作则，率先垂范，还将这种爱国精神传给了后人。若干年后，陆游的后代陆元廷、陆传义、陆天骐均死于南宋末年的崖山海战，可以说是满门忠烈。

在中华民族几千年的历史长河中，曾诞生过数不清的文人墨客、诗词大家，可谓浩如烟海，灿若星辰。而陆游，就是夜空中最亮的那一颗

① 见[清]乾隆《御制文集》。

星，其充满家国情怀的诗词，不仅是中国文学史上的宝贵财富，更是爱国主义的一面旗帜，鼓舞人民反抗外来侵略的精神力量。

正如近代学者梁启超先生诗中所赞：

诗界千年靡靡风，兵魂销尽国魂空。
集中十九从军乐，亘古男儿一放翁。[①]

① 梁启超《读陆放翁集》，转引自游国恩、王起、萧涤非、季镇淮、费振刚主编《中国文学史》。

辛弃疾

生活不只诗和远方，

还有钱和数不清的姑娘

三更时分，月黑风高，万籁俱寂。

位于连云港海州的金兵大营外，刀光剑影，山东耿京起义军一支由五十余人组成的敢死队，在夜色的掩护下，正悄悄向金兵营地逼近。

就在前几天，起义军内部发生了一件大事，一个叫张安国的将领，将义军首领耿京杀害，带着耿京的首级投降了金国。

部队一时群龙无首，不知所措。当时，义军中一个年仅二十二岁的文职人员听说后，义愤填膺，决定带人夜袭敌营，捉拿叛贼张安国。

所有人都极力阻拦："你疯了吗？金兵大营有五万敌军，你带着五十个人，这不是去送死吗？！再说了，杀敌自有各位将军，你一个小秘书，哪轮得到你去冒险？！"

年轻人根本不听劝，当天晚上，就率领敢死队摸进了敌营。

天下武功，唯快不破，偷袭讲的就是一个"快"字。还没等敌人反应过来，敢死队就以迅雷不及掩耳之势，冲进了叛贼张安国的营帐。

当时，张安国正在跟金人饮酒，为首的年轻人突然进去，二话不说，手起刀落，金人血溅当场。然后，把已经吓傻了的张国安一把抓起，横放在马背上，在金兵的围追堵截中，左突右冲，杀出一条血路，扬长而去。

一路马不停蹄，连夜将叛徒押往临安，交给朝廷正法，顺便把起义军队伍也带回了南宋。

第二天，临安各大媒体就传开了，《自古英雄出少年，不入虎穴焉得虎子》《战神再现：五十轻骑突袭五万敌营，如入无人之境》《犯我大宋者，远近都诛》等文章被疯狂转发，在宋金两国轰动一时。

此事在宋代洪迈的《文敏公集·稼轩记》中有记载："齐虏巧负国，赤手领五十骑，缚取于五万众中，如挟毚兔，束马衔枚，间关西奏淮，至通昼夜不粒食：壮声英概，懦士为之兴起！圣天子一见三叹息。"

据说，宋高宗看到报道后，连声惊叹："一介书生，于万马军中擒获叛贼如探囊取物，真乃常山赵子龙再世！"

这个富有传奇色彩的年轻人，就是南宋时期文武双全的豪放派词人——辛弃疾。

壹

辛弃疾，字幼安，号稼轩，出生于山东济南，与李清照是同乡，合称"济南二安"。

靖康之变后，金兵大举入侵中原，宋室南迁，中国北方大部分地区，包括济南在内，早已沦为金国的领地，也就是说，辛弃疾最初属于金国人，祖父曾任金国县令。

辛弃疾从小习文练武，饱读诗书，曾连续两次参加金国科举考试，结果，两次落榜。

父母说："要不然，咱再复读一年？"

复读？金国分明是歧视我们汉人，试卷不统一，录取不统一，凭什么？老子不考了！

自金人入侵以来，沦陷区的大宋遗民不断反抗，农民起义此起彼伏。宋高宗绍兴三十一年（公元一一六一年），二十一岁的辛弃疾落榜后，一怒之下，召集了两千人，揭竿而起，高举抗金归宋的旗号，参加了耿京领导的农民起义军。

因为念过书，有文化，辛弃疾被任命为军中的掌书记，也就是领导的机要秘书，同时也是义军与南宋朝廷的联络人。

耿京被害的时候，辛弃疾正奉命在南方与朝廷商谈联合抗金的事情。回到军营后，听闻噩耗，悲愤交加，冲动之下，仅带了五十个人深入敌营，捉拿叛贼。

追惩叛徒，这在辛弃疾的军旅生涯中并不是第一次。早在一年前，与辛弃疾一起参加起义军的同伴中，有个叫义端的和尚，偷走了耿京的帅印，投奔金国。

耿京十分恼火，因为帅印平时由辛弃疾负责保管，耿京要拿辛弃疾问罪，辛弃疾当场立下军令状："给我三天时间，一定抓到叛贼，夺回帅印，如果办不到，再杀我也不迟。"

随即，单枪匹马朝着义端叛逃的方向猛追。

当时还有人担心，提醒耿京："他不会借此机会跟着义端一起投降金国吧？"

一句话说得耿京心里也有点犯嘀咕。

辛弃疾快马加鞭，日夜兼程，连追了三天三夜，终于追上了义端。义端见到辛弃疾，顿时大惊失色，哀求道："我知道你的厉害了，帅印还给你，求求你，看在我们一起投军的分上，饶我一命吧。"

辛弃疾哪里肯听，当即手起刀落，将义端斩于马下，带着帅印和人头，返回了军营。

辛弃疾平生最恨的就是叛徒，所以，得知杀害耿京的叛徒张安国就在敌军大营，便决定冒险出击，连自己都没想到，如此顺利，居然一举成功。

毫无疑问，这是辛弃疾军旅生涯中最富传奇色彩的高光时刻。

古有霍去病，今有辛弃疾，辛弃疾一战成名，成为人人称颂的孤胆英雄、大众偶像。不久，辛弃疾就被南宋朝廷任命为江阴签判，从此开始了他在南宋的宦海生涯。

贰

辛弃疾是朝廷中最坚定的主战派，一生以收复中原为己任，做梦都想打回老家去。到南宋不久，就向朝廷提交了自己撰写的军事论著《美芹十论》和《九议》，从各方面详细论述对金作战的方针策略。并身体力行，亲自组建了著名的“飞虎军”，随时准备开赴前线。

按理说，有这样的得力干将，朝廷应该感到高兴才对，可是，由于众所周知但又不便明说的原因，宋高宗对辛弃疾的抗金计划并不感兴趣。

收复中原，把被金国掠去的父兄解救回来，这皇帝的位子谁来坐？再说，江南山清水秀，经济繁荣，生活富足，小日子过得舒舒服服的，干吗要劳师动众去打仗？

不错，中原地区是大宋的固有领土，是大宋不可分割的一部分，所有人都明白皇帝的心思，所谓抗金，不过是政治口号和宣传手段而已。只有辛弃疾等主战派当真了，认定宋金两国早晚必有一战，每天磨刀霍霍，准备武力收复失地。

在重大原则问题上，思想不跟皇帝保持一致，能有什么前途？！

所以，辛弃疾为官四十多年，并没有得到真正的重用，先后担任过江西安抚使、福建安抚使、绍兴知府、镇江知府、隆兴知府、龙图阁待制、枢密都承旨等职，但大多是地方官或文职，根本不给他领兵北伐的机会。

当时，辛弃疾这种从沦陷区投奔过来的人，被称作“归正人”，本来就深受歧视，加上他坚决主战的政治主张，冲动强硬的火暴脾气，着实得罪了不少人。特别是朝中的主和派，早就看辛弃疾不顺眼了，这一切，都为他日后屡遭弹劾埋下了祸根。

史料记载，辛弃疾在任期间，曾六次被弹劾，多次被免职，从公元一一八一年到公元一二〇七年，不到三十年时间里，工作岗位频繁调动多达三十七次，几上几下，历尽波折。

比如，宋孝宗淳熙六年（公元一一七九年），辛弃疾担任潭州知州兼湖南路安抚使期间，被监察御史弹劾，称其“奸贪凶暴，帅湖南日虐害田里”[①]。就是说他奸猾贪婪、凶横残暴，在当湖南安抚使期间，残酷迫害老百姓，而且“用钱如泥沙，杀人如草芥”[②]。

辛弃疾因此被免职，在皇帝亲笔签发的《辛弃疾落职罢新任制》中，详细列举了辛弃疾的主要罪行：“肆厥贪求，指公财为囊橐；敢于诛艾，视赤子犹草菅。凭陵上司，缔结同类。愤形中外之士，怨积江湖之民。方广赂遗，庶消讥议。”

大概意思是，辛弃疾贪心不足，中饱私囊；杀人如麻，视人命如草芥；不听领导的话，冒犯上级；结交同类，建立关系网，寻找保护伞。他的所作所为让天下士子和百姓都怨声载道，他靠着四处送礼行贿，才平息了舆论。

---

① 见[清]徐松《宋会要辑稿·职官七二》。
② 见《宋史·辛弃疾传》。

比如，宋光宗绍熙三年（公元一一九二年），辛弃疾改任福州知州兼福建安抚使。监察机关再次对他提出弹劾，称其“残酷贪饕，奸赃狼藉”“席卷福州，为之一空”①。

比如，宋宁宗嘉泰三年（公元一二〇三年），辛弃疾任绍兴知府兼浙东安抚使期间，被弹劾：“好色贪财，淫刑聚敛。”②

倒也不全是凭空捏造，辛弃疾的确是妻妾成群，除了妻子范氏之外，有据可查的小妾至少有七个：田田、钱钱、整整、香香、卿卿、飞卿、粉卿。

关于这些小妾的工作任务安排，元人陶宗仪在《书史会要》中说：“田田、钱钱，辛弃疾二妾也。皆因其姓而名之，皆善笔札，常代弃疾答尺牍。”

也就是说，钱钱和田田有一定的文字功底，主要负责协助辛弃疾的文案工作。香香、整整、卿卿等几个小妾擅长歌舞，主要负责照顾辛弃疾的生活起居。

这些生活隐私，外人是怎么知道的？因为辛弃疾毫不隐讳，在诗词中多次提到过这些侍妾的名字。

比如：“娇痴却妒香香睡，唤起醒松说梦些。”③

比如：“有时醉里唤卿卿，却被旁人笑问。”④

上述七位只是有文字记载可以考证的，事实上，辛弃疾的小妾远不止这些。直到晚年，辛弃疾自知时日无多，才开始分期分批遣散侍妾。

伤心总是难免的，每送走一个，辛弃疾就写首诗词感慨一番，比如送别钱钱时写的《临江仙·侍者阿钱将行，赋钱字以赠之》，送别粉卿

---

① 见[清]徐松《宋会要辑稿·职官七三》。
② 见[清]徐松《宋会要辑稿·职官七五》。
③ [宋]辛弃疾《鹧鸪天·困不成眠奈夜何》，见《全宋词》。
④ [宋]辛弃疾《西江月·题可卿影像》，见《全宋词》。

时写的《鹊桥仙·送粉卿行》等。

对于这些侍妾，辛弃疾要么将其送回娘家，要么为其另外找个好的归宿。据宋代周辉《清波别志》中记载：

> 辛稼轩在上饶属，其室病，呼医对脉，吹笛婢名整整者侍侧，乃指以谓医曰："老妻病安，以此人为赠。"不数日，果勿药，乃践前约。

就是说，辛弃疾在江西上饶的时候，妻子范氏病了，请郎中来家看病，侍妾整整在一旁帮忙。辛弃疾一看医生年轻有为一表人才，就对他许诺道："如果能把我夫人的病治好，旁边这个姑娘就送给你了。"

没几天，范氏病愈，辛弃疾说到做到，立刻把自己心爱的整整送给了医生。

叁

> 东风夜放花千树，更吹落，星如雨。宝马雕车香满路。凤箫声动，玉壶光转，一夜鱼龙舞。
>
> 蛾儿雪柳黄金缕，笑语盈盈暗香去。众里寻他千百度，蓦然回首，那人却在，灯火阑珊处。[①]

这首在社会上流传颇广的《青玉案·元夕》，描写的是元宵之夜的热闹场面，古往今来，此类诗词无人能出其右，堪称经典。

但是，你观灯就好好观灯，盯着人家姑娘看什么？还在人群中找来

---

① 见《全宋词》。

找去，大庭广众之下，成何体统？！

辛弃疾兴之所至，在朋友圈发的这些词作在业内广受好评，被无数人点赞转发，但也为政敌攻击他留下了话柄。

对于社会上的种种非议，辛弃疾毫不在乎，大大方方承认。他在《浣溪沙·偕叔高子似宿山寺戏作》一词中自嘲说："自笑好山如好色。"①

史料记载，辛弃疾也是青楼的座上常客。但是，当时，官员纳妾也好，逛青楼也罢，都是允许的。

问题不在这里，古代官员出入风月场所，找歌妓陪酒很普遍，但为了风月女子与下属争风吃醋，利用职权公报私仇还收受贿赂，这就不单单是生活作风问题了。

话说有一天晚上，镇江知府辛弃疾请好友刘改之喝酒。

酒菜都上齐了，辛弃疾叫领班："去把小桃叫过来陪酒。"

领班是刚招聘过来的新人，不认识辛弃疾，出去一会儿就回来了："不好意思啊大人，本来给您安排了小桃，结果半路被别的客人截走了，要不您再换一个吧，其实小玉也不错的。"

辛弃疾说："就要小桃。"

领班很为难："那边的客人也是当官的，咱惹不起啊。而且，这个包间人家也要了，您二位要不坐楼下大厅吧。"

辛弃疾说："谁啊？我去看看。"走过去趴门缝一看，一屋子人，自己的下属正搂着自己的老相好小桃推杯换盏，打情骂俏。

辛弃疾当时顾忌身份没有发作，强压怒火，黑着脸回到桌上。朋友在一边笑话他："镇江到底谁是老大啊？你怎么连个小姐姐都搞

---

① 见《全宋词》。

不定。”

辛弃疾气得脸色铁青，怒道：“不吃了，走！”

回去就让秘书发通知：一小时后，所有人到府衙召开紧急会议。

到了开会时，那个下属果然缺席，电话打不通，发微信不回，家里、单位都找不见人影。

这还了得，规定的随叫随到，却目无法纪，玩忽职守，立刻撤职查办，财产充公！

下属当时就蒙了，心说怎么了？缺席一次会议就动这么大怒，不至于啊，我是哪儿得罪领导了？

找各种关系说情，前后找了几十个人说都不行，绝不通融。后来找到辛弃疾的好友刘改之，才算明白了事情的起因，当即以给刘母拜寿的名义，送了五十万给刘改之，让帮忙给说说。

拿人钱财替人消灾，刘改之过去说情，辛弃疾狮子大张口，直接向下属索要了一百万，这事儿才算摆平。

此事在元代郭宵凤的《江湖纪闻》中有详细讲述：

> 是夕，改之与稼轩微服登娼楼。适一都吏令乐饮酒，不知为稼轩也，令左右逐之，二公大笑而归，即以为有机密文书，唤某都吏，其夜不至。稼轩欲籍其产而流之，言者数十，皆不能解。遂以五千缗为改之母寿，请言于稼轩，稼轩令倍之。

你看，人家弹劾辛弃疾“淫刑聚敛”，是有证据的。

除此之外，据查，辛弃疾名下有多处房产，任隆兴知府兼江西安抚使时，曾在上饶花重金给自己修建了一座名为“稼轩”的湖景豪宅。

这座房子到底有多豪华？南宋的洪迈在《稼轩记》中有描述：

郡治之北可里所，故有旷土，三面附城，前枕澄湖如宝带。……济南辛侯幼安最后至，一旦独得之，既筑室百楹，才占地十四。乃荒左偏以立圃，稻田泱泱，居然衍十弓。……东冈西阜，北墅南麓，以青径款竹扉，锦路行海棠。集山有楼，婆娑有室，信步有亭，涤砚有渚。皆约略位置，规岁月绪成之。

同朝为官的朱熹也是见过大世面的人，在稼轩中差点迷路，忍不住感叹，活了大半辈子，从没见过这么奢华的庄园①，艳羡不已。

辛弃疾很得意，又发朋友圈炫耀："青山居上，古木千章；白水田头，新荷十顷。"②配九张图，一大堆人在下面点赞。

如此豪宅，单靠辛弃疾那点工资，不行吧？

肆

一直以来，辛弃疾在人们心目中都是一个熠熠生辉、充满正能量的高大上形象。谁又能想到，对辛弃疾来说，生活不只诗和远方，还有钱和数不清的姑娘。浓眉大眼的辛弃疾居然也有这么多不为人知的故事，也会被人弹劾"好色贪财，淫刑聚敛"。

那么，这一切都是真的吗？这些罪名会不会是政敌的诬陷？

人们在心理上对此难以接受，多半是"为尊者讳"的传统思维造成的，仿佛辛弃疾这样的爱国诗人就不该有缺点。

---

① [宋]陈亮《龙川文集》卷二一："始闻作室甚宏丽，传到《上梁文》，可想而知。见元晦说，潜入去看，以为耳目所未曾睹。此老必不妄言。"元晦指朱熹。朱熹，字元晦。

② [宋]辛弃疾《新居上梁文》。

其实，人无完人，每个人都有缺点，都有不为人知的一面。平心而论，作为一个封建社会的官员，辛弃疾做出这些事情也并不是不可能的。

好在辛弃疾政绩卓著，并无大过，所以，虽屡遭弹劾，但每次都能化险为夷，被朝廷重新起用。

瑕不掩瑜，我们无法苛求一个历史人物完美无瑕。

论文才，辛弃疾是大宋豪放词派的代表，与苏轼齐名；论武功，冲锋陷阵，横行于万马军中。“上马能击贼，下马能草檄”[①]，不论是作为抗金名将，还是作为一代词人，辛弃疾都足以流芳千古，傲视天下。

在报国无门的情况下，辛弃疾将满腔激情寄托于词作之中，创作颇丰，现存词六百多首，有词集《稼轩长短句》等传世。

辛词以豪放为主，题材涉猎广泛，风格沉雄豪迈，但又不乏细腻柔媚之处。其中，最有影响力的，就是那些慷慨激昂，抒发爱国情怀的豪迈之作。比如那首脍炙人口的《永遇乐·京口北固亭怀古》：

千古江山，英雄无觅孙仲谋处。舞榭歌台，风流总被雨打风吹去。斜阳草树，寻常巷陌，人道寄奴曾住。想当年，金戈铁马，气吞万里如虎。

元嘉草草，封狼居胥，赢得仓皇北顾。四十三年，望中犹记，烽火扬州路。可堪回首，佛狸祠下，一片神鸦社鼓。凭谁问，廉颇老矣，尚能饭否？[②]

---

① [宋]李伯玉《送萧晋卿西行》，见《全宋诗》。
② 见《全宋词》。

这首词是辛弃疾六十五岁任镇江知府时，登临京口北固亭所作，抚今追昔，字里行间，充满了英雄末路的悲叹与壮志难酬的愤懑。这首词连续多年荣登华语地区十大流行宋词排行榜，成为辛弃疾最具代表性的作品。

还有这首《南乡子·登京口北固亭有怀》：

何处望神州，满眼风光北固楼。千古兴亡多少事，悠悠，不尽长江滚滚流。

年少万兜鍪，坐断东南战未休。天下英雄谁敌手？曹刘，生子当如孙仲谋。[①]

此词再次对三国时坐镇东南的孙权加以称颂，以此表达自己收复中原的壮烈情怀与报国无门的无限感慨，同时，又隐含着对苟且偷安的南宋朝廷的愤懑之情。通篇三问三答，互相呼应，雄浑悲怆，意境高远，与上一篇《永遇乐·京口北固亭怀古》相比，同是怀古伤今，风格各有千秋，都不失为千古绝唱。

烈士暮年，豪气犹存，但已壮志难酬，唯有无奈地哀叹："把吴钩看了，栏杆拍遍，无人会，登临意。"[②]空有一腔抱负，收复中原的夙愿最终也未能实现。

宋宁宗开禧三年（公元一二〇七年），辛弃疾病逝，享年六十八岁。

据说，辛弃疾临终之时，仍高喊："杀贼！杀贼！"其爱国之心可昭。朝廷闻之，赐对衣、金带，视其以守龙图阁待制之职致仕，特赠四

---

① 见《全宋词》。
② [宋]辛弃疾《水龙吟·登建康赏心亭》，见《全宋词》。

官，追赠“光禄大夫”，谥号“忠敏”。

辛弃疾葬于江西上饶铅山县永平镇，墓园至今犹在。墓前有郭沫若题写的挽联：

铁板铜琶，继东坡高唱大江东去

美芹悲黍，冀南宋莫随鸿雁南飞

姜夔

不是每个恋曲都有美好回忆

作为江南名城，扬州自古就是繁华之都，历代文人墨客写扬州的诗词歌赋不可胜数。李白的“烟花三月下扬州”，杜甫的“商胡离别下扬州”，杜牧的“春风十里扬州路”“十年一觉扬州梦”，苏东坡的“试问江南诸伴侣，谁似我，醉扬州”等经典之作，早已深入人心。

直到南宋时期，一首全新词牌的《扬州慢》横空出世，让整个文坛为之轰动，连续数周雄踞宋词金曲排行榜榜首，不但在文人中广为传抄，而且是青楼客人的必点曲目。一时间，《扬州慢》的旋律在大街小巷四处飘荡，经久不散：

淮左名都，竹西佳处，解鞍少驻初程。过春风十里，尽荠麦青青。自胡马窥江去后，废池乔木，犹厌言兵。渐黄昏，清角吹寒，都在空城。

杜郎俊赏，算而今，重到须惊。纵豆蔻词工，青楼梦好，难赋深情。二十四桥仍在，波心荡，冷月无声。念桥边红药，年年知为谁生。[①]

---

① 见[宋]姜夔《白石道人歌曲》卷四。

这首《扬州慢》一出，让古今所有写扬州的诗词全部黯然失色，可以说是力压群雄，一枝独秀，无可匹敌。

赞叹之余，大家纷纷猜测，这首词的作者是谁？是柳永？苏轼？秦观？陆游？周邦彦？李清照？还是辛弃疾？

这首词长期入选中学语文课本，且要求全文背诵。以前高考中就有一道这样的题：“‘二十四桥仍在，波心荡，冷月无声。’出自哪首词？作者是谁？”

许多人在这道题上丢分，看着眼熟，可就是想不起来作者是谁。

生活中有些事、有些人，是不应该忘却的。现在，就让我们牢牢记住他的名字，南宋著名词人、音乐家——姜夔。

壹

姜夔，字尧章，号白石道人，出生于江西鄱阳一个官宦之家，据说是三国大将姜维的后裔，父亲是湖北汉阳知县，姜夔从小跟着父亲在汉阳生活。

十四岁那年，父亲去世，家境败落，姜夔依靠已经出嫁的姐姐完成了学业。

姜夔多才多艺，会填词，会作曲，能作文，善书法，是个标准的斜杠青年。但学习成绩，怎么说呢，有点偏科，在应试科目上，长期稳定在年级后十名。

姜夔曾先后四次参加科举考试，每次都是名落孙山，连乡试都没过。

作为一个寄人篱下的落榜生，日子有多难，心里有多苦，没有经历过的人永远不会懂。姜夔一咬牙，决定不考了，出去找工作，总不能一直靠姐夫养活。

就在外出打工的那段时间里，姜夔在扬州目睹了昔日繁华都市经历战乱后的破败凋零，感慨万千，提笔写出了那首轰动一时的千古名词《扬州慢》，在文坛崭露头角。

那一年，姜夔二十二岁。

宋词是用来唱的，姜夔不光擅长依照已有的词牌填词，而且能自己作曲，说是词人，不如说是个音乐家。

《扬州慢》一炮走红之后，由他作词作曲的作品在江南娱乐圈广受欢迎，青楼歌妓无不以能拿到姜夔写的歌为荣，颇有当年词界天王柳永的风范。

也就是在那时，姜夔迎来了人生中的初恋。

没错，是青楼歌妓，而且不是一个，是一对姐妹，没办法，两个都喜欢，哪个都割舍不下。

姐姐叫燕燕，妹妹叫莺莺，都是合肥青楼的当红歌女。那一日，赤阑桥上，只是因为在人群中多看了你一眼，再也没能忘掉你容颜[①]。

初恋总是美好的，那是一段令人难忘的幸福时光，在爱情的滋润下，姜夔的创作热情空前高涨，创作了一大批脍炙人口的爱情歌曲，每次一写完，马上就跑去送给这对姐妹。

燕燕轻盈，莺莺娇软，分明又向华胥见。夜长争得薄情知？春初早被相思染。

别后书辞，别时针线，离魂暗逐郎行远。淮南皓月冷千山，冥

① 歌词，出自歌手李健《传奇》，收录于专辑《似水流年》，二〇〇三年发行。

冥归去无人管。[①]

因为总能得到姜夔的新歌首发，燕燕、莺莺的身价也扶摇直上，很快成为合肥娱乐圈炙手可热的一线明星。

可当姜夔鼓足勇气，向燕燕表白的时候，却遭到了无情的拒绝，再去找莺莺，同样吃了闭门羹。

尽管那时姜夔在合肥文艺界已小有名气，但毕竟是没有正式工作的“肥漂”，女人要的是可以托付终身的安全感。你有房吗？有车吗？有存款吗？小姐姐连发三问，让姜夔无地自容。

不是每个恋曲都有美好回忆，爱有多销魂，就有多伤人，这段恋情对姜夔来说，可谓刻骨铭心。

他一生流传下来的诗词有八十余首，其中竟有二十二首是写给这对姐妹的，占作品总数的四分之一，用情之深，天地可鉴。

其中，最著名的是这首《鹧鸪天·元夕有所梦》：

淝水东流无尽期，当初不合种相思。梦中未比丹青见，暗里忽惊山鸟啼。

春未绿，鬓先丝，人间别久不成悲。谁教岁岁红莲夜，两处沉吟各自知。[②]

贰

当上帝为你关上一扇门，就会为你打开一扇窗，如果连窗户也关

① 见[宋]姜夔《白石道人歌曲》卷二。
② [宋]姜夔《白石道人歌曲》卷二。

了，不要气馁，那可能是上帝要开空调了。

宋孝宗淳熙十二年（公元一一八五年），三十一岁的姜夔离开合肥这个伤心之地，辗转漂泊到了湖州，情场失意，穷困潦倒之际，遇到了他生命中的贵人——肖德藻。

名字大家可能不太熟悉，但在当时，肖德藻的诗词与陆游、范成大、杨万里齐名，是南宋文坛响当当的一号人物。

更重要的是，肖德藻与姜夔已故的父亲是同科进士，如今在湖州任县令，对姜夔的诗词文才颇为赏识，不但在文坛极力抬举姜夔，见姜夔三十好几了仍孑然一身，还主动提出将自己的侄女嫁给姜夔。

姜夔虽然对前辈的厚爱十分感激，但心里仍放不下合肥那对姐妹，一时颇为踌躇。

肖德藻苦口婆心地劝道："你说你爱了不该爱的人，你的心中满是伤痕；你说你犯了不该犯的错，心中满是悔恨；你说你尝尽了生活的苦，找不到可以相信的人；你说你感到万分沮丧，甚至开始怀疑人生。要知道伤心总是难免的，你又何苦一往情深？因为爱情总是难舍难分，何必在意那一点点温存？有些事情你现在不必问，有些人你永远不必等。"①

在肖德藻的极力劝说下，姜夔痛斩情丝，在湖州成婚，开始了新的生活。

在湖州生活的这十年里，肖德藻为了侄女婿工作的事真是操碎了心，带着他频繁出入官场、文坛，结识了不少社会名流，并把他介绍给了在杭州任职的著名诗人、写过"接天莲叶无穷碧，映日荷花别样红"的杨万里。杨万里对姜夔也十分欣赏，称赞他"为文无所不工"，是个

① 歌词，出自中国台湾歌手陈淑桦《梦醒时分》，收录于专辑《跟你说 听你说》，一九八九年发行。

好苗子，又将他推荐给了文坛更厉害的人物范成大。

范成大官居参知政事，副宰相，位高权重，虽说当时已经退居二线，在苏州养老，但声望地位仍在。范老看了姜夔的诗词，赞不绝口，不但主动向别人推荐，还邀请他来家里共进晚餐。

那是岁末一个大雪纷飞的夜晚。席间，宾主双方把酒言欢，就共同关心的话题进行了亲切友好的会谈，并在饭后移步后花园，踏雪赏梅。

作为后生晚辈，姜夔受宠若惊，依照范老的指示，当场写出了流传后世的咏梅佳作《暗香》：

> 旧时月色，算几番照我，梅边吹笛？唤起玉人，不管清寒与攀摘。何逊而今渐老，都忘却春风词笔。但怪得竹外疏花，香冷入瑶席。
>
> 江国，正寂寂，叹寄与路遥，夜雪初积。翠尊易泣，红萼无言耿相忆。长记曾携手处，千树压、西湖寒碧。又片片、吹尽也，几时见得？①

作品以梅喻人，起句以月色梅花唤起与玉人月下摘梅的回忆；随即以“而今”转到当前，“长记”二字追忆赏梅雅事；末句又回到当下，惋惜片片落梅，暗含故人不知何日重逢之意。全词不断在过去和现在之间往复摇曳，结构空灵精致，意境清虚绵邈。

范老读完连声称妙，兴之所至，马上让家中一个叫小红的歌女学习演唱。姜夔现场教授，耐心辅导，不厌其烦，眉眼之间，竟与歌女暗生情愫。

① [宋]姜夔《白石道人歌曲》卷四。

这一切当然没能逃过范成大的眼睛。毕竟经历丰富，在他们男女声二重唱《暗香》演唱完后，范成大主动提出，将小红赐给姜夔。

一首词换个姑娘，姜夔喜出望外，生怕范老师是酒后冲动，事后反悔，除夕之夜，冒着漫天大雪，连忙带着小红乘船回家。一路上，按捺不住兴奋的心情，一口气写了十首七绝。其中，最著名的就是那首《过垂虹》：

自作新词韵最娇，小红低唱我吹箫。
曲终过尽松陵路，回首烟波十四桥。①

这首诗曾被歌手多次翻唱，其中的“小红低唱我吹箫”一句尤为传神，被誉为姜氏情歌的经典名句。

叁

在范成大、杨万里两位大佬的极力提携下，姜夔在文坛的声名如日中天，就连朱熹、辛弃疾这样的大咖也开始主动为姜夔点赞。

宋宁宗庆元二年（公元一一九六年），姜夔借着这股势头，干脆移居杭州，毕竟在京城的机会多一些。要知道，已经四十二岁的姜夔，此时依然是个布衣，既没有职务，也没有工作。

大宋在官员任用方面还是非常严格的，没有学历就无法入仕，谁打招呼递条子也不行，如果想要被破格录用，除非有特殊贡献、特殊才能。

当时，由于多年战乱，南宋宫廷乐谱大多散落失传。庆元三年（公

① [宋]姜夔《白石道人诗集》。

元一一九七年），姜夔呕心沥血，搜集整理了《大乐议》和《琴瑟考古图》两部宫廷音乐典籍，献给朝廷，希望以此获得提拔。但有关部门只是口头表扬了一下，连音协副主席这样的职位都没给姜夔安排一个。

姜夔不死心，两年后，再次向朝廷献上填补国内空白的音乐巨著《圣宋铙歌鼓吹十二章》。这次终于打动了朝廷，下诏特许他破格参加礼部进士考试，也就是说，不用参加初赛复赛，直接进入决赛。

姜夔根本没有时间复习，只能仓促上阵，结果再次落榜。这么多年不摸课本了，谁能考上？姜夔从此断了仕途之念，以布衣终老。

因为一直没有固定收入，姜夔的生活始终没有保障，幸好后来又结识了杭州富家公子张鉴。张公子是个文艺青年，虽然与姜夔经济地位悬殊，但与姜夔一见如故，结为至交。

张鉴说：“我交朋友从不在乎对方有没有钱，反正都没我有钱。”

张鉴曾想花钱为姜夔买官，姜夔怕让人笑话，婉言谢绝了。但在生活上，在杭州的那些年，姜夔基本上是靠张鉴供养的，倒也衣食无忧。

可惜后来，张鉴病故，姜夔一下子失去了经济来源，生活开始走向困顿。

福无双至，祸不单行。不久，杭州城内发生了一起特大火灾，两千多户民房被烧，姜夔的屋舍也在其中，因为没有买保险，只能自认倒霉。

既没有退休工资，也没有社保，姜夔晚年一贫如洗，仅靠微薄的稿费，几乎难以为生。

宋宁宗嘉定十四年（公元一二二一年），六十七岁的姜夔在穷困潦倒中去世，死后靠朋友捐资，才勉强葬于杭州钱塘门外西马塍。

肆

在中国文学史上，宋词与唐诗就好比少林与武当，双峰对峙，并称双绝。

唯一不同的是，唐诗是专属于文人的高雅艺术，宋词则属于通俗文学，而学术界素有“词为艳科”的说法。

特别是婉约派领军人物柳永自暴自弃、变雅为俗以来，词坛更弥漫着一股淫靡之风。不单是柳永、李清照这些婉约派，就是苏轼、辛弃疾这样的豪放派，遣词造句也偶有低俗之语。

而姜夔就不一样了，虽然是个普通百姓，却能在思想上严格要求自己，反俗为雅，下字运意，空灵含蓄，力求淳雅，即便写男欢女爱，字里行间也是满满的正能量。其“清空、骚雅”的词风，正迎合了南宋后期贵族雅士们弃俗尚雅的审美情趣，因此，姜夔词自成一派，被奉为“雅词”的典范。

姜夔本人被后世尊为与辛弃疾并列的词坛领袖，浙西派词人甚至称姜夔为宋词第一作家。

姜夔多才多艺，诗词、散文、书法、音乐无不精善，是继苏轼之后又一难得的艺术全才。他留给后人的《白石道人歌曲》六卷，是现存唯一一部带有曲谱的宋代歌集，被视为“音乐史上的稀世珍宝”，其中包括十四首他自己创作的曲目，是南宋唯一以词调曲谱传世的杰出音乐家。

总之一句话，相当牛。

既然评价这么高，那为什么感觉姜夔一生潦倒，穷得连个恋爱都谈不起，混得不怎么样呢？而且，好像也没有那么出名，我敢打赌，好多人连他的名字都不知道，知道的也不一定会读，会读的也未必能写出来那个字。

个人分析，有以下三个方面的原因。

第一，大宋词坛人才辈出，李煜、晏殊、晏几道、柳永、欧阳修、苏轼、秦观、王安石、黄庭坚、陆游、周邦彦、李清照、辛弃疾等，群星闪耀，姜夔置身其中，其光芒难免被有所掩盖。

第二，姜夔差不多是宋代词坛唯一从来没有做过官的人，不仅没做过官，连个正经工作都没有。

而其他词人，有的曾做过一国之君，比如李煜；有的是朝廷大员，比如晏殊、欧阳修、王安石、苏轼、秦观、陆游、辛弃疾；有的是官太太，比如李清照；最不济也当过副县级、正科级的基层干部，比如柳永、晏几道。

这些人在本职工作之余搞创作，作品一发出来，下面一堆人点赞，纷纷转发分享，推荐阅读。这些优势都是作为平民百姓的姜夔所不具备的，客观上也影响了姜夔诗词的广泛传播。

第三，姜夔在词坛的崇高地位，更多是后人给予的。姜夔生前虽一度颇有声名，但并没有达到今天的高度，就像河南的杜甫、荷兰的梵高，生前也是穷困潦倒，混得一塌糊涂，直到死后，才被人们认识到价值，被推到了一个高地。生前默默无闻的杜甫被后世尊为诗圣，与李白齐名；生前只卖出过一幅画的凡·高，如今一幅作品已经卖到了数千万美元。

只是，人都没了，做这些事，于当事者而言，又有什么用呢？

参考书目

1.《旧唐书》，[后晋]刘昫等撰，北京：中华书局，一九七五年版。

2.《新唐书》，[宋]欧阳修、宋祁撰，北京：中华书局，一九七五年版。

3.《唐才子传全译》，[元]辛文房原著，李立朴译注，贵阳：贵州人民出版社，二〇〇一年版。

4.《本事诗》，[唐]孟启撰，董希平、程艳梅、王思静评注，北京：中华书局，二〇一四年版。

5.《中国文学史》，游国恩、王起、萧涤非、季镇淮、费振刚主编，北京：人民文学出版社，一九六三年版。

6.《唐代文学史》（下），中国社会科学院文学研究所总纂，吴庚舜、董乃斌主编，北京：人民文学出版社，一九九五年版。

7.《全唐诗》，[清]彭定求等编，陈尚君补辑，中华书局编辑部点校，北京：中华书局，二〇一八年版。

8.《唐诗纪事》，[宋]计有功撰，上海：上海古籍出版社，一九八七年版。

9.《唐诗汇评》，陈伯海著，杭州：浙江教育出版社，一九九五年版。

10.《中国诗词故事》，吕树坤著，长春：吉林文史出版社，二〇〇〇年版。
11.《图解中华国学集萃》，陈平编著，沈阳：沈阳出版社，二〇一二年版。
12.《冠绝古今的唐诗》，于汉唐著，沈阳：辽宁古籍出版社，一九九五年版。
13.《诗映大唐春》，尚永亮著，北京：北京大学出版社，二〇一七年版。
14.《桃李春风一杯酒》，叶楚乔著，贵阳：贵州人民出版社，二〇一九年版。
15.《王勃研究》，杨晓彩著，北京：中国社会科学出版社，二〇一三年版。
16.《陈子昂集》，[唐]陈子昂著，徐鹏校点，中华书局上海编辑所编辑，北京：中华书局，一九六二年版。
17.《高适集校注》，[唐]高适著，孙钦善校注，北京：中华书局，一九八四年版。
18.《孟浩然年谱》，刘文刚著，北京：人民文学出版社，一九九五年版。
19.《李太白全集》，[唐]李白著，[清]王琦注，北京：中华书局，一九七七年版。
20.《李白与杜甫》，郭沫若著，北京：人民文学出版社，一九七一年版。
21.《杜诗详注》，[唐]杜甫著，[清]仇兆鳌注，北京：中华书局，一九七九年版。
22.《杜甫评传》，莫砺锋著，南京：南京大学出版社，一九九三年版。
23.《白居易集》，[唐]白居易著，顾学颉校贴，北京：中华书局，一九七九年版。
24.《元稹集》，[唐]元稹著，北京：中华书局，二〇〇〇年版。
25.《刘禹锡年谱》，卞孝萱著，中华书局上海编辑所编辑，北京：中华书局，一九六三年版。
26.《李贺》，王祥著，上海：春风文艺出版社，一九九九年版。
27.《温庭筠诗词选》，[唐]温庭筠著，刘学锴注评，郑州：中州古籍出版社，二〇一一年版。
28.《多情却被无情恼：李商隐诗传》，苏缨、毛晓雯著，长沙：湖南文艺出版社，二〇一三版。
29.《隋唐五代文学思想史》，罗宗强著，北京：中华书局，二〇〇三年版。
30.《资治通鉴》，[宋]司马光撰，北京：中华书局，一九七六年版。
31.《中国通史》，白寿彝总主编，上海：上海人民出版社，二〇〇四年版。
32.《宋史》，[元]脱脱等撰，北京：中华书局，一九八五年版。
33.《全宋词》，唐圭璋编，北京：中华书局，二〇〇九年版。
34.《宋词赏析》，沈祖棻著，上海：上海古籍出版社，一九八〇年版。
35.《人间词话》，王国维著，昆明：云南人民出版社，二〇一六年版。
36.《花间词研究》，高锋著，南京：江苏古籍出版社，二〇〇一年版。
37.《宋朝好声音》，懒相饮等著，武汉：长江出版社，二〇一七年版。
38.《苏东坡传》，林语堂著，长沙：湖南文艺出版社，二〇一二年版。
39.《辛稼轩年谱》，邓广铭著，上海：上海古籍出版社，一九七九年版。
40.《金戈铁马辛弃疾》，赵晓岚著，北京：人民文学出版社，二〇一〇年版。
41.《柳永词传——秦楼狂客的浅斟低唱》，王馨著，上海：文汇出版社，二〇一三年版。
42.《康震评说李清照》，康震著，北京：中华书局，二〇〇七年版。
43.《李清照评传》，陈祖美著，南京：南京大学出版社，一九九五年版。
44.《莫道不销魂：杨雨解秘李清照》，杨雨著，西安：陕西师范大学出版社，二〇〇八年版。